BASTEI
LÜBBE

BASTEI LÜBBE POUL ANDERSON IM TASCHENBUCH-PROGRAMM:

23 156 Die Sternenhändler
24 276 Weltenwanderer
24 287 Genesis

DER STERNEN-ZYKLUS
23 161 Band 1 Sternengeist
24 224 Band 2 Sternenfeuer
24 248 Band 3 Sternennebel

POUL ANDERSON

GENESIS

ROMAN

INS DEUTSCHE ÜBERTRAGEN
VON DIETMAR SCHMIDT

BASTEI
LÜBBE

BASTEI LÜBBE TASCHENBUCH
Band 24 287

1. Auflage: Juni 2001

Vollständige Taschenbuchausgabe

Bastei Lübbe Taschenbücher
ist ein Imprint der
Verlagsgruppe Lübbe

Deutsche Erstveröffentlichung
Titel der amerikanischen Originalausgabe: Genisis

Lektorat: Alexander Huiskes / Stefan Bauer
Titelillustration: Michael Whelan / Agentur Schlück
Umschlaggestaltung: QuadroGrafik, Bensberg
Satz: Fotosatz Steckstor, Rösrath
Druck und Verarbeitung:
Brodard & Taupin, La Flèche, Frankreich
Printed in France

ISBN 3-404-24287-4

Für Greg Bear, Gregory Benford und David Brin,
die großen Bs – sie sind kosmische Künstler.

ERSTER TEIL

Dem Wissen zu folgen wie einem untergehenden Stern
Über alle Grenzen menschlichen Denkens hinaus.

ALFRED LORD TENNYSON: Ulysses

1

Unsere Geschichte handelt von einem Mann, einer Frau und einer Welt. Auch Geister kommen darin vor, und Götter. Sogar die Zeit, die geheimnisvoller ist als alles andere.

Auf einem Hügel stand ein Junge und blickte in den Nachthimmel. Der Wind war kühl, als käme er aus der endlosen Weite des Alls, und berichtete flüsternd, was er gesehen hatte. Der Junge hatte die Kapuze seines Parkas über den Kopf gezogen, und er trug Fingerhandschuhe, um das mitgebrachte Fernrohr zu bedienen. Obwohl die Herbst-Tagundnachtgleiche erst bevorstand, starb im Tanana-Tal schon der Sommer, und die Nächte wurden rasch länger. Im Wald, der den kahlen Hügel umgab, hielt sich noch ein wenig Wärme: Der Junge roch späten, schwachen Fichtenduft.

In stiller Pracht breitete sich über ihm die Schwärze aus. Die Milchstraße zerteilte sie wie ein Frosthauch, der Große Bär lag schräg über ihm; im Norden überstrahlte Capella den Polarstern. Am Westhimmel säumten der rötliche Arcturus und der Atair die stahläugige Wega, sinnverwirrend intensiv strahlende Sterne. Obwohl der Mond nicht schien, war es in ihrem Licht hell genug, um graue Baumspitzen zu erkennen.

Ein Funke strich zwischen den Sternen hindurch, ein Satellit auf einer Umlaufbahn mit hoher Inklination. Der Junge verfolgte ihn mit seinem Blick, bis er verschwand. Sehnsucht überfiel ihn. Dort oben zu sein!

Eines Tages. Eines Tages würde er dort hinkommen. Bis dahin gab es genügend Himmel zum Beobachten. Höchste Zeit anzufangen; in einer Stunde musste er wieder zu Hause sein. Am nächsten Tag trainierte die Gyroball-Mannschaft seiner Schule, und er wollte einige neue Fourier-Entwicklungen ausprobieren. Wenn man dem Computer lediglich befahl, sie auszurechnen, erfuhr man nie, was eigentlich vor sich ging. Am Abend wollte er ein ganz bestimmtes Mädchen zum Tanz ausführen. Vielleicht brächte er danach den Mut auf, ihr das Gedicht vorzutragen, das er für sie geschrieben hatte. Eilig schob er jeden weiteren Gedanken daran von sich.

Mit der Astronomie beschäftigte er sich schon so lange, dass er über das Beobachten der gängigen Sehenswürdigkeiten hinaus war. Deshalb ergötzte er sich heute nur kurz an ihrem Anblick, denn eigentlich hatte er es auf zwei Objekte aus dem Messier-Katalog abgesehen. Auf keinen Fall wollte er sich die Anpassung seiner Augen verderben, deshalb teilte er dem Teleskopstativ eine Katalognummer mit. Es fand die Rektaszension und die Deklination, richtete das Fernrohr auf die Koordinaten und begann nachzuführen. Er beugte sich über das Okular und ergriff die Regelknöpfe. Merkwürdig, es war ihm immer am liebsten, wenn er das Bild eigenhändig scharf stellte.

Das Objekt schwebte mitten im Blickfeld, es wirkte trüb und neblig. Das Fernrohr war nicht stark genug, um die Struktur des hellen Flecks mehr als andeutungsweise aufzulösen. Was der Junge beobachtete, war aber kein Nebel, sondern eine Galaxie, die am weitesten entfernte, nach der er bisher gesucht hatte: mehrere Dutzend Milliarden Sonnen, die geboren wurden und starben, dort gab es wie rasend rotierende Neutronensterne, unauslotbare Schwarze Löcher, Wolken aus interstellarer Materie, ganz gewiss auch Planeten, Monde und Kometen, hoffentlich auch – o bitte! – Lebewesen, von denen einige vielleicht (wer konnte es sagen?) gerade in diesem Moment in seine Richtung schauten und sich die gleichen Fragen stellten wie er.

Nein. Blödmann!, schalt sich der Junge. *Sie ist zu weit weg. Wie viele Lichtjahre? Ich weiß es nicht mehr.*

Er hätte nach dem Wert fragen können, aber er tat es nicht. Nicht gleich. Im Süden hatte er den Großen Andromeda-Nebel glitzern sehen, ehrfurchtgebietend, sechs Monddurchmesser lang, und er war bereits zwei Millionen Lichtjahre entfernt. Bei dieser Messier-Galaxie aber schaute er in eine ganz andere geologische Epoche.

Nein, nicht einmal das. Erst vor kurzem hatte er die Geologie in seine Interessengebiete aufgenommen und jüngst begriffen, dass sich auf der Erde gerade die Magnolien entwickelten, als im Sternbild Stier die Plejaden zündeten. Geologie stärkte sein Gefühl für den Kosmos als einer Einheit, in die auch er gehörte. Nun, der offene Sternhaufen der Plejaden war nur knapp einhundert Parsec entfernt. (Nur!) Sich auszumalen, was dort vorging, während man hinschaute, erschien nicht ganz so absurd; schließlich lag es gerade erst dreieinviertel Jahrhunderte zurück, seit das Licht, das man heute auf der Erde von dem Sternhaufen sah, von dort aufgebrochen sah. Doch selbst über Abgründe hinweg, die weniger tief klafften als dieser, besaß die Gleichzeitigkeit keinerlei Bedeutung mehr. Seine wehmütige Wissbegier, ob in dieser Ferne ein fremder Geist seine Lebenszeit teilte, würde nie befriedigt werden. Das konnte nie geschehen.

Die Nachtkälte schien durch Öffnung und Linsen

in ihn einzusickern. Er schauderte, richtete sich auf und blickte sich um; unvermittelt und ohne vernünftigen Grund suchte er nach Trost.

Die Luft kitzelte ihn in der Nase. Sein Blut pochte. Von einem Horizont zum anderen zog sich der Wald. Ein Satellit flitzte tief über ihn hinweg. Eine Eule schrie.

Der Boden unter seinen Füßen blieb fest. Ein Fels in der Nähe, verwittert und vermutlich gletschernarbig, konnte die Beständigkeit der Welt bezeugen. Wenn die menschliche Wissenschaft ihn auf sein Alter untersuchte, wäre das Ergebnis ebenso wirklich wie der Stein.

Wir sind keine kleinen Fetzen aus Nichts, dachte der Junge halb trotzig. *Auch wir zählen. Unsere Sonne ist ein Drittel so alt wie das Universum. Die Erde ist nicht viel jünger. Und das Leben auf der Erde auch nicht. Und all das haben wir ganz allein herausgefunden.*

Das Schweigen der Sterne antwortete: Du hast es ergründet. Aber verstehst du es? Kannst du das begreifen?

Wir können darüber nachdenken, entgegnete er. *Wir können darüber sprechen. Könnt ihr das?*

Warum schien die Nacht auf etwas zu warten?

O ja, dachte er, *wir können es nicht auf die gleiche Weise sehen oder fühlen wie unsere Umgebung. Wenn man sich mehrere Ziegelsteine oder so etwas nebeneinander vorstellen will, dann schafft man es nur bis fünf oder sechs. Wenn ich seit meiner Geburt zählte und bis zu meinem Tod nicht aufhörte, würde ich nicht einmal bis zwanzig Milliarden gekommen sein. Aber ich kann überlegen. Ich kann mir Dinge vorstellen. Das genügt.*

Schon immer hatte er gut mit Zahlen umzugehen verstanden. Im Kopf vermochte er ihren Maßstab zu verringern, bis sie ihm wie Kiesel erschienen, die in seinem Handteller lagen. Selbst astrophysikalische Zeiträume … Vielleicht war es müßig, bis zur Quantenschöpfung zurückzudenken. Damals hatte sich zu vieles, was zu seltsam war, zu rasch ereignet. Danach aber musste die Zeit schon für die frühesten Sterne in gleicher Weise verstrichen sein wie heute für ihn. Die Chronologie des Lebens war einfach und gradlinig.

Nur besaß sie keinen eindeutigen Anfangspunkt. Die Spuren waren zu schwach, um ihn noch festzustellen. Vermutlich hatte es solch einen Punkt nie gegeben: Chemische Vorgänge entwickelten sich weiter, und man konnte nicht sagen, an welcher Stelle aus toter Materie plötzlich Leben entstanden sein sollte. Es stand lediglich fest, dass belebte Materie auf der Erde seit dreieinhalb bis vier Milliarden Jahren existierte.

Der Junge zuckte zusammen, als wäre ein Meteor aufgeblitzt und hätte ihn aus den Gedanken gerissen. *Angenommen, wir legen es fest; sagen wir, das Leben entstand vor drei Komma sechs fünf Milliarden Jahren,* dachte er. *Dann stände jeder Tag eines Jahres für zehn Millionen Jahre. Das Leben begann mit dem ersten Januar, jetzt haben wir Silvesternacht, und das neue Jahr beginnt.*

Also … dann entwickelten sich im April die Einzeller, Zellkerne, Ribosomen und der ganze Rest. Zellen gruppierten sich, Algen entließen freien Sauerstoff in die Atmosphäre, und Anfang November krochen die ersten Trilobiten über den Meeresboden. Ende November, etwa zu Thanksgiving, eroberte das Leben das Land. Anfang Dezember traten Dinosaurier auf und waren am ersten Weihnachtstag ausgestorben. Am Mittag des Silvestertags schieden sich die Hominiden von den Affen, und vor etwa einer Viertelstunde erschien der erste primitive *Homo sapiens.* Noch keine Minute gibt es

Geschichtsschreibung. Und da sind wir, vermessen das Universum, durchqueren das Sonnensystem und planen die ersten Reisen zu den Sternen.

Wo wir wohl bei Sonnenaufgang sein werden?, wunderte er sich, und ihm schwindelte.

Doch das ging vorüber. Die scheinbare Steilheit der Kurve war nur eine Illusion. Sich vom Wurm zum Fisch zu entwickeln dauerte viel länger als vom Fisch zum Säugetier, weil die Veränderungen viel tiefgreifender waren. Im Vergleich dazu ähnelte mancher ausgestorbene Insektenfresser sehr einem Affen, und ein Affe war mit einem Menschen fast identisch.

Es ist immer das Gleiche, dachte der Junge, *wir sind eine Naturgewalt geworden, und das nicht nur auf unserer eigenen Welt. Etwas wie uns hat sie noch nie zuvor gesehen. Unser kleines Stück zusätzliche Hirnmasse hat uns über die Schwelle getragen.*

Aber was ist das für eine Schwelle? Und was liegt dahinter?

Erneut schauderte ihm, und er drängte auch diese Frage beiseite und begab sich wieder an seine Sternbeobachtung.

2

Genau genommen irrte sich der Junge, denn in keiner Weise war die Menschheit einzigartig. Fast alle Tiere verfügen über eine Sprache, wenn man damit die Möglichkeit bezeichnet, sich untereinander zu verständigen; bei einigen Tierarten ist diese Sprache zum Teil erlernt und nicht angeboren, und es können sich echte Dialekte entwickeln. Viele sind Techniker in dem Sinne, dass sie etwas erbauen. Einige benutzen sogar Werkzeuge – sie setzen fremde Gegenstände zur Erreichung eines bestimmten Zieles ein. Sehr wenige davon stellen Werkzeuge sogar her, wenn man darunter versteht, dass sie die Form der benutzten Gegenstände zuvor verändern; drei oder vielleicht vier Arten vollbringen das mithilfe von etwas anderem als ihren eigenen Mündern oder Fingern.

Lediglich an den Menschen reichte keine dieser Arten in irgendeiner Weise heran. Bei keiner Familie entstand eine so mannigfaltige und ausdrucksstarke Sprache, denn sie entsprang einer nie zuvor gekannten Fähigkeit zur Abstraktion und Vernunft. Schon bevor er ganz Mensch wurde, war er der Werkzeugmacher par excellence gewesen; Feuer, Steinsplitter und behauenes Holz wurden die Grundpfeiler seiner Weiterentwicklung. Am Ende war die Technologie des Menschen so umfassend geworden, dass die natürliche Auslese für ihn keine signifikanten Folgen mehr hatte. Wie staatenbildende Insekten und verschiedene Seetiere war er so gut an seine Umgebung angepasst, dass er mehrere Millionen Jahre lang unverändert blieb. Im Gegensatz zu ihnen aber schuf er sich seine Umgebung selbst – oder war sie. So gesehen, können wir also wirklich behaupten, die Menschheit habe eine Schwelle überschritten.

Dann müssen wir jedoch hinzufügen, dass eine andere, weit schicksalhaftere noch vor ihr liegt.

Technik stagniert niemals. Sie entwickelt sich fort, mit beständig zunehmender Geschwindigkeit. Technische Entwicklung unterscheidet sich drastisch von der biologischen. Mit Darwinismus, also mit Zufälligkeiten, Konkurrenzdruck und einen blinden Drang zur Vermehrung hat sie nichts zu tun. Eher gehorcht sie dem Lamarckismus – sie ist zweckbestimmt. Ihre Vererbungseinheiten sind keine Gene, sondern ›Meme‹ – Ideen, Konzepte, die man je nach anscheinendem Bedürfnis entweder absichtlich verändert oder intakt beibehält.

Auch das Wissen der Menschen wuchs an, zunächst auf eine geradezu organisch anmutende, planlose Weise, bis die Technik die Naturwissenschaft gebar, die systematische Suche nach verifizierbarer Information. Fortan nährten sie sich gegenseitig, und die Geschwindigkeit nahm weiter zu.

Mehr und mehr schien es, als gewänne die Technik ein Eigenleben, benähme sich unabhängig und ohne Rücksicht. Das Schießpulver brachte Gesellschaftsformen den Untergang, die Dampfmaschine zwang ganzen Zivilisationen grundlegende Veränderungen auf. Ihr Nachfolger, der Verbrennungsmotor, verwandelte den Planeten in ein einziges zerstrittenes Dorf, während er eine Landwirtschaft ermöglichte, die zwar Milliarden ernährte, doch gleichzeitig hungern ließ, wer noch ursprünglich lebte. Der Computer verlieh der Industrie, der Wirtschaft und dem Alltag ein neues Gesicht, das mit dem alten kaum noch etwas gemein zu haben schien; er unterminierte die Freiheit und öffnete den Weg ins All. Das Internet, ursprünglich als Verbindung zwischen militärischen Kommandozentralen errichtet, breitete sich binnen weniger Jahre über den Globus aus, revolutionierte die Kommunikation und den Zugang zum Wissen ebenso grundlegend wie die Erfindung des Buchdrucks mit beweglichen Lettern, zügelte Tyrannen und beunruhigte jede einzelne Regierung. Die Automation machte altehrwürdige Fertigkeiten nutzlos und weckte Ablehnung und Furcht, brach aber zugleich neuer Hoffnung und neuem Reichtum die Bahn.

›Künstliche Intelligenz‹ nannte man die Eigenschaften der am weitesten entwickelten Systeme. Einige dieser Systeme beschäftigten sich schon bald ausschließlich damit, die Künstliche Intelligenz weiterzuentwickeln. Binnen kurzem hatten sie alle Konkurrenten aus dem Geschäft verdrängt.

Der Junge wurde zum Mann. Für eine Weile hasardierte er auf der Erde, dann ging er ins All, ganz wie er es sich erträumt hatte.

Die Maschinen entwickelten sich weiter.

3

1

Lange danach – beinah unvorstellbar lange danach – blickte Christian Brannock noch einmal auf diesen bestimmten Tag zurück. Denn in gewisser Weise hatte er ein Ende bedeutet und zugleich einen Neubeginn.

Das erkannte er allerdings nicht, bevor er sein ganzes Leben und sein Nachleben in der Rückschau betrachtete. Damals aber war er völlig im Hier und Jetzt gefangen: Es war nicht einmal Tag, es sei denn auf einer Uhr der nordamerikanischen Zeitzone; im Augenblick aber stand die Erde rund hundert Millionen Kilometer sternwärts, während über der Clement-Basis noch immer die Nacht lag.

Zwar nahte der Morgen, aber nur sehr langsam. Zwischen zwei Sonnenaufgängen verstrichen 176 Erdumdrehungen. Nicht etwa, dass irgendein Mensch jemals auf die sonnenerhellte Landschaft des Merkur geblickt hätte. Eine abgedunkelte Fensterscheibe hätte zwar die Helligkeit auf ein erträgliches Maß gemildert, doch andere Strahlung wäre hindurchgedrungen. Auf der Oberfläche bewegten sich Maschinen für die Menschen. Die meisten davon waren Roboter und agierten in unterschiedlichem Ausmaß autonom. Einer aber war mehr.

Gimmick kannte keine Dunkelheit. Über fünfhundert Kilometer hinweg ließ er Christian mithilfe von Laserlicht, Radarlicht und verstärktem Sternenlicht sehen. Mit Fingern und Tentakeln aus Metall tastete er, mit Sensoren in den Laufflächen, auf denen der Robotkörper über das Verwitterungsgestein rollte, erspürte er leichte Stöße. Er schmeckte und roch durch flackernde Strahlen aus Elektronen und Kernpartikeln. Elektronisch lauschte er auf das Geflüster der Radioaktivität im umgebenden Fels und auf das Prasseln und Zischen des kosmischen Strahlenbombardements wie auf Regen. Interne Sensoren verliehen ihm ein unterbewusstes Gefühl für Balance und Kraftfluss und Bedarf, wie es die Nerven und Drüsen in seinem eigenen Leib taten. Gemeinsam machten Gimmick und Christian Beobachtungen und trafen Entscheidungen, als sei nur sein Gehirn in seinem Schädel beteiligt; gemeinsam bewegten sie die Maschine, als wären es Brannocks Muskeln.

Vollkommen war ihr Rapport nicht: Das konnte nur auf direkter Sichtlinie so sein. Relais, ob auf Satelliten oder hohen Masten entlang des Weges, schränkten unweigerlich die Bandbreite ein und verzerrten das Signal. Schwach blieb sich Christian deshalb seiner Umgebung bewusst, des Lehnsessels, in dem er ruhte, wenn er angeschlossen war, der Messgeräte und Instrumente, der sterilen und immer ein wenig kühlen Luft, des Drucks und der Entspannung – instinktiver Reaktionen, mit denen er manchmal gegen seine Gurte aufzubegehren schien. Aus dem Augenwinkel sah er Willem Schuyten, der am Steuerpult saß und das Geschehen überwachte. *Nur selten ist das nötig,* dachte Christian vage. *Wenigstens mischt er sich so selten ein wie möglich.*

Dennoch handelten sie als Gemeinschaft; auf dem Merkur gab es viel Unbekanntes, und der Einsatz war hoch.

Nur eine halbe Minute war Christian abgelenkt. In dieser Zeit nahm Gimmick eine Datenauswertung vor, der er nicht folgen konnte. Eine bestimmte Suchrichtung erschien vielversprechend, und der Entdecker setzte sich wieder in Bewegung. Christian wandte sich ganz dem vor ihnen Liegenden zu.

Der Himmel glomm und schimmerte, sein vielfältiges Strahlen gloste auf einen Horizont, der links nah und scharf abgesetzt zu erkennen war. Krater übersäten das düstere Terrain. Überall lagen Felsblöcke. Mit einem Blick konnte Christian bis auf wenige Millionen Jahre genau bestimmen, wie alt ein solcher Felsblock war, so wie er auf der Erde einem Menschen oder einem Baum sein Alter ansah; die Hinweise waren zahllos, die Schlussfolgerungen geschahen unbewusst. Gleich rechts ragte ein Steilhang vier Kilometer hoch auf; er war Hunderte von Kilometern lang und wirkte wie eine Mauer um die ganze Welt. Die umfassendere Wesenheit Christian-Gimmick nahm die Wand als mehr denn nur Fels wahr. Christian-Gimmick bemerkte Spuren, während er vorüberrollte; Gehirn und Computer vereinigten sich, um die Geschichte dieser Wand herauszulesen, die Geschichte einer gewaltigen Horstbildung, die vor langer Zeit an einer Verwerfungslinie stattfand, während der neu geborene Planet noch abkühlte und schrumpfte.

Irgendetwas weiter voraus erschien verheißungsvoll. Gimmick folgte der Steilböschung nach Südwesten, in die Richtung, in der die Clement-Basis wartete. Unter den Laufflächen knirschte das Geröll, ein Geräusch, das menschliche Ohren niemals gehört hätten; Staub stieg in Wolken auf und sank unter der niedrigen Schwerkraft rasch, weil von keiner Atmosphäre behindert, wieder zu Boden. An den Roboter heftete er sich nicht, denn sein Material wies ihn ab.

Da, dachte Christian, *die Spitze dort. Das könnte ein guter Ankerpunkt sein. Sehen wir es uns an.* Die Gemeinschaft schwenkte leicht nach rechts und rollte auf den Hang zu. Überall lag Geröll. Brocken rutschten zur Seite, Motoren mühten sich ab. Christian-Gimmick überlegte, ob er die sechs Beine ausfahren sollte, entschied jedoch, es sei nicht notwendig.

Die Felsspitze ragte aus einer niedrigen Anhöhe über dem Geröllfeld hervor, eine grobkantige, hundert Meter hohe Nadel. Er hatte schon andere gesehen auf seinen Reisen, aber nie eine so große. Vermutlich hatten Schockwellenresonanzen sie während der Erhebung des Geländes vom Massiv abgesplittert.

Er stellte sich den Pfeiler als geradezu maßgefertigten Kern eines Sendeturms vor, Teil des globalen Netzes, das die Sonnenenergie sammelte, welche auf die Tagseite des Merkur strahlte. Das Netz sendete die Energie zu den Antimateriefabriken auf der Umlaufbahn – letztendlich zu den Laserbatterien, die eines Tages die ersten Schiffe zu den Sternen schicken würden! Leidenschaft durchströmte ihn.

Eine rasche tektonische Untersuchung. Die Auto-Roboter können später noch eine genaue Vermessung vornehmen. Eine Scheibe am Ende eines Armes legte sich eng an die Nadel. Schwingungen eilten durch den Stein, ihre Echos kehrten zurück und brachten Geschichten mit.

Die Nadel gab nach. Donner toste, und Blindheit senkte sich herab.

2

»*Wat drommel?*«, brüllte Willem Schuyten. Dann besann er sich darauf, dass in der Basis Englisch gesprochen wurde. »Was zur Hölle?«, fragte er. Nach einem Blick in das Gesicht des anderen: »Hölle auch.«

»N-nein.« Wegen des Gurtnetzes konnte Christian Brannock weder einen festgeschnallten Arm heben noch den behelmten Kopf schütteln. Seine Stimme schwankte. »Halt. Weitermachen. Ich muss rausfinden ... was passiert ist ...«

Willem nickte und konzentrierte sich auf seine Instrumente. Als Fachmann für Künstliche Intelligenz ergraut, konnte er aus den Anzeigen und Datenauswertungen Schlüsse ziehen, die einem Beobachter vor Ort womöglich entgangen wären.

Albtraumhaft durchfuhren Christian Fetzen und Scherben von Input, Schwärze, Taubheit, zermalmende Schwere, verlorene Kraft, nachlassende Ausdauer. In instinktiver Panik bäumte er sich gegen die Gurte auf. Irgendwie gelang es seinem Verstand jedoch, sich an den Funken Beständigkeit zu klammern, der von Gimmick stammte. Gemeinsam versuchten sie das Wenige zu deuten, was die Sensoren ihnen verrieten.

Diese unsteten Augenblicke der Realität wurden von Mal zu Mal chaotischer. Und sie wurden schwächer, bis Christian sie kaum noch auszumachen vermochte.

Der Rapport bricht gleich zusammen. Besser, ich trenne mich ganz ab und beginne mit der Arbeit. Christian konnte nicht sagen, ob er diese Entscheidung allein getroffen hatte oder ob die kühle Logik seines Partners daran beteiligt gewesen war. Außerdem wusste er nicht – und es kümmerte ihn auch nicht –, weshalb die Verbindung endete mit: *Bis dann. Viel Glück.*

»Abbrechen«, krächzte er laut.

»Abbrechen«, wiederholte Willem. Kritisch überblickte er seine Anzeigen und urteilte, dass ein augenblicklicher Abbruch neurologisch sicher sei. Dann drückte er die Befehlstaste. Das stimmaktivierte Kommunikationszentrum hätte dies alles auch allein zuwege gebracht, doch einen Menschen zu beteiligen bildete eine zusätzliche Sicherheitsvorkehrung. Er konnte die Bedürfnisse eines anderen Menschen besser beurteilen.

Alle Kanäle wurden getrennt. Die Neuroverbinder gaben Christian frei. Eine Minute lag er noch schweratmend im Lehnsessel, dann richtete er sich auf. Neben ihm stand Willem und reichte ihm ein Glas Wasser. Christian stürzte es in zwei Schlucken herunter. »Danke«, murmelte er. »Trocken wie das Land da draußen ist meine Kehle.«

»Das kommt von der Angst«, entgegnete der Kollege. »Ich hab' deine unwillkürlichen Bewegungen beobachtet. Willst du ein Levozin?«

Christian grinste schwach und ohne jede Fröhlichkeit. »Einen harten Drink hätte ich jetzt gern. Aber wir haben's eilig. Ja, eine Tablette nehme ich.«

Willem gab sie ihm. Levozin war immer zur Hand, schon für den Fall, dass eine Mission unerwartet lange dauerte oder schwierig wurde, ohne dass der Operator eine Pause machen konnte. »Wir haben es eilig, sagst du? Du meinst, wir könnten noch etwas unternehmen?«

Christian nickte. »Das sollten wir wohl lieber.« Er rappelte sich auf. Das Medikament entfaltete seine Wirkung, beruhigte und stimulierte ihn zugleich. Das Zittern erstarb, und seine Stimme wurde kräftiger. »Uff! Ich hoffe, ich finde mittendrin Zeit für eine Dusche. Ich stinke, als wäre ich schon sechs Wochen tot, oder?« Auf seiner Haut glänzte der Schweiß, der sein T-Shirt dunkel färbte.

Willem musterte ihn aufmerksam. »Meine Monitore zeigen, dass die Maschine ein Wrack ist. Der Sender ist schwer beschädigt. Er überträgt zwar immer noch Informationen, aber nur erratisch, und der Generator ist hinüber. Alles, was vielleicht noch funktioniert, ein Arm vielleicht, hat keinen Saft mehr. Und die Reserveenergie schwindet rasch.«

»Gimmick ist intakt.«

Willem seufzte. »Ja, so sieht es aus. Das setzt dir ganz schön zu, hm?« Schon oft hatte er gehört, dass man solch hoch entwickelte Computer und neuralen Netzen mitsamt ihren Programmen und Datenspeichern als ›Gehirne‹ bezeichnete. Menschen wie Christian, die eng mit einem solchen Gehirn zusammenarbeiteten – wenngleich kaum jemand so vertraut mit einer Künstlichen Intelligenz geworden war wie er –, neigten dazu, ihr einen Namen zu geben und von ihren persönlichen Macken zu sprechen wie andere von einem Schiff oder einem Werkzeug redeten, das ihnen lange gedient hatte. »Dir wäre es wohl lieber, die Zerstörung wäre rasch und vollständig gewesen. Sozusagen gnädig. Das wäre aber ein Schock für dich gewesen, ein schlimmerer als der, den du auch so schon erlitten hast.«

»Weiß ich. Als würde man plötzlich selber sterben. Davon hätte ich mich wieder erholt. Aber so . . . Mein Gott, Mensch, Gimmick ist da draußen, das ist nicht irgendein zermalmter Trümmerhaufen, das ist Gimmick! Und bald geht die Sonne auf.«

Willem seufzte. »Genau. Hast du eine Idee, was passiert sein könnte?«

Trotz ihres sorgfältig leidenschaftslosen Stils verlangte die Frage nach einer Antwort. Christian lockerte mühsam die geballten Fäuste. »Wir haben eine ungewöhnliche Felsnadel untersucht. Plötzlich fiel sie zusammen. Riesige Trümmerstücke haben Gimmick unter sich begraben.« Sein Ton nahm an Schärfe zu. »Den Körper, den Gimmick gerade benutzt hat.« Dann wurde er wieder unpersönlich: »Die Spitze des Sendemastes mit der Antennenschüssel ragt noch hervor, und was ich empfangen habe beweist, dass der innere Panzer das Gehirn geschützt hat.«

»Bist du dir sicher? Es könnte doch genauso gut in ziemlich üblem Zustand sein.«

Christian schüttelte den Kopf. »Nein. Glaubst du denn wirklich, das würde ich nicht wissen? Das hätte sich für mich angefühlt, als hätte ich selber einen Schlag auf den Kopf bekommen.«

»Also schön. Aber der Unfall – wie konnte es zu dem Zusammensturz kommen? Ein Erdbeben?«

»Nein«, erwiderte Christian im Brustton der Überzeugung. Er war schließlich dort gewesen – in gewisser Weise zumindest. »Auch kein Meteoriteneinschlag. Unsere seismologische Sondierung muss irgendetwas ausgelöst haben. Wie genau es dazu kam, kann ich dir aber nicht sagen. Du weißt ja selber, wie gering die Wirkung ist, die sie ausübt. Und der Merkur ist geologisch verbraucht. Dieses Stück Fels ragte bestimmt seit drei Milliarden Jahren dort empor, ohne dass es sich je verändert hat.«

»Ein unglücklicher Zufall also.«

»Vielleicht. Vielleicht sind solche Formationen und ihre Schwächen aber auch verbreitet. Woher sollen wir das wissen? Warum zum Teufel sind wir überhaupt auf dem Merkur, wenn nicht, um uns schlau zu machen? Bevor so etwas woanders geschieht ...«

Christian atmete durch und zwang sich zu größerer Gelassenheit. »Ich bin mit Gimmick nur verbunden gewesen. Der größte Teil der Informationen ist nicht bei mir, sondern in seinem Datenspeicher. Wenn wir ihn nicht vor Sonnenaufgang bergen, wird alles gebacken und gelöscht.«

»Nehme ich auch an. Thermostatisches System zerstört, und die Felsen sind vermutlich kein guter Ersatz für einen zerschmetterten Strahlenschild.« Willem legte dem Freund eine Hand auf die Schulter. »Tut mir leid. Schreckliches Pech. Für dich schlimmer als für die Expedition, würde ich sagen. Dieser Rapport, an den du dich so gewöhnt hattest, diese besondere Beziehung, die ihr entwickelt habt – alles dahin. Nun musst du wieder ganz von vorne anfangen, nicht wahr?« Er musterte die Falten in Christians Gesicht, die fahlen Stellen im blonden Haar. »Es sei denn, du suchst dir einen anderen Job oder gehst in Ruhestand. Es tut mir leid, Christian.«

Der schleuderte ihm eine Entgegnung ins Gesicht: »Nein! Wir haben genug Zeit, um ihn auszugraben, Gimmick aus dem Wrack auszubauen und hierher zurückzubringen. Aber dazu müssen wir jetzt etwas unternehmen, das sage ich doch die ganze Zeit!«

»Ich ... ich fürchte, das geht nicht. Lass mich nachsehen, ich will mich vergewissern.« Willem wandte sich seinen Tastaturen und Anzeigen zu. Christian blieb stehen, wo er war. Wieder ballte er die Fäuste.

Nach einer Weile blickte der Kybernetiker ihn wieder an und sagte langsam: »Nein. Ich habe die gegenwärtigen Aufenthaltsorte von allem abgerufen, was die nötige Kapazität besitzt.« Selbstprogrammierende Roboter, die den Planeten im Vorfeld des großen Unternehmens vermassen und studierten. Christians Einheit war die einzige echte Mensch-Maschinen-Verbindung gewesen, eine teure Angelegenheit, sowohl was Umweltsysteme als auch Ausrüstung anging, und die sich nur in besonderen Situationen lohnte, die verlangten, dass ein organisches Gehirn zugegen war. »Denk dran, sie sind über die gesamte Oberfläche verteilt. Selbst der Allernächste muss noch ziemlich raues Gelände hinter sich bringen. Keiner von ihnen ist rechtzeitig wieder hier.«

Christian war mittlerweile recht gefasst. »Das habe ich schon vermutet. Nun, so weit ist es nicht. Ich gehe selbst.«

3

Jeder einzelne in der Clement-Basis nannte die Idee Wahnsinn. Die zentrale Künstliche Intelligenz führte eine blitzschnelle Berechnung aus und stimmte zu. Kein möglicher Gewinn war das Risiko wert, die erforderliche Ausrüstung zu verlieren, geschweige denn ein Menschenleben. Commander Gupta verbot das Vorhaben.

Christian Brannock beharrte darauf, es durchzuführen. Er und Gimmick hatten Dinge vollbracht, die einem einzelnen Menschen oder einer einzelnen Maschine unmöglich gewesen wären. Die Verzögerung, bis ein Ersatz gefunden und zum Planeten gebracht worden wäre, und die Zeit, um die verlorenen Informationen wiederzuerlangen, gefährdeten das gesamte Projekt, und sei es nur durch die erhöhten Kosten, führte Christian an. Außerdem habe er als unabhängiger Unternehmer weite Entscheidungsfreiheit. Innerhalb gewisser Grenzen, von denen er nun behauptete, er überschreite sie keineswegs, konnte er mit Beschlag belegen, was er benötigte, um einen Notfall zu überwinden.

Seine Eile und seine Entschlossenheit überwanden alle Widerstände. Zwei Stunden später war er auf dem Weg.

Dann konnte er nur warten. Der Landrover, in dem er saß, lenkte sich selbsttätig. Seine Programmierung schloss eine topografische Karte ein, und Vermessungssatelliten lieferten die genauen Einzelheiten. Die Intelligenz der Basis, die sein Vorankommen über Kommunikationsrelais verfolgte, befahl hin und wieder einen Kurswechsel, um die Marschroute zu optimieren.

Nichts davon wirkte sich direkt auf Christian aus. Er konnte sich nicht einmal mit dem Roboter unterhalten, der ihn begleitete, denn der war auf Kraft und Geschicklichkeit ausgelegt, nicht auf Gedankentiefe. Sobald sie den Unfallort erreichten, würde die Intelligenz seine Handlungen steuern. Seine Körperfülle nahm den größten Teil der Kabine ein, die für – allerhöchstens – drei Personen ausgelegt war.

Ansonsten war es hinreichend behaglich. Erneuerte Luft strömte aus den Ventilationsschlitzen; sie war stets frisch. (Christian musste an Blumenduft denken, an Fichten und das Haar einer Frau, das in der Sonne leuchtete.) Die Temperatur wechselte fast unmerklich, weil das für die Gesundheit und die Aufmerksamkeit am besten war. Es spielte keine Rolle, ob draußen hundert Kelvin Mitternachtskälte herrschten oder sengende dreihundert Grad Celsius Mittagshitze. (Christian erinnerte sich an einen Strand, wo die Brandung sich brüllend brach, an kalten Wind in seinem Gesicht und Salz auf seinen Lippen, aber auch an die Wärme, die am Ufer eine windabgewandte Klippe ausstrahlte.)

Das Metall ringsum summte und bebte, das Deck unter seinen Füßen schwankte und stampfte, denn das Fahrzeug raste mit voller Geschwindigkeit über zerklüfteten Boden. Der Sitz, in dem er saß, glich die allermeisten Bewegungen aus, und was er nicht ganz von Christian abhalten konnte, spielte unter Merkurschwerkraft keine große Rolle. Wenn die Bewegung überhaupt eine Wirkung zeigte, dann eine beruhigende, wie das Schaukeln einer Wiege. (Er dachte an ein Boot, das auf die Kämme der Wellen kletterte und in die Wellentäler sank, das Gefühl, die Ruderpinne in der Hand zu halten, das Großsegel, das vor dem Himmel als schneeweiße Bergspitze erschien.)

Die Erschöpfung übermannte ihn. Er aß und trank etwas, zog den Sitz aus und schlief ein. Er träumte schlecht.

In einem dieser Träumte fragte er Gimmick: »Träumst du jemals? Ich meine, wenn wir nicht verbunden sind?«, und der Roboter antwortete: »Das hast du mir beigebracht.« Oder war das eine verwirrte Erinnerung? Sie waren schon mehrere Jahre zusammen und hatten viel Merkwürdiges gesehen.

Trotzdem fühlte er sich erfrischt, als er aufwachte, schnallte sich los, stellte sich auf das Ruckeln des Landrovers ein, lockerte die Muskeln und benutzte den Sanitor, aß etwas von den kalten Rationen und setzte sich wieder. Als er um eine korrigierte geschätzte Ankunftszeit bat, antwortete das Fahrzeug mit seiner tonlosen Stimme: »Noch ungefähr drei Stunden.«

Christian runzelte die Stirn. Dann blieb nicht viel Zeit bis Sonnenaufgang. Nun, das hatte er gewusst, bevor er das Unternehmen begann. Auf mehr konnte er nicht hoffen. Außerdem ... außerdem benötigte die aufgedunsene Sonnenscheibe fünfzehn Stunden, um sich über den Horizont zu erheben.

Er schaute hinaus. Ein direkter Blick war unmöglich, denn er saß unter dem Schutz einer dicken Panzerkuppel, doch die elektronischen Vorrichtungen, die er einschaltete, gaben ihm ein gleichwertiges Simulacrum: Plötzlich war es, als seien alle Wände über dem Deck verschwunden und als säße er unmittelbar unter dem Himmel, nackt, allein und unverwundbar. Ein Anblick, wie ein Engel ihn vielleicht erlebt hätte.

Nein, er war nur ein Mensch. Nun teilte er nicht mehr die übermenschlichen Sinneswahrnehmungen seines Partners. Doch eine ganze Weile verlor er sich in dem Anblick, der sich seinem unbewaffneten Auge bot.

Im Nordosten brach eine Art Morgendämmerung herein: Zodiakallicht, das von der Nähe der Sonne verstärkt wurde.

Wie ein riesiger, perlmuttweißer Flügel stieg es über Felsen und Krater und legte ein Viertel des Weges zum Zenit zurück, dann verblasste es zwischen den Sternen. Der galaktische Gürtel überstrahlte es, ein eisglitzernder Fluss, der von Weltrand zu Weltrand reichte. Überall sonst blitzten und strahlten die Sterne, zu Tausenden überwältigten sie die kristallklare Schwärze. Obwohl Christian sie häufiger gesehen hatte als er zählen konnte, empfand er einen Moment lang dennoch, wie sein Geist sich löste und aufwärts strebte, immer höher nach oben, bis er in die Majestät ihres Schweigens eintauchte.

Eine schwache Ahnung holte ihn zurück. Tief über einem Felskamm im Nordwesten stand ein blauer Diamant. Gerade eben konnte er einen winzigen, äschern-goldenen Fleck daneben ausmachen. Die Erde, so wusste er sofort, und der Erdmond. Sein Zuhause.

Ob dieser Mond heute Nacht auf einem Flöckchen von Ellens in den Wind verstreutem Staub glitzerte?

Manchmal, ohne jede Warnung, überwältigte ihn die Erinnerung an sie. Die Trauer hatte er schon vor langem überstanden. Vor ihr hatte es andere Frauen gegeben, und nach ihr auch. Ellen aber war es gewesen, für die er den Weltraum verlassen und sich am Boden eine Anstellung als Ingenieur gesucht hatte, denn nichts war es ihm wert erschienen, sie monate- oder gar jahrelang allein zu lassen. Nachdem sie gestorben war – auch Robotsteuerung vermochte noch nicht jeden sinnlosen Unfall zu verhindern – und er den Inhalt ihrer Urne auf dem Land verstreut hatte, das sie immer so geliebt hatte, kehrte Christian ins All zurück. Ihr gemeinsamer Sohn war erwachsen und brauchte ihn nicht mehr. Christian widmete sich der neuen Technik der Mensch-Maschinen-Verknüpfung und besuchte die Heimatwelt nur noch selten. Doch von Zeit zu Zeit kam die Erinnerung wieder, und sie schmerzte noch immer.

Vielleicht, sagte er sich betont selbstsüchtig, sei er so besser dran. Er habe den Preis zwar gern entrichtet, und doch habe er sich auf der Erde stets wie ein Gefangener gefühlt. Die Sterne ...

Und erneut blickte er in den Himmel. Ein tieferes Verlangen ergriff ihn. Das ganze Sonnensystem hatte er durchreist, überall hatte er gearbeitet. Jenseits seiner Grenzen aber wartete ein ganzes Universum.

Halb ärgerlich wies er das Gefühl von sich. Selbstmitleid. Jawohl, man würde zu den Sternen reisen, aber Christian Brannock würde das nicht mehr erleben; ›man‹ wäre aber nicht aus Fleisch und Blut, sondern Maschinen. Vernunftbegabte, vernünftige Maschinen gar, und sie würden das Erbe der menschlichen und der technischen Geschichte mit sich tragen, aber sie wären keine Menschen im eigentlichen Sinne.

Ellens Geist war noch da. Er machte die Kabine allzu still.

Christian neigte nicht zur Rührseligkeit. In seinem Job konnte niemand rührselig sein und überleben. Als Dummkopf überlebte man ebenfalls nicht. Deshalb musste man die langen Zeiträume, in denen man nichts zu tun hatte, mit etwas anfüllen – nicht nur mit Spielen und aufgezeichneten Fernsehsendungen, sondern etwas Anspruchsvollem, angefangen beim Lernen einer Sprache oder dem Meistern der Kalligrafie bis zum Erschaffen eines Kunstwerks oder dem Ausarbeiten einer philosophischen These. Christian Brannock war – unter anderem – ein Balladensänger, der mehrere eigene Werke komponiert hatte.

Seine Gitarre hatte er mitgenommen. Die Optik der kompletten Außenvision verdeckte seine unmittelbare Umgebung, doch er wusste, wo die Gitarre im Gestell hing.

Er streckte den Arm danach aus und löste sie. Als er sie auf seinen Schoß legte, kamen Resonanzboden und Saiten in Sicht. Er schlug einen Akkord an und begann zu singen.

Once upon a hearth
We lit a little fire
To warm our winter hands
And kindle our desire,
Which never needed this;
But still, we found it good

To see the flames seduce
*The dry and virgin wood.**

Nein. Abrupt riss die Melodie ab. Dieses Lied hatte er in seiner Jugend auf der Erde geschrieben, und später hatte es Ellen gut gefallen. Vor einer Weile hatte er es auf dem Mars zu neuem Leben erweckt, wo noch nie eine echte Flamme emporgelodert war. Hier aber erschien es ihm deplaziert.

Warum war er innerlich so aufgewühlt? Weil er Gefahr lief, Gimmick zu verlieren? Aber Gimmick war doch nur eine Maschine, nicht wahr? Nun, vielleicht nicht ›nur‹ ...

Christian musste sich auf Arbeit vorbereiten. Trotzig begann er ein älteres, unflätigeres Lied.

Oh, a tinker came a-strolling,
*A-strolling down the Strand –**

4

Nun erhob sich im Nordosten bereits die Korona der Sonne über den Felskamm. Ihre schillernde Pracht überstrahlte das Zodiakallicht und warf

*Es war einmal ein Ofen,
Darin entfachten wir ein kleines Feuer,
um uns die eiskalten Hände zu wärmen
Und unser Verlangen zu schüren,
Ohne dass es nötig war;
Dennoch fanden wir sie schön anzusehn,
Die Verführung
Des trocknen, jungfräulichen Holzes
Durch die Flammen ...

** Oh, ein Kesselflicker kam geschlendert,
er schlenderte unter *The Strand* (Straße in London)

einen fahlen, schattenreichen Schein über die Pocken und Narben der Merkur-Oberfläche. Eine karmesinrote Protuberanz leckte wie eine Zunge hervor und kündigte die nachrückende Scheibe an. Überall sonst herrschte noch immer das Sternenlicht. Die Erde lockte nicht mehr. Der Steilhang verdeckte sie.

Dieser Hang reichte von einem Horizont zum anderen und erfüllte den halben Himmel. Christian erinnerte sich an Gesimse, Felsspitzen, steile Böschungen und Mineraladern, Zeichen von Jahrmilliarden andauerndem Meteoritenbombardement. Doch hatte er sie gemeinsam mit Gimmick erblickt. Für seine bloßen Augen bestanden die Anhöhen nur aus tiefer Finsternis.

Er hätte sich vorstellen können, sie seien in Wirklichkeit eine Gewitterfront – auf seiner eigenen Zeitskala ist der Kosmos weder dauerhaft noch friedlich, sondern beängstigend gewalttätig –, nur dass nun der Trümmerhaufen auf der Geröllhalde unter dem Steinhang seine Aufmerksamkeit in Anspruch nahm. Unter diesem Haufen aus Steinbrocken lag sein Partner begraben. Die Antennenschüssel ragte heraus. Christian vermochte nicht genau auszumachen, ob und welchen Schaden sie davongetragen hatte. Ohne die Verbinder konnte er sie ohnehin nicht ansprechen. Die Intelligenz in der Clement-Basis hingegen kannte solche Beschränkungen nicht.

»Bist du im Bilde?«, brüllte er sie durch das Funkgerät des Landrovers an. »Was kannst du uns sagen?«

Eine Baritonstimme antwortete. Die Intelligenz konnte indes in jeder Stimmlage sprechen, genauso lebhaft und ausdrucksstark wie ein Mensch. »Nicht mehr als zuvor. Der Roboter beantwortet keine

Anrufe mehr. Offensichtlich weiß er, dass seine Signale zu schwach und zu stark verzerrt sein würden, und verschwendet keine Energie auf den Versuch. Sein Energievorrat genügt kaum, um die Computerfunktionen aufrechtzuerhalten.«

Mit anderen Worten, Gimmick ist noch bei Bewusstsein, sagte Christian sich. *Nein, jetzt vermenschliche ich ihn allzu sehr. Und das ist keine wissenschaftliche Vorgehensweise, oder?* »Weiß er, dass wir hier sind?«

»Anhand seismologischer oder elektronischer Hinweise vermutlich.« Die Intelligenz ließ einen drängenden Unterton in ihre gelassene Stimme treten. »Zögere nicht, wenn du irgendetwas retten willst, was zu retten sich lohnt.«

Christian stellte sich vor, wie Gimmick eingeschlossen auf Rettung oder Tod wartete. Tastend? Hoffend? Wie zuvor so viele Menschen, die ein Erdrutsch unter sich begraben hatte oder die in einem manövrierunfähigen Raumschiff hilflos auf dem letzten Kurs weiterrasten. War es denn wirklich so verstiegen anzunehmen, dass Gimmick ebenfalls weiterleben wollte?

»Richtig«, sagte er. »Übernimm den Roboter.« Er zögerte. »Bitte.«

Die große, menschenähnliche Maschine bewegte sich. Sie drehte sich um und rumpelte aus der Kabine. Christian hörte, wie sie die Luftschleuse am Crew-Einstieg erreichte, und eine Minute später fauchten die Pumpen und evakuierten die Schleusenkammer. Dann sah er, wie der Roboter auf der Oberfläche erschien und in das Leuchten der Korona trat. Dort blieb er eine weitere Minute stehen, während die Intelligenz durch seine Sensoren die Szenerie studierte, dann begann er, die Geröllhalde zu erklimmen. Unter seinen Füßen rutschten Scherben beiseite und schlitterten hinab. Auf der

Erde hätten sie geklirrt und geklappert. Christian konnte es nicht ertragen, herumzusitzen und zuzusehen. Er würde erst gegen Ende eine Rolle spielen, wenn Werkzeuge eingesetzt werden mussten, zu deren Benutzung der Roboter nicht ausgelegt war. Dabei stieg die Korona schon höher, die Flammenzunge loderte höher in den Himmel. Vielleicht bedeutete Christian Brannocks geringe Körperkraft schon jetzt den entscheidenden Unterschied.

Die Intelligenz bemerkte sein Vorhaben. »Nicht«, warnte sie ihn. »Schon wenn du dich an den Plan hältst, begibst du dich in große Gefahr.«

»Hier habe ich das Kommando«, entgegnete Christian.

Auf dem Weg zur Schleuse blieb er an einem Spind stehen. Der geologischen Ausrüstung, die darin verstaut war, entnahm er einen Spaten und eine Spitzhacke. Vor der Luftschleuse stieg er in seinen Raumanzug und arbeitete sich mit jener fast gedankenlosen Routine durch die Checkliste, wie sie sich durch jahrelange Gewohnheit einstellt. *Fast* gedankenlos; jede winzige Fehlfunktion, der kleinste Fehler tötete den Unachtsamen. Maschinen waren widerstandsfähiger. Kein Wunder, dass sie es waren, die zu den Sternen reisen würden. Mittlerweile hatte man selbst auf den Planeten nicht allzu viel Verwendung für Menschen.

Mit aller Ausrüstung wog er weniger, als er unbekleidet auf der Erde gewogen hätte. Die Masse freilich und ihre Trägheit hingen nicht von der Schwerkraft ab und blieben unverändert, eine Kombination, die sich oft als tückisch erwies. Lebhaft hüpfte er über den Boden bis an den Geröllhang, doch von dort wählte er seinen Weg mit Bedacht. Vom Kamm der Anhöhe erhaschte er ein Helldunkelbild des Landrovers: Die metallenen

Teile lagen zum Teil im Schatten, zum Teil glänzten sie grell. Wenn man Einzelheiten außer Acht ließ, sah der Rover aus wie eine riesige Ausgabe von Gimmicks Körper, nur dass die spezialisierten Gliedmaßen fehlten, die Detektoren, die Probenbehälter – ein eiförmiger Körper mit einem Turm, dessen Beine zurzeit eingeklappt waren. Er ruhte auf den Raupenketten und hatte gegen den Ansturm des Sonnenlichts die Radiatorfinnen ausgefahren.

Zum Teufel mit Körpern. Gimmick hatte so viele Körper besessen. Was gerettet werden musste, war die Einheit mit der Hardware, Software und dem Datenspeicher. Das Gehirn. Der Verstand? Die Seele? Auf jeden Fall das, was Gimmick ausmachte.

Gleichmütig rackerte sich der Roboter ab. Die Anhängsel seiner vier Arme lockerten Felsen und schleuderten sie beiseite. Sie kollerten hinab, bis sie auf niedrigerem Terrain zu liegen kamen. Oft hielt er inne, wenn die Intelligenz nachdachte, dann bewegte er sich an eine andere Stelle. Christian wusste, dass dieses Vorgehen für eine effektive Ausgrabung sorgen und ein Abrutschen verhindern sollte. Im Vergleich dazu war sein Urteilsvermögen erbärmlich zu nennen, und seine Muskeln waren schwach. Dennoch, wenn er vorsichtig war, konnte er mehr helfen als schaden – wenigstens ein bisschen Hilfe leisten.

Der Körper gelangte in Sicht. Er war grausam verschrammt und eingedellt. Die Korona kletterte höher.

Christian grub. Nach einer Weile keuchte er vor Anstrengung. Das Klimasystem des Raumanzugs konnte nicht mehr Schritt halten: Die Helmscheibe beschlug, und die Luft wurde dick und stank. Das Werkzeug zitterte in seinen Händen. »Schone dich«, ermahnte ihn die Stimme der Intelligenz. »Du wirst für die Präzisionsarbeit gebraucht.«

Er gab nach. Mit der Arbeit innezuhalten fiel ihm schwerer als alles, woran er zurückdenken konnte.

Die erste Sonnensichel leuchtete grell über den Kamm. Plötzlich waren die Schatten lang und scharf. Kleine Krater stachen hervor wie Atolle. Sterne waren kaum noch zu sehen.

Fünfzehn Stunden noch ... Aber schon lange vorher würde der Sonnenwind über das Land wehen und den Strahlenregen mit sich bringen. Glutofenhitze würde folgen. Nur der Rover bot Schutz.

»Wenn du vernünftig bist, ziehst du dich nun zurück«, sagte die Stimme.

»Weiß ich«, entgegnete Christian. »Bin ich aber nicht.«

Der Roboter schuftete weiter.

Das Mittelteil war freigelegt. Wenn Christians Helmscheibe sich nicht selbsttätig verdunkelt hätte, wäre er von dem Licht, das von dem Metall reflektiert wurde, geblendet worden. Doch nun konnte er sich endlich an seine eigentliche Arbeit begeben.

Die Sonnenstrahlen fielen fast horizontal ein und streuten daher nur sehr wenig. Noch immer war es Nacht, wo sie nicht direkt einfielen. Der Werkzeugsatz in seinem Raumanzug enthielt Taschenstrahler und Miniradars, doch oft genug musste er sich auf den Tastsinn seiner sensorgesteuerten, motorverstärkten Handschuhe verlassen. Sein Ziel bestand darin, mehrere übereinander liegende Schutzschalen zu öffnen und die unabhängige Einheit zu entfernen – genau so vorsichtig, als wäre er ein Gehirnchirurg.

»Hintergrundstrahlung steigt rapide an«, meldete die Intelligenz.

»Halt den Mund«, erwiderte Christian. »Ich habe zu tun.«

Und irgendwie befreite er Gimmick, ehe einer von ihnen eine zu hohe Dosis abbekam. Er barg das Sphäroid und die herunterhängenden Kabel in seinen Armen, kletterte die Geröllhalde hinunter und setzte mit langen Sprüngen über das feste Gestein. Staub wallte auf, wo seine Stiefel landeten. Vor ihm öffnete sich die Luftschleuse. Er wankte hindurch und eilte in die Kabine, wo er sich in einen Sitz fallen hieß. Das Herz schlug ihm bis zum Hals. Der Aufruhr, der in ihm tobte, ließ noch immer keinerlei Triumphgefühl aufkommen. Am meisten verlangte es ihn nun nach einem kalten Bier. Vielleicht auch zweien oder dreien oder vieren.

Der Roboter blieb noch eine Weile draußen, untersuchte die ausrangierte Maschine und wählte einige Felsproben aus, dann kehrte er ebenfalls in den Rover zurück. Für ihn bestand kein Grund zur Eile.

5

Wie Christian brauchte auch Gimmick nicht in Rapport zu stehen, um Daten zu verarbeiten oder ein Programm auszuführen – sich zu erinnern, zu denken, bewusst zu sein. Im Gegensatz zu Christian brauchte Gimmick dazu allerdings keinen Körper. Eine Stromversorgung und einige Eingabe/Ausgabe-Anschlüsse genügten ihm schon. Nach der Rückkehr zur Basis war er mit der Zentralintelligenz verbunden worden, um die neu gewonnenen Erkenntnisse zu übertragen und auszuwerten. Diese Schaltkreise waren nun außer Betrieb.

Die Stimme aus dem Interkom hätte deshalb

unbewegt sein sollen, die Worte ein emotionsloser Bericht. Um Menschlichkeit nachzuahmen, wie die Zentralintelligenz sie verstand, bedurfte es Leistungsreserven, die weit über die Möglichkeiten eines Erkunders hinausgingen – besonders eines Erkunders, der zumeist von einem menschlichen Verstand gelenkt wurde. Dennoch übermittelten sowohl Tonfall als auch Wortwahl Gimmicks an diesem Tag mehr als nur Informationen. Noch etwas schwang darin mit, eine Andeutung von Lebhaftigkeit.

»Du hast den Grund des Einsturzes festgestellt?«, fragte Christian wissbegierig.

»Aber ja«, antwortete Gimmick. »Der Nanotech hat die Kristallstruktur Atom für Atom untersucht, und dann hat das große Gehirn ein Modell erzeugt und die Berechnung gestartet. Es hat sich herausgestellt, dass diese besondere Kombination von Mineralien ungewöhnlich anfällig gegen thermische Belastung ist. Nun, selbst das nicht in allzu großem Ausmaß, sonst hätte die Nadel niemals so lange dort gestanden. Aber die Gigajahre lange Wechselwirkung von Wärme und Kälte haben das Material zermürbt. Der Sonnenwind und die kosmische Strahlung waren ihm auch nicht gerade zuträglich. Immer mehr Defekte entstanden innerhalb der Struktur, bis irgendwann so viele Materialfehler vorhanden waren, dass die nächste stärkere Erschütterung alles zusammenbrechen lassen musste. Früher oder später wäre gewiss ein größerer Meteorit in der Nähe eingeschlagen.«

Christian runzelte die Stirn. »Aber wir haben die Nadel nicht stark erschüttert.«

»Natürlich war unsere seismologische Sondierung sehr sanft; eine Resonanzkatastrophe, ausgelöst durch die Schwingungen der Sondierung, hat die Nadel bersten lassen. Eine Baustelle in der Nähe oder ein landendes Raumfahrzeug hätten das Gleiche bewirkt.«

»Ergibt sich dadurch ein größeres Problem?«

»Das wird sich zeigen. Wahrscheinlich aber nicht. Der Fels hat allem Anschein nach eine eher ungewöhnliche Zusammensetzung. Auf jeden Fall sind die Planer nun vorgewarnt.«

»Diese Entdeckung ist die Kosten wohl wert gewesen. Unser Geld haben wir uns jedenfalls verdient!«

Schwankte die Stimme nun kaum merklich? »Wann können wir denn mit den Erkundungen weitermachen?«

»Weiß ich nicht. Ich habe mich damit beschäftigt und auf dem ganzen Planeten keinen Roboter gefunden, der dazu geeignet ist, ihn für dich umzurüsten. Wenn es zu lange dauert, auf der Erde einen neuen Körper für dich bauen und hertransportieren zu lassen, dann versuche ich unseren Vertrag vorzeitig aufzuheben, damit ein anderes Team an unsere Stelle treten kann. Ich habe keine Lust, untätig monatelang herumzusitzen, und schon gar nicht auf dem Merkur.« Er blickte Willem Schuyten an. »Tut mir leid«, sagte er. »Das liegt nicht an der Gesellschaft hier.«

Der ältere Mann lächelte ironisch. »Wenn man davon absieht, dass es hier keine lebendigen Frauen gibt. Ich mache mir überhaupt nichts aus den virtuellen.«

»Und das ganze Universum wartet auf uns«, sagte Christian noch leiser.

Der Kybernetiker bedachte ihm mit einem sehr eindringlichen Blick. Einen Moment lang herrschte tiefe Stille im Raum. Sie waren in Christians Quartier. Auf dem Bildschirm einer Wand prangte ein

Bild des Saturn, der wie ein erlesenes Juwel im All schwebte. Auf der anderen trieb Pulverschnee weiß unter einem prächtigen blauen Himmel über die Flanke des Mount Everest. Ein dritter, kleinerer Schirm zeigte ein Porträt seiner Ellen, dessen Animation er nur noch selten einschaltete, und ein vierter zeigte ihren Sohn; dieses Bild erweckte er oft zum Leben. Seine Gitarre lehnte am Schreibtisch, der mit Figurinen und dem Handwerkszeug zu ihrer Herstellung übersät war. Auf dem Tisch zwischen den beiden Männern standen eine Flasche und zwei Whiskeygläser.

Christian machte eine Bewegung. »Also«, sagte er zum Interkom, »ich sage dir Bescheid, sobald ich selber mehr weiß. Wenn du inzwischen nichts hast, womit du dich amüsieren kannst, solltest du dich abschalten. Adios.«

»Bis dann«, entgegnete die Stimme und verstummte.

»Flucht vor der Langeweile«, brummte Christian. »Darum beneide ich dich.«

»Meinst du das ehrlich?«, fragte Willem ebenso leise.

Christian zögerte, bevor er antwortete. »Wohl nicht. Neid hätte wenig Sinn, nicht wahr?«

»Neid auf eine Maschine bestimmt nicht. Aber du hast mit Gimmick in einem Ton gesprochen, als würdest du dich mit einem Freund unterhalten.«

Christian zuckte mit den Achseln. »Gewohnheit. Hast du noch nie eine Maschine angesprochen – oder sie beschimpft?«

»Ich sagte: ›Mit ihm gesprochen‹, nicht ›ihn angesprochen‹. Mir ist es bisher nie aufgefallen – weil ich es nie so deutlich mitbekommen hatte –, wie ihr beiden euch *unterhaltet*. Wie gespenstisch lebensecht Gimmick klingt. So sehr wie du.«

»Mich wundert, dass es dich überrascht. Du bist doch der Fachmann für KI.«

»Künstliche Intelligenz ist ein weites Feld, und es weitet sich exponentiell aus. Bevor ich auf den Merkur kam, hatte ich keine Erfahrung mit einem Team wie dir und Gimmick. Und auch hier war ich hauptsächlich mit der Zentralintelligenz beschäftigt.« Er musste sie dabei unterstützen, die vielfältigen Aufgaben auf einer Welt voll Unbekanntem zu leiten.

»Aber eigentlich müsste es dir doch einleuchten. Gimmick ist kein Gegenstand, den ich lenke wie ein Boot oder an- und ausziehe wie einen Handschuh. Er kann eigenständig arbeiten. Er fällt Urteile und verhält sich dementsprechend. Er lernt. Natürlich hat er auch von mir gelernt – und Verhaltensweisen aufgeschnappt.«

»Und du von ihm«, sagte Willem langsam.

Christian hatte die Hand nach dem Glas ausgestreckt; nun ließ er sie auf den Tisch sinken und ballte die Faust. »Ich hätte nie damit gerechnet, so etwas aus deinem Mund zu hören«, fuhr er den Kybernetiker an. »›Entmenschlichung‹, ›Gefühlsverlust‹ – das sind doch alles Schlagworte dieser marktschreierischen Organizisten, von denen es auf der Erde nur so wimmelt!«

Willem hob die Hand. »Friede. Natürlich weiß ich es besser. Ich wollte dich nicht angreifen. Ich entschuldige mich.«

Christian entspannte sich ein wenig. »Tut mir leid. Habe überreagiert, so etwas Dummes.« Er lächelte reumütig. »Ich glaube, meine Nerven sind noch nicht ganz zur Ruhe gekommen, seit ich an diesem Steilhang herumgekraxelt bin.«

»Nur zu verständlich. Aber ich will auf etwas Bestimmtes hinaus – und davon komme ich auf etwas, was mir schon seit längerem nicht mehr aus dem Kopf geht.«

Christian hob das Glas, trank und lehnte sich zurück. »Dann nur zu, sprich dich aus.«

»Du hast Gimmick einen Namen gegeben – zwar bloß einen Scherznamen, aber das zeigt schon, dass du ein Gefühl für ihn hegst. Und du beharrst darauf, Gimmick nicht als ein Es, sondern als einen Er zu bezeichnen.«

»Sicher, warum nicht? Auf der Erde habe ich ein paar Boote besessen. Ich habe sie getauft und von ihnen als Sie gesprochen.«

»Aber, wie du selbst gesagt hast, Gimmick ist nicht einfach nur eine passive Maschine. Innerhalb ... seiner ... Grenzen denkt er im Grunde doch. In der Verbindung zu dir wird er zum ... zum Aspekt, zur Facette eines menschlichen Wesens.«

»Nein«, widersprach Christian gelassen. »Verbunden sind wir mehr als nur ein Mensch.«

»In Bezug auf die Sinnesreichweite und die Kapazitäten schon. Das sind Eigenschaften, die dich verändern. Aber du bist ein Mensch. Dein sind die Instinkte, Triebe, Ängste und Hoffnungen, Freud und Leid, alles in vier Milliarden Jahren Evolution auf der Erde entstanden. Glaubst du denn wirklich, der Kontakt damit würde Gimmick nicht beeinflussen?«

Erneut sammelte Christian seine Gedanken, bevor er antwortete. »Natürlich muss das während der Zeit geschehen sein, die wir als Team arbeiteten, und das ist schon eine lange Zeit, das merke ich jetzt. Und es hat mich nie erstaunt.« Er stürzte noch einen Schluck herunter. »Zum Teil werde ich deshalb so wütend, wenn ich auf diese Blödmänner treffe. Robotisierung von Menschen? Wie wär's mit Vermenschlichung von Robotern?«

»Innerhalb ihrer Grenzen, wie du schon gesagt hast«, merkte Willem vorsichtig an.

Christian nickte. »Zugegeben. Ich will schließlich nicht behaupten, Gimmick wäre das Gleiche wie du. Das wäre, als würden wir Äpfel mit ... mit Blaumeisen vergleichen.«

»Als du darauf bestanden hast, hinauszugehen und dein Leben aufs Spiel zu setzen, hast du behauptet, du wolltest die Daten retten. Nun, sie haben sich tatsächlich als wichtig erwiesen. Aber was du da draußen wirklich gewollt hast, war doch etwas anderes: Du wolltest einen Freund retten. Das stimmt doch, oder?«

Christian schwieg.

Willem seufzte. »Und doch, verglichen mit der Zentralintelligenz hier auf dem Merkur, ist Gimmick sehr beschränkt. Ganz zu schweigen von den größeren Systemen auf der Erde. Und wie ich schon sagte, die Entwicklung schreitet exponentiell voran. Mein Wissen wird schon bald überholt sein, und dann gehe ich in den Ruhestand und verbäuerliche. Das steht übrigens allen meinen Berufskollegen bevor.

Wo soll das enden? Wo endet bloße Rechenleistung, wo beginnt echtes Bewusstsein? Das kann ich nicht sagen, und dabei ist genau dieses Feld mein Leben lang mein Spezialgebiet gewesen. Niemand kann das sagen, und dabei macht man sich schon seit zwei oder drei Jahrhunderten Gedanken darüber.«

Er beugte sich vor. Er suchte Christians Blick und hielt ihn gefangen, als er ihn gefunden hatte. »Aber ich weiß ein paar Dinge, die noch nicht veröffentlicht sind. Hast du schon einmal von der Übertragung einer ganzen Persönlichkeit in einen Computer gehört?«

»Wer hätte das nicht?«, entgegnete Christian. »Das ist noch solch eine Idee, mit der man sich schon seit wer-weiß-wann beschäftigt. Nach der letzten Analyse, die ich gesehen habe, ist es undurchführbar. Die Entropie ...« Angesichts der plötzlichen Eindringlichkeit, die am Tisch Einzug gehalten hatte, ließ er seine Worte versiegen.

»Das war einmal«, sagte Willen. »Wir haben nun den wirklich steilen Teil der Fortschrittskurve erreicht. Das Übertragen sollte in zehn bis fünfzehn Jahren möglich geworden sein. Man erfasst den gesamten Organismus, speichert die Informationsmatrix in die Datenbank eines fortgeschrittenen neuralen Netzes und fügt Sensoren und Effektoren hinzu. Jawohl, eine Existenz als Maschine, aber nicht wie ein gewöhnlicher oder sogar außergewöhnlicher Roboter. Und später vielleicht ... Wer weiß, was später alles möglich sein wird?

Wenn man es dann überhaupt will.«

Christian erschauerte.

»Jawohl«, sagte Willem und nickte. »Ich habe dich und deinen Partner beobachtet. Du kommst mir wie ein ausgezeichneter Kandidat für die Übertragung vor.

Die ersten Sternenschiffe werden nicht lange nach Ende deiner natürlichen Lebenserwartung startbereit sein. Die Expeditionen benötigen dann ein Element menschlichen Urteilsvermögens, Willens und Verlangens. Denk darüber nach. Wenn dir nicht doch noch ein Missgeschick widerfährt, wie es dir neuerdings dauernd geschieht, dann hast du noch Zeit, um dich zu entscheiden. Wie würde dir der Gedanke gefallen, dass wenigstens dein Bewusstsein zu den Sternen reist?«

4

Kein lebender Mensch und keine lebende Frau reiste jemals dorthin. Fleisch ist einfach zu schwach dazu.

Man überlege: Im Vakuum bewegt sich das Licht mit der höchstmöglichen Geschwindigkeit, annähernd dreihunderttausend Kilometern pro Sekunde. Nichts kann schneller sein. Materie bräuchte dazu eine Energie, die größer wäre als unendlich groß; im Falle von Informationen wären dann Zustände möglich, die in die Zeit zurückgreifen und jene Vergangenheit ändern könnten, der sie ihre Existenz verdanken.

In dem Zeitalter, als die Pioniere Sol verließen, benötigte das Licht viereindrittel Jahre, um die Entfernung zur nächsten Sonne zu überbrücken. Der durchschnittliche Abstand zwischen den Sternen war in diesem Randbezirk der Galaxis etwa doppelt so groß.

Stand eine wirklich dringende interplanetarische Reise an, so erreichte ein Raumschiff manchmal Geschwindigkeiten von bis zu einhundert Kilometern pro Sekunde. Damit dauerte der Flug von der Erde zum Mars allerwenigstens zehn Tage, zum fernen Pluto anderthalb Jahre. Solche Expressflüge verschlangen außerordentliche Energiemengen und kamen nur selten zur Anwendung; wenn, dann von Kleinstschiffen mit geringer Masse. Ansonsten bewegten sich Roboter so schnell, wie sie wünschten. Mit dieser Geschwindigkeit ließ sich die kürzeste interstellare Reise in dreizehntausend Jahren bewältigen.

Die Zentralintelligenz der Erde, vernetzt mit ihren Untergebenen und Gleichgestellten im ganzen Sonnensystem, entwickelte leistungsfähigere Raumfahrzeuge. Man brauchte sie kaum noch zu testen, als sie gebaut – oder, wie wir besser sagen sollten –, gewachsen waren; so grundlegend hatte die Intelligenz die Naturgesetze und die physische Realität begriffen, so fundiert waren ihre Logik und ihre Mathematik. Die Alpha-Centauri-Expedition war nur zehn Jahre unterwegs. Nicht mehr lange, und man konnte annähernde Lichtgeschwindigkeit erreichen.

Nun ist der Weltraum in Wirklichkeit jedoch kein Vakuum. Wasserstoff- und Heliumgas finden sich darin, die mit dem hier und dort anzutreffenden Staub gewaltige Wolken bilden. Nirgendwo weist diese Materie eine hohe Dichte auf, es sei denn dort, wo sie sich unter der eigenen Schwerkraft zusammenzieht und neue Sterne gebiert. In der Umgebung Sols betrug die Materiedichte zu jener Zeit nur etwa ein Atom pro Kubikzentimeter. Dennoch begegnet jedes Objekt, das sich mit einem wesentlichen Bruchteil der Lichtgeschwindigkeit bewegt, in jeder Sekunde zahlreichen dieser Atome. Jede Kollision setzte Energie frei in Form harter Strahlung, von der ein Lebewesen fast augenblicklich getötet worden wäre.

Die Elektronik und Photonik der Maschinen, ja selbst ihr Metall zu schützen war bereits schwierig genug. Eine materielle Abschirmung genügte hier nicht. Davon abgesehen, dass noch immer Sekundärstrahlung entstanden wäre, genauso schlimm oder noch schlimmer als die Primärstrahlung, wäre jede Panzerung binnen kurzem abgerieben gewesen. Man benötigte magnetohydrodynamische Kraftfelder, die präzise gesteuert und in kürzester

Zeit an jedes Erfordernis angepasst werden mussten; sie hatten genauso unaufdringlich wie energiestark zu sein. Auf Kohlenstoff basierendes Leben hätte auch ihre Nähe nicht vertragen – und es hätte in jedem Fall in geradezu absurder Weise komplizierte und massenintensive Apparatur zu seiner Aufrechterhaltung verlangt.

Daher reisten Bewusstseine zu den Sternen; Maschinenbewusstseine.

Von außen betrachtet, nahm sich der Aufbruch eines Sternenschiffs hübsch, aber kaum spektakulär aus. Ein pfeilförmiges Fahrzeug, das im Licht der fernen Sonne glänzte, löste sich aus der Umlaufbahn und verschwand im Himmel. Später bildete sich darum eine Aureole und folgte ihm als Schweif, als sei es ein strahlender Komet, wenngleich das Licht zumeist auf Wellenlängen ausgesandt wurde, für die das menschliche Auge unempfänglich war. Sobald das Schiff sein Ziel erreichte, sendete es seine Entdeckungen und Erfahrung an die Zentralintelligenz und alle Menschen, die sich dafür interessierten.

Viele Menschen taten das, denn die Sternenreisenden waren nicht völlig fremd. Einer dieser Roboter trug den Geist von Christian Brannock in sich.

5

1

In sanften Hügeln zog sich die Landschaft dahin; intensiv grün waren sie und von Wildblumen bewachsen. Bäume standen einzeln oder in kleinen, weit verstreuten Hainen – Eichen, Birken und Ulmen. Der Wind ließ ihre Kronen schwanken und erzeugte ein Spiel aus Licht und Schatten. Während Laurinda Ashcroft über das Land hinausblickte, konnte sie fast Wärme und Wind spüren, die Vögel singen hören und den Blütenduft einatmen.

Dennoch war der Anblick elektronisch erzeugt, denn ihr Haus und seine wenigen Nachbarn lagen unter der Erdoberfläche. Und die Natur über ihnen war nicht alt. Vor einem Jahrhundert hatte dort eine Plantage gestanden, hier und da von den Überresten einer hässlichen Industriestadt durchbrochen. Erst als die nützlichen, gentechnisch erzeugten Monstrositäten überflüssig wurden, war alles ausgemerzt und ein Naturschutzgebiet errichtet worden.

Doch über den Felskamm im Osten erhob sich ein Spitzturm, schon seit mehr als eintausend Jahren.

All diese Schönheit kann wieder sterben, dachte sie. *Eis könnte sie zermalmen, Strahlung versengen, oder – wer weiß? Eines Tages wird sie durch den einen oder anderen kosmischen Zufall vernichtet, anders geht es nicht.* Dieses Wissen betrübte sie. *Es sei denn, Terra Central entscheidet schon vorher, die Landschaft habe ihre Nützlichkeit überlebt.*

Vor dieser Vorstellung schreckte sie zurück, vor diesem Gefühl der Hilflosigkeit. *Was soll's! Im Augenblick müssen wir lediglich das Universum bezwingen. Was voraussetzt, dass wir den Menschen meistern.*

Sie sammelte Willen und Kraft und wandte sich wieder ihrem Gast zu. Stehend wartete er darauf, dass sie nach seiner vorsichtigen Begrüßung Worte fand. Die Andeutung eines Lächelns auf seinen Lippen erinnerte sie an eine Parlamentärsflagge.

Nicht dass Omar Hamid ein so veraltetes Symbol erkannt hätte. Laurinda holte Luft, zwang ihrerseits ein breites Lächeln auf ihr Gesicht und neigte über zusammengelegten Händen knapp den Kopf. Er erwiderte die Geste. Die ungute Ahnung, die sie bei seinem Eintreten überfallen hatte, erstarb so rasch, wie sie aufgekommen war. Eine unvernünftige Ahnung. Schließlich hatte er seinen Besuch schon mehrere Tage im Voraus angekündigt und war allein deshalb gekommen, weil er mit ihr sprechen wollte. Es erstaunte Laurinda, dass die Begegnung mit ihm ihr so sehr zusetzte.

»Ja, du bist hier willkommen, Omar«, sagte sie. »Immer.«

Seine Schüchternheit, wenn es denn Schüchternheit war, verhärtete sich zu Vorsicht. »Trotz meines Ansinnens?« Sein Inglay besaß einen stärkeren Akzent als früher. Vermutlich erhielt er nicht mehr sonderlich viele Gelegenheiten, es zu sprechen.

Laurinda schüttelte den Kopf. »Obwohl es so lange her ist«, entgegnete sie leise.

»Das tut mir leid.« Er klang aufrichtig. »Ich glaubte, du würdest ... mich lieber nicht mehr sehen wollen.«

»Das stimmt. Eine ganze Weile war es so.«

»Und dann?«, fragte er geradezu besorgt.

»Dann tat es nicht mehr weh. Ich erinnerte mich an das Gute. Sonst ... Wir haben einen Fehler begangen, du und ich. Einen ehrenhaften Fehler, und wir waren sehr jung.«

Der Blick, den er ihr schenkte, war sehr kurz und auf unheimliche Weise vertraut. Es schien, als wären die Falten und der gestutzte weiße Bart eine Maske, die vorübergehend fiel und ihr einen Blick in das Gesicht gestattete, das sie einmal gekannt hatte.

»Manchmal habe ich mir sogar gewünscht, du würdest anrufen«, fügte sie hinzu.

»Das hätte ich kaum gewagt.«

»Ich auch nicht. Allerdings glaube ich, wir beide fürchteten uns vor allem vor dem Stolz, vor dem verletzten Stolz der Jugend – dem Stolz des anderen und dem eigenen.«

»Es noch einmal zu versuchen, wäre vermutlich ein weiterer Fehler gewesen.«

»Der gleiche, und er hätte zu dem gleichen Ergebnis geführt. Oder zu noch mehr Verbitterung. Trotzdem habe ich hin und wieder überlegt, wie schön es wäre, wieder einmal von dir zu hören.«

»Mir ging es ähnlich. Natürlich habe ich von dir gehört, immer öfter sogar. Ich hoffte – ich hoffe, du bist glücklich.«

»Weshalb sollte ich nicht glücklich sein?«

»Weil dein Leben sich so sehr verändert hat.«

Ihre Blicke trafen sich und hielten einander stand, doch schien der ihre durch ihn hindurchzudringen und den Raum und den Moment hinter sich zu lassen. »›Alles wandelt sich im Meer‹«, murmelte sie, »›zu Gebilden reich und hehr.‹«

Der belebte Planet und alles, was darauf lebt. Das Wissen, Visionen und das Bewusstsein von Terra Central. Die Bewusstseine an den anderen Sternen, die

Sterne selbst, das Wunder und das Geheimnis, das der Kosmos ist. Und zwischen all dem: ich.

Omars nächste Frage riss sie aus ihrer Wehmut. »Was meinst du damit?«

»Ach, das«, sagte sie bemüht leichthin. »Nur ein Zitat.«

»Dein Sprachstil hat sich sehr verändert. Gelehrtenhaft, sagt man das dazu? Ich nehme an, das liegt an der Arbeit mit Terra Central?«

»Eigentlich nicht. Ich lese sehr viel.« Sie zwang sich zu einem weiteren Lächeln. »Eine anachronistische Gewohnheit, ich gebe es zu.«

Doch notwendig, wie sie festgestellt hatte – wenigstens für sie, wenn nicht für jeden, der als Bindeglied zwischen Mensch und Maschine diente. Die Wunder waren zu groß, die Gedanken zu gewaltig. Sie war Gefahr gelaufen, ihre Menschlichkeit darin zu verlieren. Werke und Lieder aus der Vergangenheit erretteten sie davor. Manchmal fühlte sie sich dieser Vergangenheit, selbst ihren Erfindungen – Hamlet, Anne Elliott, Wilkins Micawber, Vidal Benzaguen – näher als der Welt, in der sie lebte.

Sie brach den Gedanken ab.

»Genug«, sagte sie. »Über mich wenigstens. Bitte setz dich doch. Kann ich dir etwas anbieten? Früher hast du gern Kaffee getrunken – schwarz, stark und süß.«

»Danke«, antwortete Omar. »Ich mag ihn noch immer so.« Er zögerte. »Danke, dass du dich erinnerst.«

Stühle formten sich zu Körpern von geschmeidiger, unaufdringlicher Sinnlichkeit. Laurinda erteilte dem Haus einen Befehl. »Erzähl mir von dir«, drängte sie den Gast.

»Du weißt schon.« Er klang abwehrend.

»Nur was du zuletzt getan hast. Was hast du gemacht, wie ging es dir seitdem?«

Er zuckte mit den Schultern. »Im Großen und Ganzen zufriedenstellend. Ich beschäftigte mich mit dem, was mich interessiert – vor allem Sport, wie du dir denken kannst.«

»Ich nehme an, aus dir wurde ein Champion.«

»Nicht ganz, aber ich habe mich nicht schlecht geschlagen.«

»Das tut mir leid. Ich hätte den Sportberichten mehr Aufmerksamkeit widmen sollen.«

»Nein, nein. Mir ist doch klar, dass zu vieles andere dich beansprucht hat.« Reumütig fügte er hinzu: »Davon abgesehen liegt das hinter mir. Behandlungen, Therapien, Regenerationen ... alle somatischen Heilmethoden halten das Altern nur für eine gewisse Zeit auf.« Erneut blickte er sie an, und diesmal glaubte sie, dass das, was er sah, ihn ein wenig schmerzlich berührte. Rasch fuhr er fort: »Spiele und Wettkämpfe sind nicht alles. Ich habe ziemlich viel Yun als Trainer und als persönlicher Berater verdient.«

Sie zog die Brauen hoch. »Yun?«

»So sagt man bei uns. Ich habe die letzten zehn Jahre hauptsächlich auf Taiwan gelebt. Wenn dir das Wort noch nicht untergekommen ist, es bedeutet ›verdientes Guthaben über die Grundversorgung hinaus‹. Nennt man es in England noch immer Plus?«

»Ja. Darauf hätte ich von allein kommen können. Aber ich fühle mich heute ein wenig überwältigt.« Laurinda zögerte. »Ich ... ich wollte nicht aufdringlich sein ... aber ...«

Omar lachte glucksend und wirkte erheblich gelassener als bis dahin. »Aber du warst doch nie zaghaft. Nun, zumeist bin ich glücklich gewesen.

Eine Orthoheirat hielt über vierzig Jahre. Uns wurden zwei Kinder gestattet. Wir entschieden uns für Mädchen.« Er musste ihren rasch aufzuckenden Schmerz gesehen haben; er musste wissen, dass sie niemals Kinder gehabt hatte. Ohne Zweifel nahm er an, dass ihre Beziehungen zu Männern, wie immer sie geartet gewesen waren, nie angehalten hatten. Oder war er tiefer vorgedrungen und wusste, dass Terra Central sie zu sehr beansprucht hatte – zu viel *von* ihr? Er fügte hinzu: »Und ich engagiere mich nun in öffentlichen Angelegenheiten.«

Sie nickte. »In der Politik.«

Er antwortete mit Spott. »Ich stelle mich doch keiner Wahl. Was bedeutet ein politisches Amt denn noch? Wichtig sind die Beraterstäbe.«

»Sie sind heutzutage doch die bedeutendste Ausprägung der Politik, oder etwa nicht? Das und darauf hinzuarbeiten, in den wichtigsten Fragen einen allgemeinen Konsens herbeizuführen.«

»Deshalb bin ich hier.«

»Aber natürlich. Erneut, sei willkommen, alter Freund.«

Das Haus erkannte einen psychologisch passenden Moment, und ein Diener glitt heran und setzte den frisch synthetisierten Kaffee vor Omar ab, den Tee vor Laurinda, und stellte Gebäck auf den Tisch. Aus einem winzigen Räucherbecken duftete es nach Weihrauch. Während sie die Erfrischungen zu sich nahmen, tauschten sie gelegentlich Floskeln aus, denen jeder praktische Wert fehlte, die aber reich waren an emotionalen Untertönen: zwei Tiere, die einander instinktiv beruhigten. Der Umstand eines körperlichen Besuches von der anderen Seite der Welt sagte mehr, als jede Telepräsenz ausgedrückt haben könnte.

Als er das Zwischenspiel beendete, sah sie, wie

sehr er sich dazu zwingen musste. »Du weißt, was ich dich fragen werde.«

Sie schaute weg auf einen der Schirme, die den helllichten Tag draußen zeigten. »Glaubst du wirklich, dass ich es dir gewähren kann?«

»Ich darf hoffen. Schließlich sind wir noch nicht am Punkt, an dem endgültig entschieden werden muss. Die Debatte kann noch Jahre weitergehen.« Seine Stimme wurde hart. »Es sei denn, Terra Central schlägt alle Einwände nieder und ordnet eine Entscheidung an.«

Ruckartig drehte sie sich ihm zu. Sie saß ganz steif. »Was lässt dich glauben, dass so etwas geschehen könnte?«

»Ich habe es schon einmal gesagt. Welche Macht ist der Weltcharta oder dem Gesetz irgendeines Staates denn geblieben? Wir reden, wir wählen, wir leben fromm unser gewohntes Leben, aber alle bedeutenden Entscheidungen stammen von den Maschinenintelligenzen – auf höchster Ebene von Terra Central.«

»Keine Entscheidungen und keine Befehle, sondern Ratschläge, die wir am besten befolgen.«

»Du willst damit sagen, dass die Welt zu kompliziert und zu instabil geworden ist, als dass gewöhnliche Menschen sie noch verstehen und kontrollieren könnten.«

»So war es doch immer, oder nicht?«, entgegnete sie leise.

Verblüfft und stumm saß er ihr gegenüber. Vielleicht dachte er daran, dass die Bücher ihr mehr Wissen über die historische Vergangenheit, über die entsetzliche Vergangenheit gegeben haben mussten, als die meisten Menschen es besaßen. Schließlich antwortete er: »Nun, Fakten, Logik, Modelle, Berechnungen – gewiss brauchen wir Terra Central dazu, das ganze kybernetische System benötigen wir. Doch was wir wünschen, was wir empfinden, das muss mindestens genauso viel zählen.«

»Auch für solche Anregungen ist sie dankbar.«

Er starrte sie an. »Sie ...?«, flüsterte er.

»Was wünschst du nun von mir?«, verlangte Laurinda zu erfahren.

»Dass du dich heute für die Freiheit aussprichst. Die letzte Freiheit, die uns bleibt. Wenn der Antrag durchgeht, dann verlieren wir sie.«

»Dem kann ich nicht zustimmen.« Fast automatisch fügte sie, da sie ihren Standpunkt schon so oft dargelegt hatte, hinzu: »Es ist wohl wahr, dass wir uns an gewisse Veränderungen gewöhnen müssen, wenn wir ihren Rat annehmen. Doch auf lange Sicht wird es uns weniger als Zwangsmaßnahme erscheinen, sondern vielmehr als das, was es ist: zugunsten der Zukunft auf Belanglosigkeiten zu verzichten. Einige Parklandschaften müssen umgewandelt, einige Vulkane wiedererweckt und einige Anlagen errichtet werden. Eine Reihe weiterer Programme muss durchgeführt werden. Um das Ganze zu finanzieren, muss das Niveau der Grundversorgung leicht gesenkt werden; einiges werden wir uns nicht mehr leisten können, aber nur wirklich Unwichtiges. Schlimmer kommt es nicht. Ganz ehrlich, ich kann in den Behauptungen, die deine Gruppierung aufstellt, keinen Sinn erkennen.«

»So geringfügig, wie du behauptest, werden die Veränderungen nicht sein, und die Zwänge auch nicht. Allein der Gedanke, dass der sibirische Wald wieder zur Steppe werden soll, Nordafrika wieder zur Wüste, dass Lava die Gärten von Hawaii unter sich begräbt ... dieser Verlust an Erholung, an Orten, wo man allein sein, wo man frei atmen kann. Und dazu die Vernichtung von Grundbesitz und die Umsiedlung der Einwohner. Dabei könnten wir einfach –«

Sie schnitt ihm das Wort ab. »Bitte. Nun sind wir beide in unsere vorgefertigten Reden verfallen. Ich möchte dich nur darauf hinweisen, dass nichts an eurem Plan ›einfach‹ ist. Er fordert ebenfalls einen hohen Preis. Und der schwerwiegendste Teil dieses Preises wird auf den Schultern späterer Generationen lasten, denen keine Wahl bleibt.«

»Bist du dir da sicher? Immerhin haben sie neuntausend Jahre Zeit, sich vorzubereiten – ganz so, wie sie es am besten erachten.«

»Nein, ich bin mir nicht sicher. *Sie* ist sich nicht sicher. Geschichte ist chaotisch. Nichts und niemand kann vorhersagen, was in neuntausend Jahren sein wird, was dann möglich und was unmöglich ist. Wir müssen die Ressourcen für diesen Tag retten, solange wir sie noch besitzen und wissen, wie sie eingesetzt werden könnten.« Sachlichkeit wich der Wehmut. »Aber warum wiederholen wir diese abgenutzten Argumente, Omar? Hast du denn wirklich geglaubt, du könntest mich innerhalb von zwei oder drei Stunden überzeugen, oder dass ich dann andere überzeugen könnte?«

»Den Versuch schien es mir wert zu sein«, gab er zu. »Dein Einfluss ist nicht zu vernachlässigen. Oh, ich kann deine Meinung offensichtlich heute nicht ändern, wenn überhaupt je. Aber ich hatte gehofft, dich bewegen zu können, dass du unsere Position wenigstens erwähnst, dass du deinen Zuhörern rätst, uns anzuhören und ernsthaft darüber nachzudenken, was wir zu sagen haben.« Leidenschaft trat in seine Stimme. »Laurinda, ich weiß, dass du alles Leben auf der Erde liebst. Aber bedeutet dir denn die Freiheit dieses Lebens, selbstständig zu Rande zu kommen und sich zu entwickeln, gar nichts?

Gefällt dir etwa die Aussicht, dass das Leben nichts mehr weiter ist als ein Kuscheltier, das bis zur letzten Zelle von einer Maschine beherrscht wird?«

Getroffen fuhr sie ihn an: »Du weißt, dass das lächerlich ist.« Doch nicht zum ersten Mal schoss ihr der Gedanke durch den Kopf: *Ist es das wirklich?* Sie schlug zurück: »Treib es noch etwas weiter, und du kannst gleich den Sturmsuchern beitreten.«

Gegen ihren Willen stieg eine Erinnerung in ihr auf, die Erinnerung an eine Kundgebung in Nordamerika.

Laurinda hatte einen Teil davon in den Nachrichten gesehen und die vollständige Wiedergabe bestellt. Wie Donner rollten die Worte: »*... und ich sage, lasst das Eis kommen. Es bedeutet nicht das Ende der Welt, sondern es wird ihr eine Stärkung sein und eine Befreiung. Nie war das Leben vielfältiger und kraftvoller als beim letzten Mal im Pleistozän, nie war der Mensch erfindungsreicher und freier. Wenn Terra Central tot unter dem Gletscher liegt, dann werden Menschen von den kalten Tundren bis zum Regenland am Äquator ihr Schicksal wieder selbst bestimmen...*« Die Menge jubelte, applaudierte, schwenkte Banner. Sie schöpften Trost daraus, dass sie nur wenige waren, diese Unangepassten, Misanthropen, Technophobiker, Romantiker, Irrationalisten aller Schattierungen. Dennoch warnten sie Laurinda vor einer grundsätzlichen rebellischen Abenteuerlust, das Jäger-Erbe der Spezies Mensch. Und der Sprecher – wie jung, blond, groß, breitschultrig, maskulin, wie schön er war!

Omars Entgegnung holte sie zurück. »Das ist unfair. Du bist einmal aufgeschlossener gewesen.«

»Oder ich wusste weniger.«

»Oder Terra Central war noch nicht zu deinem einzigen Bezugspunkt geworden.«

Seine Bitterkeit schmerzte sie. »Bist du so ärgerlich, Omar?«

Augenblicklich zeigte er Reue. »Es tut mir Leid. Ich habe nicht gewollt ...« Schweigend saßen sie sich für mehrere Herzschläge gegenüber, ehe er weitersprach: »Anscheinend können wir uns nach all den Jahren noch immer gegenseitig verletzen.«

Und diese Jahre kehren nicht wieder. »Ich habe mich verändert«, sagte sie. »Du natürlich auch, da kann kein Zweifel bestehen, aber vor allem ich.« *Manchmal, wenn ich nachts wach liege, dann vermisse ich das Mädchen, das ich einmal war. Weniger ihre sorglose Gesundheit oder ihre schwindelerregende Fröhlichkeit, auch nicht ihre kurzen, bitteren Phasen des Kummers – sondern ihre grenzenlosen Träume.*

»Nun, ich werde dir zuhören, mein Lieber«, fuhr sie fort. »Und dann hörst du mir zu? Solange wir das noch können ... Obwohl ich lieber darüber geredet hätte, wie es uns ergangen ist – als alte Freunde, die endlich wieder zusammenfinden.«

Die endlich und zum letzten Mal wieder zusammenfinden, ahnte sie voraus.

2

Diesmal brauchte Laurinda Ashcroft keine tiefgehenden Änderungen an dem Beitrag vorzunehmen, den man bald global ausstrahlen würde. Er gehörte zu einer Reihe von mehreren ähnlichen Berichten, die von verschiedenen Verbindungsleuten gesendet wurden und dazu dienten, über die Jahre hinweg immer wieder auf die drohende Gefahr hinzuweisen und den Plan Terra Centrals allgemein verständlich zu erklären. Zum größten Teil hatte Laurinda die Verlautbarung schon vorbereitet, die üblichen Bilder, die gelegentlich mit virtuellen Reizen angereichert wurden, um alle Sinne anzusprechen.

Man sah die Erde die Sonne umkreisen. Die Umlaufbahn wurde dreidimensional ausgezeichnet, eine goldene Spur vor der Schwärze und den Sternen. Man sah den Tanz der Erde, ihres Mondes und ihrer Schwesterplaneten um das Zentralgestirn, einen Jahrmilliarden währenden Zyklus, in dem die Schwerkraft sanft und doch unerbittlich den Takt angab. Man sah auch den langsamen Rhythmus, in dem sich Exzentrizität und Schiefe der Bahnen änderte, und wie diese Wechsel den Lichteinfall auf den Planeten bestimmten, wie auf der Erde die Luft, die Meere, die Wolken, der Regen, der Schnee und das Eis darauf reagieren.

Seit das Nördliche Eismeer vom Land eingeschlossen war, waren die Gletscher gekommen und gegangen und zurückgekehrt. In den langen Wintern lagen Nordeuropa, halb Nordamerika und gewaltige weitere Flächen unter Eisbergen, deren Spitzen bis zu zwei Kilometer aufragten; versunkenes Land erhob sich neu, als der Meeresspiegel um hundert Meter sank; Wälder verdorrten und starben, während sich weiter südlich Marschland bildete und neue Wälder die Savannen überwucherten. Jawohl, das Leben passte sich an. Wo die eine Spezies litt, gedieh die andere. Doch das geschah auf einer Zeitskala, die nach Jahrtausenden gemessen wurde, Menschen und ihrem Werk wenig hilfreich.

Die nächste Eiszeit war schon überfällig. Unwissentlich hatten die Menschen ihren Beginn mit dem Freisetzen von Treibhausgasen verzögert. Nun war das vorbei, denn die Überbevölkerung, die dazu geführt hatte, existierte nicht mehr, und auf keinen Fall hätte der Treibhauseffekt allein genügt; nun fiel in der Arktis winters mehr Schnee, als im Sommer schmolz. Meter für Meter, in jedem Jahr schneller, krochen die Gletscher vom Pol und den Bergen herab.

»Sie haben sicherlich schon gehört, was wir zu tun haben, und dass wir bald damit beginnen müssen, ehe es zu spät ist: Wir müssen den Treibhauseffekt nutzen. Wir müssen die Wolken ausdünnen. Wir müssen den Schnee verdunkeln. Wir müssen der Erde ermöglichen, mehr Sonnenwärme zu speichern, als sie es aus sich heraus vermag. Vielleicht ahnen Sie noch nicht, wie gewaltig dieses Unterfangen ist, über wie viele Jahrhunderte es sich hinzieht, welche Feinheit und Genauigkeit hinter den gewaltigen Kräften steckt, die wir wecken. Lassen Sie mich Ihnen einen Begriff davon geben.«

Erneut Bilder und virtuelle Reize: Abertonnen schwarzen Kohlenstoffs werden kolloid über die Arktis verstreut, jedes Jahr neu, nachdem die Schicht fortgespült wurde oder außer Sicht abgesunken ist. Gewaltige elektrische Entladungen hoch in der Atmosphäre erzwingen Regen, damit weniger Licht in den Weltraum zurückgeworfen wird. Algenteppiche bedecken über Millionen Quadratkilometer hinweg das Meer wie riesige braune Matten; diese lebendigen Werkzeuge müssen genährt und gepflegt werden. Unterwasserexplosionen setzen eingeschlossenes Methan-Hydrat frei und entlassen das Treibhausgas in die Atmosphäre. Wälder werden in Brand gesetzt, und an ihrer Stelle wird später nur Gras zu wachsen gestattet, weil es viel weniger Kohlenstoff speichert als Bäume. Löcher werden in den Erdmantel gebohrt; Kernexplosionen sollen Vulkane aufstacheln, Kohlendioxid und Wasserdampf in die Luft zu speien, viel reichlicher, als fossile Brennstoffe es je taten. Mannigfaltige neue Industriezweige müssen entwickelt, ihr Bedarf an Ressourcen gedeckt, ihre Anlagen und ihre Monitore allerorten aufgestellt werden.

»Jawohl, diese Erde wird völlig anders aussehen als die Erde, von der wir dachten, wir hätten sie uns zurückerobert.« Laurinda beugte sich vor, als säße jede Person, die sie betrachtete, in Fleisch und Blut vor ihr. »Und doch sind all diese Veränderungen zusammengenommen ein geringerer Einschnitt, als die Eiszeit sie hervorrufen würde. Unsere Welt wird von einem Rand der Eismeere zum anderen immer noch grün, vielfältig und lebensfreundlich sein. Die meisten unserer Wälder behalten wir unverfälscht, die meisten unserer offenen Gewässer und der schneebedeckten Berggipfel. Und was für Wildblumen werden auf den neuen Prärien wachsen, welche Herden werden dort grasen!«

Sie sandte ihnen Bilder davon, Geräusche, das Gefühl von Wind, Gerüche, simuliert, aber genauso lebhaft wie in Wirklichkeit. *Idealisiert sind sie,* gab sie vor sich zu. *Aber nicht unaufrichtig. Solche Orte wird es geben.*

»Bitte denken Sie immer daran: Nichts davon geschieht über Nacht. Das Werk muss langsam voranschreiten, ganz allmählich und im Einklang mit dem astronomischen Zyklus. Es muss ständig überwacht und gemessen werden, ständig angepasst, damit wir nicht die Gewalt über die Giganten Klima und Wetter verlieren. Tausende von Jahren wird es andauern. Dann endlich kommt die Erde wieder in größere Sonnennähe, und auch das geschieht langsam und allmählich. Während wir leben, werden die meisten von uns kaum etwas davon bemerken. Unseren Kindern und Kindeskindern, über Hunderte von Generationen hinweg, wird all dies natürlich erscheinen, ein Teil ihrer Welt wie der Mond und die Sterne.«

»Und das ist das Allerschlimmste«, sagte Omar. »Terra Central wird für sie das sein, was Gott für ihre Ahnen gewesen ist. Oh, ich glaube zwar nicht, dass sie es verehren werden. Aber sie werden genau wissen, wie völlig abhängig sie von ihm sind. Und inzwischen tut es das, was Gott nie getan hat: Es entwickelt sich weiter, bis es alle Grenzen menschlichen Verständnisses überschritten hat. Was dann, Laurinda?«

Früher wäre sie nicht bereit gewesen, seinem Standpunkt so viel Gewicht zuzugestehen wie nun. Doch mochte es durchaus am klügsten sein, so und nicht anders vorzugehen. Omar und seine Bundesgenossen trugen Sorge, dass ihre Einwände weithin bekannt wurden. Indem sie, eine designierte Sprecherin der Künstlichen Intelligenz, die Argumente ernst nahm, konnte sie vielleicht besser aufzeigen, wieso sie falsch waren.

»Ohne Zweifel haben die meisten von Ihnen schon gehört, dass manche Leute das ganze Konzept als verfehlt ansehen.« Sie ging nicht auf Omars Bezeichnung ein: *Katastrophal irregeleitet, umso mehr, weil es sich über Jahrtausende ziehen und in jeden einzelnen Bereich vordringen wird.* Sie lächelte. »Diese Leute sind keine Narren. Sie haben sich mit der Situation befasst und wissenschaftliche Analysen durchgeführt. Lassen Sie mich in der Weise auf ihre Positionen eingehen, wie ich sie sehe. Sie haben Recht, wenn sie behaupten, es gebe eine einfachere, billigere und weitaus weniger einschneidende Methode, um das Eis aufzuhalten.«

Roboter im All. Die Asteroiden werden ausgebeutet, ihre Substanz raffiniert und von nanotechnischen Baumaschinen zu gewaltigen Spiegeln verarbeitet; mikrometergenaue Maßarbeit, sorgfältige

Ausrichtung auf Umlaufbahnen – keine einfache Aufgabe, aber durchaus im Rahmen des gegenwärtig Möglichen. Von mathematischen Prinzipien und Monitoren geleitet, die erheblich weniger kompliziert wären als im Gegenplan, werfen die Spiegel zu den Zeiten und an den Stellen, wo es nötig ist, Sonnenlicht mit genau der erforderlichen Intensität auf die Erde. Die Gletscher ziehen sich zurück, das Klima stabilisiert sich, das System hält während der Eiszeit Wacht und steht danach für immer weiterhin zur Verfügung.

»Doch es würde uns den Nachthimmel nehmen, den wir endlich wiedergewonnen haben. Viele Sterne könnten wir nicht mehr sehen, denn niemals würde völlige Dunkelheit herrschen. Doch Simulacra gibt es genug; Sie könnten auch Urlaub im All machen. In jeder anderen Hinsicht würde unsere Erde die Gleiche bleiben.

Weshalb also warnt Terra Central uns vor dieser Möglichkeit?«

Erneut helle, kühl animierte Diagramme, zunächst auf galaktischen Maßstab erweitert, dann auf Sols unmittelbare Umgebung fokussiert, schließlich bis hinab auf die Größenordnung der Moleküle und Kraftfelder.

Der Weltraum ist nicht leer. Man sehe sich in einer sternklaren Nacht die Milchstraße an, und man entdeckt in ihr dunkle Verkehrsinseln, die aus Staubwolken bestehen. Manchmal leuchtet dieser Staub wie im Orionnebel, weil neugeborene Sonnen ihn anregen; dort kondensiert er sich zu neuen Sternen. Wasserstoff und Helium, die beiden einfachsten Elemente, überwiegen die feste Staubmaterie bei weitem, und doch ist auch deren Menge kolossal. Nirgendwo erreichen das Gas und die Staubpartikel der interstellaren Materie eine

Dichte, die auf der Erde als Hochvakuum zählte; doch zusammengenommen, über sieben Milliarden Kubiklichtjahre hinweg, dominieren sie das sichtbare Universum.

Dabei sind sie nicht gleichmäßig verteilt. In einigen Regionen treten sie dünner, in anderen dichter auf als sonstwo. Manchmal erreicht eine solche Ballung genügend Dichte, um sich unter der eigenen Schwerkraft zusammenzuziehen, und dann bilden sich Sterne und Planeten.

Manchmal begegnet Sol auf ihrer zweihundert Millionen Jahren währenden Reise um das Milchstraßenzentrum einer dichten Staubwolke.

Diejenige, die unmittelbar voraus lag, war in keiner Weise ungewöhnlich. Niemals würde sie Welten hervorbringen. Die Materie war darin nur um ein Mehrfaches dichter als der Durchschnitt, und die Wolke besaß lediglich mehrere Lichtjahre Ausdehnung. Frühe Astronomen hatten sie niemals definitiv sichten können. Selbst nachdem man weltraumbasierte Instrumente eingeführt hatte, war man sich nie sicher gewesen.

»Unsere interstellaren Vorposten haben nun die Mittel, dieses Gebiet mit Sicherheit zu kartieren. Man hat uns die Ergebnisse gesendet. In etwa neuntausend Jahren wird Sol in besagte Region eintreten. Ja, sie wird sogar nur durch die Außenbezirke ziehen. Einhunderttausend Jahre später ist das Solsystem wieder im offenen All. Doch einhunderttausend Jahre sind für Lebewesen eine lange Zeit.«

Der Aufprall drückt Sols Sonnenwind und Magnetfeld zurück, bis die Heliosphäre und ihre Bugwelle, der Wasserstoffwall, innerhalb der Saturnbahn liegen. Dadurch wird der Schutz, den beide dem Solsystem schenken, arg reduziert, und die Erde wird einem starken Schauer kosmischer

Strahlung ausgesetzt. Die Hintergrundstrahlung steigt auf das Drei- bis Vierfache. In der Vergangenheit hat das Leben schon vergleichbare Ereignisse überstanden, doch sind dabei Spezies, Genera, ganze Ordnungen ausgestorben und haben Ökologien, die auf ihnen fußten, in den Untergang getrieben, was weiteres Massensterben zur Folge hatte. Und mitten während solch eines Zusammenstoßes könnten genügend Wasserstoffatome die Erde erreichen, um die Atmosphäre an Sauerstoff verarmen zu lassen, und genügend Staubpartikel, um die Atmosphäre mit Eis anzureichern und einen Winter über die Welt zu bringen, wie man ihn nie gekannt hatte.

»Neuntausend Jahre, sagen unsere wohlmeinenden Gegner. Genügend Zeit, um sich vorzubereiten. Weshalb sollten wir uns bis dahin auf ein Programm festlegen, welches das Gesicht unserer Zivilisation grundlegend verändern wird?

Menschen der Erde, durch mich und meine Kollegen sagt Terra Central Ihnen, dass zur Verteidigung gegen diesen Nebel alle Ressourcen benötigt werden und wir es nicht wagen dürfen, sie auf etwas weniger Wichtiges zu vergeuden.«

Gewaltige Konstruktionen, Tausende davon in Umlaufbahnen, die sich nur durch maschinelle Intelligenz aufrechterhalten lassen – gespeist von thermonuklearer Reaktion oder oft sogar der gegenseitigen Vernichtung von Materie und Antimaterie, wozu zunächst die Antimaterie im Megatonnenmaßstab erzeugt werden muss –, dienen allein zur Errichtung von Kraftfeldern, mit denen Fremdatome ionisiert werden, um danach das Plasma fortschleudern zu können – eine Zitadelle um den Globus, mit der man einen Krieg führt, der das volle Zehntel einer Jahrmillion dauern wird.

»Sonnenspiegel, die in naher Zukunft die Gletscher begrenzen sollen, wären damit unvereinbar. Das geben ihre Befürworter zwar zu, behaupten aber gleichzeitig, dass wir uns, wenn es so weit ist, an das andere Problem anpassen können. Vielleicht haben sie Recht. Was sie nicht beantworten, ist die Frage, ob die Spiegel nun zu viel Material und Mühe beanspruchen oder nicht. Wir müssen eine sehr gründliche Vermessung des Sonnensystems unternehmen, ehe wir das wissen können. Währenddessen dringt mit jedem Jahr, das wir zögern, das Eis weiter vor und wird schwieriger zu bekämpfen.

Aber wir, die heutigen Menschen der Erde, haben die Entscheidung zu fällen, mit der alle unsere Nachfahren leben oder sterben müssen – deshalb sollten wir über die Erfordernisse der Ingenieurskunst hinausgehend nachdenken. Wir müssen uns eine einfache und zugleich schreckliche Frage stellen: *Was alles kann sich im Laufe von neuntausend Jahren zutragen?*«

Und sie lieferte ihnen geschichtliche Beispiele, um zu zeigen, dass man nicht vorhersehen kann:

Die Steinzeit zähmte die Wildnis, ernährte plötzlich eine große Bevölkerung, gründete die frühesten Städte, errichtete die ersten Schmieden – und machte freie Jäger zu Bauernmassen unter der Herrschaft von Gottkönigen.

Kaum waren die Pharaonen von Ägypten zur ewigen Ruhe gebettet, als Diebe ihre Gräber plünderten. Viel später schnaufte die Eisenbahn durch ihr ehemaliges Reich, und die Dampflokomotiven wurden eine Weile lang mit Mumien geheizt.

Das Persische Reich führte einen Vernichtungskrieg gegen Alexander, dann wurde es von ihm erobert, doch das Reich, das er gründete, überdauerte seinen frühzeitigen Tod nicht lange. Was darauf folgte, war ein endloses Blutbad.

Schon vierhundert Jahre nach dem Einzug Jesu in Jerusalem töteten Christen andere Christen, die sie ›Häretiker‹ nannten.

Der Friede und die Kultiviertheit im Japan der Heian-Zeit wichen unablässigen Kämpfen zwischen den Parentelen und den Kriegsherrn. In China beanspruchte eine Dynastie nach der anderen das Mandat des Himmels und verlor es blutig.

Die Mongolen galoppierten von einem Ende Asiens zum anderen und fielen tief nach Europa ein, bis ihr Khan über einen halben Kontinent herrschte. Nach wenigen Generationen schon geriet diese Herrschaft ins Bröckeln. Trotzdem wandelten die Nachwehen die gerade entstehende Demokratie Russlands in die Zarenherrschaft um, ein anderer Überrest brachte den Islam nach Indien.

Die mächtigen Reiche der Azteken und Inkas zerbrachen unter einer Handvoll spanischer Eroberer. Der Reichtum, der von dort nach Europa floss, belebte die Handelsnationen des Nordens, brachte Spanien aber den Verfall, denn sein Herrscherhaus sank in Tyrannei und Korruption.

Aus der ›Freiheit, Gleichheit, Brüderlichkeit‹ der Französischen Revolution erhob sich Napoleon. Dem Idealismus des Sun Yat-sen entsprangen Chiang Kai-shek und Mao Tse-tung.

Kein Machthaber begriff, was die Entwicklung moderner Waffen wie des Maschinengewehrs zu bedeuten hatte, und keiner von ihnen vermochte die Welt aus der Pattsituation zu führen, ehe vier Imperien und weit über zehn Millionen Menschenleben und die geistige Grundlage des Abendlands vernichtet waren. Ein noch schlimmerer Krieg folgte, dann ein schattenhafter, ein halbes Jahrhundert anhaltender Machtkampf, an dessen Ausläufern neu gebildete Staaten einander gegenseitig an die Kehle gingen.

In einem Zeitalter, in dem man ebenso Kenntnis vom Innersten eines Atoms wie von den entferntesten Regionen des Kosmos hatte und Naturwissenschaft und Technik begannen, den Menschen an sich zu ändern, erlebte uralter Aberglaube von der Astrologie bis hin zur Hexerei neuen Zulauf und nahm bald überhand. Was ihn dann langsam besiegte, waren weder die Vernunft noch die großen Glaubensgemeinschaften, sondern gerade jene kleineren, oft verachteten Sekten, die in Glaubensfragen niemals zu einem Kompromiss bereit gewesen waren. Danach verging ebenso langsam auch deren Dominanz.

Statt die Regierungen allmächtig zu machen, beschleunigte die globale Kommunikation den effektiven Zerfall der Gesellschaften in sich selbst definierende Koalitionen aller Art: ethnische, wirtschaftliche, religiöse, berufliche, kulturelle und sogar sexuelle Gruppierungen.

Umweltfanatiker predigten und Behörden rangen, doch was am Ende die von Übervölkerung und Überausbeutung verwüstete Erde wiederherstellte, waren neue Technologien und die wirtschaftlichen Anreize und Hemmnisse, die sie mit sich brachten.

»Es gibt keine endgültigen Antworten – nicht, solange Menschen bleiben, wie sie sind. Neuntausend Jahre liegen ferner in der Zukunft, als unsere schriftlichen Chroniken in die Vergangenheit zurückreichen. Welche Wechsel, welche Gräueltaten, welche Umwälzungen werden diese Jahrhunderte sehen? Vor allem aber, welche Revolutionen des Denkens? Das wissen wir nicht.

Zum Wohle der Ungeborenen, um des Lebens auf der Erde willen lassen Sie uns einige geringe Opfer leisten und *jetzt* unwiderruflich zur Sicherheit unseres Planeten bekennen – solange wir das noch vermögen, solange wir uns dazu noch entscheiden können. Unsere Nachkommen werden es uns danken. Was immer sie tun, was immer sie werden, ganz gewiss werden sie es uns danken. Doch bis dahin werden wir es uns während unseres vergänglichen Daseins schon oft selber gedankt haben.«

3

Später machte Laurinda einen Spaziergang an der Oberfläche. Sie benötigte Bewegung und Einsamkeit. Im Haus fühlte sie sich zu angebunden.

Das Abendlicht fiel tief ein, fast horizontal, und schien Gras und Laub mit Gold zu überziehen. Ein Schwarm nistender Krähen zog über den Himmel. Ihre Rufe drangen schwach zu Laurinda her. Ein Windhauch kühlte die Luft wie ein Vorbote der nahenden Nacht.

Ausschreitend spürte sie, wie Sorge und Anspannung von ihr abglitten und Friede aus dem Boden in sie drang. Es war, als dankte ihr England.

Vor ihr erhob sich die alte Kirche. Die Maschinen, von denen die verlassene Stadt entfernt worden war, hatten diese Zeugin der Vergangenheit erhalten und restauriert, und nun pflegten sie das Baudenkmal. Laurinda bemerkte einen unaufdringlichen Robotwächter, den man kaum benötigte, denn nur selten kamen Besucher hierher. Ein anderer Roboter kümmerte sich um den Friedhof. Die Namensinschriften der Grabsteine waren so verwittert, dass man sie unmöglich entziffern konnte, und trotzdem dienten die Grabsteine noch der Erinnerung.

Wie auch die Kirche. Laurinda trat ein. Ein Fenster über der Tür schuf einen eigenen Sonnenuntergang. Anderswo leuchteten die Glasmalereien sanfter, Engel und Heilige unter einer Decke, die sich dem Himmel entgegenwölbte. Laurinda erkannte gerade noch den gekreuzigten Christus über dem Altar. Nicht zum ersten Mal fragte sie sich, auf welcher Grundlage die Archäologen und die Maschinen – letztendlich Terra Central, in deren Datenspeichern sich alle erhaltenen Aufzeichnungen befanden – entschieden, wie sie das Zeichen zu modellieren hatten, denn die Protestanten mussten das Original zerstört haben. Oder doch nicht? Sie musste sich einmal danach erkundigen. Dann verschwand die Überlegung. Laurinda setzte sich in einen Kirchenstuhl und lauschte der Stille. Sie stellte sich vor, wie sich Gespenster versammelten und andachtsvoll und demütig in der tiefer werdenden Dämmerung ringsum saßen.

Als sie ging, blieb vom Tageslicht nur noch ein purpurnes Leuchten im Westen. Hin und wieder musste sie einen Blick auf den Diener an ihrem Handgelenk werfen, den sie so eingestellt hatte, dass er ihr den Rückweg zeigte. Sterne begannen zu glitzern, einer nach dem anderen, immer mehr wurden es. Wegen der leicht diesigen Luft waren sie nicht so hell und zahlreich, wie sie hätten sein können. Doch das war gleich; nach einer Weile überwältigte sie ihre Vielzahl und das Gefühl so weiter Entfernung. Welche von denen, die sie sah, waren schon von einer Intelligenz erreicht worden? Sie war nicht sicher. Die Meldungen der Entdecker waren so lange unterwegs. Sie verfolgte das

Geschehen auch nicht sehr intensiv, sie befasste sich mehr mit der Erde. Vermutlich waren die Entdecker noch immer in der Nachbarschaft Sols. Dennoch, diese Maschinen, die mit annähernder Lichtgeschwindigkeit reisten, vervielfältigten sich, wo immer sie geeignete Rohstoffe fanden, und sandten ihre Nachkommen weiter – in ein bis zwei Millionen Jahren würden die Maschinen die gesamte Galaxis durchquert haben.

Laurinda schauderte. Einst war ihr diese Vorstellung so wunderbar, so zauberhaft erschienen. Heute verursachte sie ihr Schmerz, und sie erinnerte sich, dass sie den ganzen Tag so gut wie nichts gegessen hatte. Jawohl, sie wurde alt.

Als sie zu ihrem Haus hinuntergestiegen war, begab sie sich in den Teil, der nur ihr gehörte, der weder Arbeitsraum war noch Unterhaltungs- und Fernmeldezentrale und auch keine Krankenstation, sondern eine kleine Zuflucht zum Träumen. Virtuelles reichte oft nicht; Laurinda wünschte sich Realität, die nicht aus einer Laune heraus verändert werden konnte.

Wainscot hatte einen Hintergrund für gerahmte Bilder angefertigt, der alte Szenen voller antiker Bücher zeigte; Barockmusik spielte, ein kupferner Teekessel pfiff Dampf ab. Bald war ihr Tee fertig, dann auch das Abendessen, das nicht von einem Supper zu unterscheiden war, wie man es vielleicht Jane Austen serviert hatte.

Weder befahl sie dem Servitor, die Gestalt und das Gebaren eines menschlichen Dienstboten anzunehmen, noch begann sie nach einem Freund irgendwo auf dem Planeten zu suchen, der aufgelegt wäre, mit ihr zu plaudern. Sie glaubte, sie wünschte nur Ruhe, wollte etwas lesen und dann zu Bett gehen.

Als eine Altstimme, die Laurinda sehr an ihre Mutter erinnerte, sie ansprach, begriff sie, dass Terra Central etwas anderes festgestellt hatte.

»Darf ich kurz stören? Ich möchte dir sagen, dass du ganz hervorragende Arbeit geleistet hast. Die Reaktion der Öffentlichkeit war durchweg positiv und begeistert.«

»Gut«, sagte Laurinda. »Aber ich bin nur eine Sprecherin. Wir brauchen mehr.«

Und in Gedanken fügte sie hinzu: *Die Unternehmung, die du ins Leben rufen willst, schreitet nur sehr langsam voran, ist aber gewaltig. Und was, wenn sie fehlschlägt, wenn gegen dein Drängen gestimmt wird? Was wirst du dann fordern?*

Und was halte ich von dir als Person?

Denn eine Person bist du. Kein Mensch, aber ein Bewusstsein hast du . . . und eine Seele?

»Du bist sehr redegewandt«, sagte Terra Central, »und dein Begreifen übersteigt das meine.«

Vor Bestürzung entschlüpfte ihr: »Wie das?« *Was bin ich, dass du an mich denkst?*

»Soll ich dir das heute Abend noch erklären, oder möchtest du lieber warten, bis du dich ausgeruht hast?«

Terra Central nahm große Rücksicht auf ihre Verbindungsleute. Fast immer jedenfalls, vermutete Laurinda richtig. Ihr Herz tat einen Satz. »Jetzt, bitte.«

Die Stimme zögerte – damit sie sich ein wenig beruhigen konnte? »Ich widme mich dem Wohlergehen allen Lebens auf der Erde. Keine Veränderung, die ich an mir vornehme, wird daran etwas ändern. Deine Spezies ist der bewusste Teil des Lebens. Dennoch, so wie ich bin, kann ich es nicht völlig begreifen.

Texte, Hinterlassenschaften, Wahrnehmungen,

Gespräche sind nicht das Gleiche wie die unmittelbare Erfahrung. Den Gedanken von höflichen, vernünftigen Menschen wie dir kann ich folgen – ansatzweise selbst ihren Gefühlen. Allein habe ich nicht die Kapazität – wenn du so willst, das Einfühlungsvermögen –, um zu deuten, warum andere sich so und nicht anders verhalten, oder zu erkennen, weshalb eure Geschichte diesen und keinen anderen Verlauf genommen hat.«

»Wer ... wer könnte das?«, stammelte Laurinda.

»Mir scheint es, als sei deine Spezies wahnsinnig – nicht etwa du, meine Liebe, und auch nicht die meisten Menschen, solange sie als Einzelpersonen agieren, aber deine Spezies: hin und her gerissen zwischen Instinkt und Intellekt, zwischen dem Tierhaften und dem, was über das Tier hinausgeht. Ist das eine Fehlinterpretation? Wenn nicht, dann wird die Menschheit sich ungelenkt selbst ein Ende setzen, ehe der Kosmos es tut. So wie ich bin, vermag ich all dies nicht gut genug zu verstehen, um zu wissen, oder um diese Lenkung zu geben.

Hilf mir, Laurinda.«

»Wie?«, fragte sie bebend und wunderte sich dabei, was sie in den Jahren, die ihr noch blieben, noch tun konnte.

»Indem du nicht stirbst. Lass mich dein Bewusstsein und deine Erinnerungen einlesen, wenn dein Körper verbraucht ist.«

Eiseskälte durchfuhr sie. »Nein! Nein. Ich ... Ich habe natürlich darüber nachgedacht, aber bei allem, was ich gesehen habe, was ich gehört habe – ich möchte kein Roboter sein.«

»Das weiß ich. Aber würdest du dich mit mir vereinen wollen?

Du würdest in einer Art Nirwana schweben, das ist richtig, und du wärest nicht mehr einzigartig, aber eine Bereicherung des Ganzen. Dafür wirst du Millionen Jahre oder länger existieren, und sollte die Notwendigkeit eintreten, kann ich dich als Emulation erwecken, wie du warst.

Dieses Angebot kann ich nur sehr wenigen machen. Die Fähigkeit dazu habe ich erst neu geschaffen, und meine Kapazität ist noch sehr begrenzt. Später ... Aber ich möchte dich gern in mich aufnehmen, Laurinda, damit du nicht für immer verloren gehst.

Überlege es dir gut. Vergiss aber nicht, dass die letzte Stunde, in der du entscheiden kannst, nicht allzu fern ist.«

6

1

Siebzehnhundert Jahre später geschah etwas, das im Gedächtnis der Menschen generationenlang weiterlebte, bis sich das Leben zu sehr änderte, als dass sie dem Ereignis noch einen Sinn entnehmen konnten.

In jenen Tagen begingen alle Gemeinden, Bünde, Nationen und Ethnoi die Jahrhundertwende auf ihre eigene Art. In Tahalla bestand der Höhepunkt in einem Monat der Andachten und Feiern. Einige davon glichen an festlichem Zeremoniell dem Schöpfungstag oder dem Trauertag, andere konkurrierten in ihrer Ausgelassenheit mit der Feuernacht oder dem Kinderfestspiel. Die alle fünf Jahre stattfindenden Darvaïschen Spiele erlangten nun noch größere Bedeutung; der Ruhm, den die Sieger ihrer Parentel einbrachten, erhöhte für das nächste Jahrzehnt oder sogar noch länger den Status jedes Angehörigen und den Einfluss des Oberhaupts.

Die Eröffnungsprozession bewegte sich prunkvoll über den Boulevard der Verheißung. Das Sonnenlicht, das von einem harten blauen Himmel fiel, spiegelte sich grell auf Metall und schien die Banner in Brand zu setzen. Zehn Reihen tief standen die Menschen auf beiden Seiten. Bei einem solchen Anlass blieb man einfach nicht zu Hause sitzen und sah nur zu. Man kam her, nahm daran teil, fiel ein in die Choräle und die Jubelrufe, sah Hochgeborene und Helden in Fleisch und Blut vorüberziehen, spürte das Aufwallen und das Pochen des Entzückens; hier brauchte man kein Psychotrop, um den Geist zu beflügeln. Die meisten waren in Gruppen eingetroffen und trugen die besonderen Trachten einer Gilde oder Gesellschaft, doch die Gruppen vermischten sich wahllos. Die weißen Talare der Erzieher mit den roten Schärpen waren dann eingekeilt zwischen den purpurn-goldenen Tuniken der Magnificos, den scharlachroten Umhängen und dem von Federbüschen geschmückten Kopfputz der Fackelmänner; einige Falken in enganliegendem Blau scharten sich neben grüngewandeten Ärzten. Nur die Philosophen blieben einzeln für sich, ihre grauen Kapuzenmäntel mit den Borten aus irisierendem Flimmertuch sprenkelten die Menge. Nach altem Vorrecht tollten, mit fliegendem langem Haar, Gliedmaßen und hauchdünnen Kleidern, die Terpsichoräer vor allen anderen umher, gleich auf der Straße. Schon am Morgen war es sehr warm, doch niemand beachtete es. Die Hitze ließ Duftstoffe aus dem Pflaster steigen.

Hinter den Menschen erhoben sich die vielfarbigen Wände, glitzernden Kolonnaden und juwelenbesetzten Kuppeldächer des Stadtkerns von Roumek. Alles war sauber und poliert; oft waren komplizierte Mosaike oder Plastiken hinzugefügt worden. Keine Fassade aber änderte ihr Gesicht außer durch die Schatten, die sich mit der Sonne bewegten. Nur beim Fest der Illusionen wetteiferten die Eigentümer untereinander um staunenswerte Effekte. Die Spiele waren etwas anderes, ihr Anlass war ebensosehr religiös wie weltlich.

Trompeten schmetterten, Sonoren donnerten, gestimmte Melodie-Springbrunnen und der Singende Turm fielen ein. Auf weißen Elchen mit vergoldeten Geweihen ritt ein Zug Hochwohlgeborener in schimmernden Helmen und Kürassen vor, die

Lanzen und Laser hocherhoben. Zu Fuß folgten Hierophanten, einer aus jeder Provinz Tahallas. Sie trugen ihre Amtstracht und hielten die Symbole ihrer Orden: von Gott, der das Universum träumt, Gott der Mutter, Gott der Rufer (schwarze Soutane, aufgespießter Totenschädel) und Gott der Liebenden (Regenbogenfarben und laubbekränzter Stab). Hinter ihnen glitt der Wagen des Heiligen Interpreten. Robotische Helfer trugen seinen üppigen, von einem Baldachin beschatteten Thron. Ihn, der in seinen schillernden Gewändern darin saß, erquickten sie mit Fächern, denen kühle Luft entströmte. Dahinter folgte ein weiterer Zug Hochwohlgeborener.

Dann kamen der Regnant und die Erste Gemahlin. Ihre Throne standen auf einem Podium in der Mitte einer gewaltigen Schwebebühne, von deren Ecken wellenförmig die Gestalten eines goldenen Drachen, einer scharlachroten Flamme, eines blauen Wirbelwinds und einer blühenden Ranke abschweiften. Zur Linken des Regnanten saß der gesetzliche Erbe, zur Rechten der Gemahlin der Oberste Inszenator. Auf Bänken darunter saß der Rat. Hochrangige Gardisten säumten die Seiten und warfen der Menge Diamanten und Rubine als Festtagsgaben zu. Die Kleidung und Ausrüstung all jener blendeten mit ihrem Glanz jeden Zuschauer.

Ein Dutzend Männer, die ganz vorne standen, trugen nur die Insignien der Parentelen, deren Oberhäupter sie waren, dazu eventuell die Embleme der Gesellschaften, zu denen sie gehörten – außer bei dem einen in der Mitte, von dessen Schultern Darvas Mantel herabhing und dessen Hand den Stab der Höchsten Gewalt umfasste. Trotzdem folgten ihnen mehr Blicke als allen anderen: denn sie waren zu den Richtern der Spiele erkoren.

Magnaten aus der Stadt, Komturen der kleineren Gemeinwesen und ländliche Flurhüter kamen danach, zumeist fuhren sie in offenen Wagen, manche ritten auf verspielt genetisch veränderten Pferden. Jeder war in seinen besten Staat gekleidet. Hinter ihnen folgten die Spieler in Scharen unter den Standarten desjenigen Wettkampfs, an dem sie teilnehmen würden, jeder Einzelne trug stolz eine Tunika im Farbmuster seiner oder ihrer Parentel. Und über ihnen schlugen die Jubelrufe wie eine Brandungswoge zusammen.

Mikel schritt dem Auvade-Kontingent voran, denn sein Vater Wei, Oberhaupt der Parentel Belov, gehörte zu den Richtern. Die Verwandtschaft schloss freilich aus, dass Wei diesen Wettkampf beurteilte. Mikel indes hätte über jeden Nepotismus verächtlich die Nase gerümpft, denn er bedurfte dergleichen nicht; er hatte schon den Rang des Zweiten Meisters erreicht. An sich hätte er auf einer Wolke der Glückseligkeit zum heiligen Boden schweben müssen; neue Anerkennung hätte ihm sicher sein und Triumph ihm winken sollen.

Der Geschmack von Hass brannte ihm im Mund. Wie Spott erschienen ihm die Hurrarufe ringsum und die Blumen, die vor seinen Füßen landeten. Ihn beherrschte nur ein Gedanke: wie er Sieg in Rache wandeln könnte.

2

Da Wei Belov sieben Jahrzehnte älter war als sein Sohn – von Mikel abgesehen waren er und seine Dame mit gutem Beispiel vorangegangen und hatten sich mit virtuellen Kindern zufriedengegeben –, nahm er es ungerührt hin. »Es ist enttäuschend, das muss ich zugeben«, sagte er. »Zur Demütigung aber wird es erst dann, wenn wir das zulassen.«

Dennoch raste Mikel vor Wut, ebenso wie eine ganze Anzahl junger Männer der Parentel. Den Herrensitz rührten sie auf und brüllten Beschuldigungen gegen Arkezhan Socorro und den Obersten Inszenator. Dann pfiffen sie unisono das uralte, finstre Waffenlied. Zum Entsetzen unschuldiger Graser galoppierten oder rasten sie über das Land. Sie flitzten nach Roumek und prügelten sich trunken mit jedem Socorro, der ihnen über den Weg lief. Schließlich sendete Wei eine Verfügung. »Solches Verhalten entehrt uns«, erklärte er. »Es wird sofort aufhören. Wer immer damit fortfährt, wird öffentlich getadelt und bleibt im nächsten Jahr von den Riten des Beteuerungstages ausgeschlossen.« Das brachte die Wut zum Ersterben. Niemand außer seiner Dame wusste, was er empfand, und vielleicht nicht einmal sie. Ein Oberhaupt der Parentel Belov trug seine Sorgen ohne Murren, das verlangte ihm die Würde ab. Dennoch konnten sie und auch Mikel ahnen, was in ihm vorging. Viel verriet ihnen sein Schweigen, wenn er zu Hause war, seine einsamen Spaziergänge und sein fast vollständiger Rückzug von der globalen Interkommunikation.

Bei diesen Spielen hätte der Regnant ihn nicht nur zum Richter, sondern zum Obersten Richter machen müssen. Obwohl der Fünfjahreszyklus der Nachfolge nicht unveränderlich feststand, war er doch gebräuchlich, und diesmal wäre Belov zur Jahrhundertwende an der Reihe gewesen. Bei früheren Darvaïschen Spielen hatte Wei gut gedient. Dazu hatte er in seiner Jugend Trophäen für Bergsteigen auf dem Mond und Dünenskifahren auf dem Mars errungen. Er war Präsident der nationalen Wildschutzkommission, was ihn häufig in interethnische Verhandlungen unter der Schirmherrschaft der Weltleitung verwickelte. Gewiss hätte er es verdient gehabt, seiner Parentel diese zusätzliche Ehre einzubringen.

Seit so vielen Jahren war Arkezhan Oberhaupt von Socorro nun schon sein Feind. Wei hatte nie herausgefunden, aus welchem Grund. Seines Wissens hatte er weder dem Mann noch der Parentel jemals in irgendeiner Weise geschadet, und er entdeckte auch keinen Fehler, den er womöglich unwissentlich begangen haben konnte. Doch Arkezhan verleumdete ihn, wo er konnte, beleidigte ihn bis an die Grenze des Anstands und spielte ihm gehässige kleine Streiche. Schließlich entschied Wei, dass es sich um Eifersucht handeln müsse, und tat es damit ab. Arkezhans Karriere war alles andere als glänzend verlaufen.

Dennoch machte er sich zum Günstling Mahus, Oberhaupt von Rahman, der schließlich Oberster Inszenator des Reiches wurde. Und Mahu setzte sich beim Regnanten damit durch, dass Arkezhan zum Obersten Richter der Spiele ernannt wurde.

Die unausgesprochene Herabsetzung senkte sich wie eine Rußwolke über die Parentel Belov, am schlimmsten war es für das Oberhaupt und seine engsten Angehörigen. Arkezhan frohlockte. Seine Schranzen verbreiteten Gerüchte.

So standen die Dinge am Tag der Auvade.

3

Obwohl eine Sonnenblende sich als Film über dem Stadium ausgebreitet hatte, leuchteten Kleidung und Schmuck in den Zuschauerreihen. Von der hohen Schiedstribüne aus gesehen, erinnerten sie an terrassenförmig angelegte Blumenbeete. Die Gespräche erzeugten ein ununterbrochenes Murmeln und Rauschen, so als könnte man die ferne See hören. Unten im großen Sechseck hatten sich die Mannschaften aufgestellt und warteten aufmerksam. Auf jeder Kachel des Feldes stand wie ein Farbfleck ein Spieler. Die Mannschaften säumten jeweils zwei einander gegenüberliegende Seiten des Sechsecks und waren an den Farben ihrer Trikots zu erkennen: Blau für Sirius, Gold für Atair, Rot für Beteigeuze.

Wei beugte sich näher an den Betrachter, vor dem er saß, und flüsterte einen Befehl, denn er wollte keinesfalls Aufsehen erregen. Das Instrument suchte, identifizierte das Ziel und erhellte sich mit dem Abbild seines Sohnes. Er befahl eine Vergrößerung auf einen Quadratmeter. Da war Mikel, angespannt wie ein Panther vor dem Sprung. Unter dem enganliegenden Azur zeichnete sich jeder Muskel deutlich ab. Starke Knochen im bernsteingelben Gesicht, eine trotzige Kokarde auf dem Stirnband, welches das rabenschwarze Haar bändigte – ein Belov bis ins letzte Chromosom. Er hatte die Rolle des Kometen; das Insignum trug er silberfarbig über der Brust. Wenn der Junge nur weniger angespannt gewesen wäre, wenn er nur weniger grimmig dreingeblickt hätte. Noch mehr als Stärke und Geschicklichkeit benötigte ein Spieler Klugheit.

Eine Stimme lenkte Weis Blick auf sich. Arkezhan Socorro war zu seinem Stuhl herübergeschlendert. »Aha«, sagte der Oberste Richter, »wie ich sehe, machen Sie sich Sorgen um Ihren Sprössling.«

Mit Mühe gelang es Wei sitzen zu bleiben. Zwar fand er es abscheulich, wenn man derart auf ihn herabblickte, doch mit dem Erheben hätte er seine Verärgerung gezeigt. Dadurch aber hätte er an

Würde eingebüßt, besonders hier in der Gegenwart. »Ich bin natürlich interessiert«, entgegnete er so sanft er konnte, »nicht besorgt. Er ist ein fähiger Sportler.«

Das Pronomen betonte er leicht: Arkezhans Sohn nahm an keinem Sport teil und war berüchtigt, sowohl gesellschaftlich als auch zeremoniell nur sehr plump zu tanzen.

Was immer Arkezhan empfand, er verbarg es. »Darüber werden *unparteiische* Richter befinden.« Er nickte den dreien zu, Ibram Ahmad, Jon Mitsui und Malena Mogale, die vor ihren eigenen Betrachtern saßen. Sie spürten die Feindseligkeit, die in der Luft lag, und das Unbehagen stand ihnen ins Gesicht geschrieben.

»Die Unvoreingenommenheit der gnädigen Herren und der gnädigen Dame steht außer Frage«, entgegnete Wei; »anders ist es bei anderen.«

Eine ungelenke Erwiderung war es; im Wortgefecht hatte Wei es nie zur Meisterschaft gebracht. Arkezhan grinste spöttisch, schüttelte den hängebackigen Kopf und drohte leicht mit dem Finger. »Ja, ich muss ihrer Versicherung wohl glauben schenken, dass Sie heute nicht versuchen würden, Ihr Privileg zu missbrauchen.«

In der Tat war es sehr freundlich gewesen von den dreien, ihren alten Freund Wei einzuladen, zu ihnen in die Tribüne zu kommen und ihre überragenden Beobachtungseinrichtungen zu benutzen. Nun vielleicht, aber zu spät, begriffen sie, dass Arkezhan daraus einen Fehler konstruierte. Wei biss sich auf die Lippe. Er würde sie in keine peinliche Lage bringen.

»Ich danke Ihnen für Ihre Zustimmung, mein Herr«, sagte er lauter, fuhr mit dem Stuhl herum und grüßte den Regnanten. »Und alle Dankbarkeit

Ihrer Huldvollen Prächtigen Gegenwart.« Die Formel schmeckte faulig.

Hätte Wei vorher gewusst, dass der Regnant gegenwärtig sein würde, so hätte er die Einladung vermutlich ausgeschlagen. Frühere Staatsoberhäupter hatten dem einen oder anderen Wettkampf schon einmal beigewohnt, doch dieser Regnant erschien für gewöhnlich nur zur Eröffnung der Spiele. Was das betraf, so beschäftigte sich der Oberste Richter normalerweise nicht persönlich mit bestimmten Wettbewerben, obwohl in jeder Richtertribüne ein Sitz und ein Betrachter für ihn reserviert waren. Wer hatte diese beiden überredet, hier anwesend zu sein, und wie und warum?

Vielleicht waren sie aufrichtig interessiert. Auvade besaß viele Anhänger, nicht nur in Tahalla, sondern auf der ganzen Erde und unter den wenigen Menschen, die noch immer woanders im Sonnensystem lebten; vermutlich schauten an diesem Tag mehrere Millionen zu.

Wei konnte es nicht sagen. Der Regnant saß reglos auf dem Thron, der hinter dem Sitz des Obersten Richters, diesen überragend, für den Herrscher extrudiert worden war. Kaum regte sich eine Falte seiner Robe und seines Messgewands oder eine Feder auf seinem Kopfputz.

Jon brach das sich in die Länge ziehende Schweigen. »Mit Ergebenheit, Euer Pracht, mit Respekt, gnädiger Herr, die Zeit ist nahe.«

»In der Tat«, sagte Arkezhan. »Ich bedaure sehr, mein gnädiger Herr Wei, dass wir keine Zeit mehr haben für Ihr zweifellos faszinierendes Geplauder. Gewiss haben Sie uns genug erzählt über die Begabungen des jungen – Niho? Nein, ich bitte um Nachsicht, er heißt Mikel, habe ich Recht? Statt dessen müssen wir sie nun mit eigenen Augen sehen.«

Er verneigte sich vor dem Regnanten. »Habe ich die Erlaubnis der Gegenwart, meinen Platz einzunehmen?«

Eine Hand wurde gehoben und wieder gesenkt. Arkezhan setzte sich. »So möge das Spiel beginnen«, sagte er. Verstärkt donnerten seine Worte über das Stadion.

Trompeten antworteten. Die Zuschauer jubelten. Das verschwommene Blau der Sonnenblende wich einer gigantischen Darstellung des Spielfeldes.

Einen Augenblick lang herrschte Bewegungslosigkeit. Jede Mannschaft hatte Besprechungen durchgeführt und Strategie und Taktik geplant, um ihre Verluste möglichst klein zu halten und die der anderen möglichst zu erhöhen, bis die letzten Überlebenden dem eigenen Team angehörten; doch nun standen sie sich in Wirklichkeit gegenüber.

Dann stieß ein Sirianischer Stern entlang der geraden Linie, wie es sein Recht war, um eine Kachel vor und blieb stehen. Von beiden Seiten kamen Planeten diagonal heran und stellten sich vor ihn; zwei Monde beschrieben ihre drei Zickzackkurven und nahmen Flankenpositionen ein. Zwei Meteore übersprangen – sie passierten Kacheln, die von einem befreundeten Spieler besetzt waren – und bedrohten Atair zur Rechten und Beteigeuze links. Die Kometen standen in Reserve. Das Manöver war klassisch und schuf eine starke Verteidigungsposition. Auch die Sirianer gegenüber rückten aggressiv vor, aber nicht allzu weit, denn sie wussten nicht, wer ihre Gegner sein würden.

Atair und Beteigeuze hatten das Spiel ähnlich eröffnet. Ein Atairischer Stern schoss ins Zentrum des Feldes vor und blieb stehen. Ein Beteigeuzischer Planet nahm den Köder und drang diagonal auf die gleiche Fliese vor. Sie salutierten voreinander. Der Stern stürzte sich auf den Planeten, und der versuchte den Angriff an der Hüfte abgleiten zu lassen und gleichzeitig seinen Gegner zu werfen, der automatisch verlieren würde, wenn er den Rand der Fliese überquerte. Doch der Stern änderte die Richtung, fuhr auf dem Absatz herum, hakte die andere Ferse hinter das Fußgelenk seines Gegner und stieß zu. Der Planet packte den Arm des Sternes. Beide gerieten sie ins Taumeln, doch keiner fiel. Sie lösten sich voneinander, wogen die Lage ab und stürzten sich wieder in den Kampf; plötzlich fiel der Planet auf den federnden Boden, über ihm war der Stern, der ihn fest niederdrückte. Sie trennten sich, standen auf und verbeugten sich voreinander. Der Planet verließ das Spielfeld. Augenblicklich preschte ein Sirianischer Mond vor. Da er noch ausgeruht war, konnte er die Fliese für sich gewinnen.

Allerorten waren nun Kämpfe entbrannt. Dennoch war es kein blindes Handgemenge. Die Spieler verschafften sich anhand der Darstellung über ihnen einen Überblick und entschieden nach bestem Wissen, welcher Zug für die Mannschaft am günstigsten wäre, dann versuchten sie ihn zu machen und zu gewinnen.

»Was, bummelt Komet Mikel noch immer?«, fragte Arkezhan. »Wartet er etwa darauf, dass seine Gegner sich gegenseitig erschöpfen?« Er schnalzte mit der Zunge. »Das ist kein Verdienst und bringt ihm gewiss keinen Ruhm ein, obwohl seine persönliche Leistung dadurch besser erscheinen mag als anderweitig.«

»Er plant –« Wei Belov unterbrach sich. Er sollte hier kein Wort mehr sagen.

Einige Minuten später rückte Mikel vor. Aus den

Zügen, die ihm erlaubt waren, wählte er einen Gang über zwei Fliesen zur Seite, eine vor, dann eine seitlich in die andere Richtung und zwei vor. Der Zug brachte ihn vor einen Atairischen Mond. Sie kämpften, und Mikel gewann. Der Mond räumte das Feld.

Mikel verharrte und schaute nach oben. Er wollte gerade gegen einen Beteigeuzischen Kometen vorrücken – zumindest erschien dies als sein Ziel –, als er selbst von einem Beteigeuzischen Meteor überrascht wurde. Wenn Meteore einen Rand des Spielfelds erreichten, konnten sie auf die gegenüberliegende Seite zurückkehren und von dort weitermachen, als lägen die Seiten aneinander. Dafür aber mussten sie sich in gerader Linie bewegen und durften im Gegensatz zu den Sternen nicht mehr als sechs Fliesen überqueren.

Mikel erwies ihm wenig Höflichkeit, und ohne Anmut rangen sie miteinander. Der Meteor stürzte, jedoch nur auf den Rücken. Mikel setzte nach und drückte ihm die Schultern auf den Boden. Der Meteor gab sich geschlagen und räumte das Feld. Mittlerweile hatte sich die Lage verändert, und Mikels ursprüngliche Idee besaß keinen Wert mehr.

»Miserabel, einfach miserabel«, sagte Arkezhan. »Punktabzug für seine Mannschaft.«

»Gnädiger Herr«, wandte Ibram ein, »der Zug war zugegeben nicht sonderlich ästhetisch, doch konnte ich keinen Fehler erkennen.«

»Und ich auch nicht«, fügte Malena hinzu. Jon konnte nichts sagen, seine Aufmerksamkeit hatte anderen gegolten.

»Haben Sie etwa nicht gesehen, wie er mit den Armen stieß und mit den Fingern nestelte?«, entgegnete Arkezhan. »Ziehen Sie der Mannschaft drei Punkte ab, sage ich.« Jeder Punkt zählte als ein verlorener Spieler, wodurch die Sirianer möglicherweise früh verlieren würden; die Aufzeichnungen würden diesen Punktverlust Mikel Belov zuschreiben.

»Höchstens einer, gnädiger Herr«, wandte Malena ein. »Nur wenige Züge werden je perfekt ausgeführt.«

»Drei.«

Niemand widersprach. Arkezhan war immer noch der Oberste Richter, und die eingeteilten Richter mussten auf genügend andere Dinge achten; Punktabzüge glichen einander dadurch aus, dass sie bei jedem aufmerksam verfolgten Wettkampf recht gleichmäßig auf alle Mannschaften verteilt wurden.

Wei presste die Lippen zusammen.

Das Auvade ging weiter. Die Zuschauer johlten und winkten mit Tüchern und Fahnen. Wenn jemandes Idol einen Punkt erzielte, tanzten sie auf den Bänken.

»Sehen Sie nur, welche Gelegenheit Mikel Belov sich entgehen ließ«, sagte Arkezhan nach einigen Minuten. »Wenn er diesen Atairischen Planeten ausgeschaltet hätte, wäre ein Beteigeuzischer Komet dem Angriff eines Atairischen Sterns ausgesetzt gewesen. Ganz gleich, wie dieser Kampf auch ausginge, die Sirianer hätten einen Gegner weniger gehabt.«

»Ja«, gab Ibram zu. Er musterte die Himmelsbühne. »Für uns leicht zu sehen. Aber wer kann mitten im Geschehen alles erkennen?«

»Tüchtige Spieler können das in einem hohen Grad. Natürlich könnte unser tapferer kleiner Komet entschieden haben, dem Planeten auszuweichen, denn der sieht recht streitbar aus.«

Malena blickte finster in ihren Betrachter. »Gnädiger Herr, Sie scheinen es auf diesen jungen Mann abgesehen zu haben«, sagte sie. »Wir müssen auch andere beobachten.«

»Selbstverständlich. Ich würde Ihre Entscheidungen niemals kritisieren, gnädige Dame, gnädige Herren. Doch auch Sie müssen zugeben, dass bestimmte Spieler aufmerksamere Überwachung erfordern als die meisten. Zum Besten des Spieles.«

»Gnädiger Herr, meines Erachtens zählt Mikel Belov nicht dazu.«

Arkezhan zuckte mit den Schultern. »Nun, da könnten Sie Recht haben, gnädige Dame. Sie sind doch eine alte Freundin seiner Familie, nicht wahr? Eine sehr enge Bekanntschaft.«

Malena erstarrte.

»Wenn Sie so freundlich wären, gnädiger Herr«, sagte Jon eisig.

Arkezhan hob die Hände. »O nein, nein! Ich würde niemals andeuten wollen oder auch nur einen Augenblick lang erwägen, dass gnädige Dame oder die gnädigen Herren irgendein Angebot in Betracht ziehen könnten, das ihnen der Vater eines Spielers vielleicht gemacht hat.«

Wei schnappte nach Luft. Der Regnant saß ausdruckslos. Die Richter konnten nichts entgegnen, denn das Spiel wurde immer schneller und komplizierter. Plötzlich hob Arkezhan die Augen von seinem Betrachter und brüllte: »Ein Foul! Ein Foul!«

»Wie bitte?« Die Richter richteten ruckartig ihren Blick auf ihn.

»Haben Sie es etwa nicht gesehen? Als Mikel Belov gerade gegen den Atairischen Mond kämpfte, griff er dem Mann in die Leistengegend.«

Wei umklammerte die Armlehnen so fest, dass seine Knöchel hervortraten.

Malena vergaß alle Artigkeit. »Das hat er nicht.«

»Haben Sie ihn so genau beobachtet, gnädige Dame?«, entgegnete Arkezhan. »Sie müssen doch das ganze Feld verfolgen. Ich entschied mich, dorthin zu sehen, wo mein Verdacht liegt.«

Wei erhob sich halb von seinem Sitz. Eilig sagte Ibram: »Mein gnädiger Herr Oberster Richter hat sich vermutlich geirrt. Das kann jedem passieren. Wir werden die Begegnung in Zeitlupe noch einmal abspielen, wenn er darauf besteht.«

Arkezhan lächelte. »Das ist nicht nötig, gnädiger Herr. Ich nehme Ihr Urteil an. Vielleicht habe ich mich geirrt, vielleicht habe ich in der Aufregung Neigung mit Absicht verwechselt.«

Wei sprang auf. Alle Farbe war aus seinem Gesicht verschwunden. »Mein Herr«, sagte er abgehackt, »ich gehe davon aus, dass Sie diese Bemerkung ungewollt gemacht haben, sie auf der Stelle zurücknehmen und sich dafür entschuldigen.«

Die Richter hielten ihre Augen auf den Betrachtern und beobachteten das Geschehen, wie es ihre Pflicht war, doch stieß Malena hervor: »Eure Pracht haben gehört –« Dann verstummte sie, erzürnt über sich selbst.

Der Regnant saß reglos auf seinem Platz.

Arkezhan lächelte. »Nun, ich wollte nichts Böses sagen, gnädiger Herr, kein grundlegender Fehler zu finden. Wir sind eben, was wir sind. Dieser Junge hat sich offensichtlich entschieden, wenig oder nichts gegen die Charaktermerkmale zu unternehmen, die er geerbt hat von – seiner Mutter.«

Wei trat vor. Er ballte die Faust und schlug zu. Arkezhan taumelte zurück. Die Richter keuchten auf. Als wäre sie Zeuge des Zwischenfalls geworden, heulte die Menge auf.

Arkezhan erlangte das Gleichgewicht zurück. Aus seiner Nase rann Blut. Er grinste.

4

Nahe der Stelle im Norden, wo Tahalla an Zayan grenzte, lagen die Ländereien, für die die Parentel Belov verantwortlich war. Jenseits der Grenze setzte sich Arabija fort, Hügel und Täler, in denen der Wind Wellen über das hohe Gras sandte, Farnwedel schüttelte und in den Blättern seufzte, wo Bäche in glitzernde Seen mündeten, wo große Herden und Raubtiere lebten und fliegende Schwärme oft Schatten warfen wie Wolken – doch das Volk Zayans lebte ganz anders als die Menschen in Tahalla. So war es überall auf der Erde: Alle unterschieden sich voneinander.

Wei landete seinen Wagen am Fuße eines Hügels, den er erklomm. Beim Aufstieg konnte er weiter und immer weiter sehen. Weit entfernt mischten sich Giraffen mit Leierhörnern und einigen Cheirosauren; ein Rudel Löwen, die ausgestreckt auf einem Felssims dösten, beachteten ihn nicht. Impulsiv, überflüssigerweise, winkte er ihnen zu. Obwohl die Wiedereinführung seltener Arten, die Wiedergeburt vieler ausgestorbener Tiere und die Erschaffung anderer, die sich niemals entwickelt hatten, vor seiner Geburt geschehen war, hatte Wei den Vorgang so häufig in der Virtualität miterlebt, dass es ihm vorkam, als habe er daran mitgearbeitet – als habe er eine wenn auch noch so geringe Rolle bei der Abwehr des Eises gespielt. Diese Vorstellungen verliehen seinem realen Alltagsgeschäft, dem ökologischen Management, ein wenig Würze.

Endlich hatte er eine einsame Stelle gefunden. Eine unaufdringliche Erhebung am westlichen Horizont war die Kuppel einer Nahrungsmittelfabrik, die völlig robotisch funktionierte. Aus einer kilometerweit entfernten Senke stieg dünner Rauch auf, der sich rasch verteilte. Er stammte von einem Lagerfeuer, das Ausflügler entzündet hatten, doch es rief in Wei Erinnerungen an die Steinzeit wach, die seine Spezies vergessen hatte, seine Gene jedoch nicht.

Seine Muskeln strafften sich, entspannten und strafften sich wieder. Entgegen der Schwerkraft trugen sie ihn hinauf. Warmes Sonnenlicht fiel auf sein Gesicht, warme Luft stieg ihm in die Nase. Auf der ganzen Erde gab es keine Medizin gegen Schande und Gram, und er würde sie nicht zusammen mit seiner Ehre unter Drogen begraben. Doch die Erde selbst war ihm Balsam.

Er hatte sich diesen Hügel ausgesucht, weil auf seinem Kamm ein Eukalyptushain stand, ein Schirm vor dem Himmel. Sollte zufällig ein Überwachungssatellit über ihn hinwegziehen, so konnte die Maschine keinerlei Aufzeichnung der kommenden Augenblicke anfertigen. Kühl und scheckig fiel der Schatten der Bäume über ihn, scharfer Duft umgab ihn, und die Blätter schienen ihm Abschiedsworte zuzuwispern.

Er hatte niemandem gesagt, weshalb er heute das Haus verließ, nur dass er eine Weile allein sein wolle. »Ich verstehe«, hatte seine Dame geantwortet. Er befürchtete, dass sie ihn nur zu gut verstand; ihre Gelassenheit war ihr letztes Geschenk an ihn.

Lissa, Mikel, es tut mir leid, dachte er. *Eine bessere Möglichkeit, unseren Stolz wiederzuerlangen, gibt es nicht. Oder doch? Mögt ihr glücklich leben.*

Er zog die Pistole. Die einzelne Patrone war keine Lähmladung. Eine Wiederbelebung war ausgeschlossen.

Behutsam setzte er sich die Mündung an die Schläfe. *Ein kalter Kuss,* dachte er, dann: *Was zauderst du.*

Der Schuss krachte. Hoch über dem Hügel begab sich ein Geier gemächlich in eine langgezogene, absteigende Spirale.

5

Am Stadtrand von Roumek bewohnte Sesil Hance ein Haus, ein verspieltes Bauwerk aus Säulengängen und schlanken Türmen, das einer großen Familie, wie es sie nicht mehr gab, Platz geboten hätte und dennoch leicht und sehr vielfältig an Besuch anzupassen war. Aus den Fenstern fiel ein sanfter Lichtschimmer in die Nacht. Leise Musik spielte, ein Stück, das erst neulich vom Haus komponiert worden war. Dreißig Meter weiter fiel das Nachbargebäude ein. Ansonsten lag die Straße still und leer bis auf einen Robotgärtner, der in den Blumenbeeten arbeitete.

Die Vordertür erkannte Mikel Belov und fuhr vor ihm beiseite. Er trat in einen mahagonivertäfelten Empfangsraum, Perlmuttdecke und lebendigem Teppich. Zwei Gestalten erschienen als lebensgroße Hologramme, ein älteres Paar. Die guten Sitten verboten einer Parenteljungfrau, einen männlichen Besucher allein zu empfangen, doch zogen Sesils Eltern den Landsitz vor. Deshalb hatten sie für ihre Tochter virtuelle Ebenbilder schaffen lassen, die sprachen und handelten, wie sie gesprochen und gehandelt hätten, und alles aufzeichneten, was an ihre Sensoren drang. Sesil hatte Mikel gesagt, dass ihre Eltern ihr vertrauten und die Speicherdaten niemals abriefen. Die Hologramme dienten lediglich der Erhaltung ihres guten Rufes.

Er begrüßte die Virtuellen.

»Seien Sie willkommen, Mikel Belov«, sagte das

Ebenbild von Yusuf Hance förmlich, und ebenso förmlich fügte das Ebenbild von Fiora Hance hinzu: »Ich grüße Sie.«

»Ich danke Ihnen, gnädiger Herr, gnädige Dame«, antwortete er darauf.

Sesil kam aus einem Bogengang herbei. Sie trug eine enge schwarze Robe, auf der Sternenpunkte glitzerten. Mitten im Schritt verharrte sie und hob die Hand vor den Mund. »Oh«, hauchte sie und riss die Augen auf, die ebenso dunkel glitzerten wie der Stoff. »Sie. Ich habe so gehofft ... – bitte, kommen Sie näher.« An die Abbilder gewandt, fügte sie hinzu: »Mit eurer Erlaubnis.« Sie drehte sich um und führte ihren Gast aus dem Empfangsraum in einen Saal, in dem Jasminduft schwebte. Über die Wände spielten subtile Farben. Obwohl sie sich nun wieder zu ihm umdrehte, machte sie keine Anstalten, ihn bei den Händen zu ergreifen oder überhaupt zu berühren. »Bitte setzen Sie sich, gnädiger Herr.« Sie deutete unsicher auf eine Liege. »Darf ich eine Erfrischung bringen lassen?«

Mikel blieb stehen. »Sie haben mich mehr als ein Jahr lang nicht mehr Herr genannt«, sagte er. Sie hatten kurz vor der Verlobung gestanden. Er musste sich zurücknehmen, um nicht ›gnädige Dame‹ hinzuzufügen.

Sie senkte den Blick. Wie lang die Wimpern in ihrem zierlichen Gesicht waren. »Nein. Nur – hat Sie nun diese Tragödie befallen ... und bald sind Sie Oberhaupt von Belov.«

»Wenn man mich wählt. Das muss noch warten.« Sein Schmerz brach hindurch. »Sesil, warum habe ich nichts von Ihnen gehört?«

Sie wies auf das Holo-Kabinett. Es erhellte sich mit den Simulacra ihrer Eltern. Das hatte sie bisher nur sehr selten getan – und das war keine Unhöflichkeit gewesen, denn die Realen hätten das junge Paar allein gelassen. Suchte sie Hilfe? Mikel wiederholte seine Frage.

»Sie kennen den Grund, gnädiger Herr«, antwortete der Pseudo-Yusuf.

Sesil verhakte ihre Finger ineinander. »Ich ... ich hätte ...«, stammelte sie, »ich wollte, ich wollte es wirklich, aber ...« Sie vermochte nicht weiterzusprechen.

Er beendete den Satz für sie. »Aber mein Vater hat eine Gewalttat gegen einen Standesgenossen begangen, und das vor der Gegenwart. Seine ganze Parentel ist in Unehre gefallen.«

»Das war so ungerecht!«, rief sie aus.

Mikel wandte sich an die Abbilder. »Sie«, und damit meinte er die Realen, »wollten danach mit einem Belov nichts mehr zu tun haben.«

Langsam antwortete Yusufs Stimme: »Das konnten wir nicht sehr gut, nicht wahr?«

»Sei ehrlich, Lieber«, warf Fioras Stimme ein. Tränenanaloga blitzten auf. »Wir wagten es nicht.«

Ja, dachte Mikel, *zu viele andere Hances wären der Meinung gewesen, die Schande beflecke sie ebenfalls.* »Ich verstehe Sie sehr gut, gnädiger Herr, gnädige Dame«, sagte er. »Für mein Teil hatte ich nicht die Absicht, Sie in eine schwierige Lage zu bringen.«

Sesil hob den Kopf und nahm die schmalen Schultern zurück. »Aber Ihre Ehre ist wiederhergestellt«, sagte sie, und schon verließ sie die Festigkeit. »Ich habe gehofft ... Ich habe gehofft ...« Sie schluckte. »Ja, ich habe geweint um ihn und um Sie, aber nun ...«

Mikel nickte. »Nun, ich hätte früher kommen sollen.« Er entschuldigte sich nicht; damit hätte er sie herablassend behandelt. »Meine Mutter und ich waren beschäftigt.«

»Selbstverständlich.« Sesil war kaum zu hören. »Und ich, ich wollte nicht ... zudringlich sein. Deshalb habe ich gewartet. Nun sind Sie hier.« Zaghaft streckte sie die Hände nach ihm aus.

Yusufs Stimme intervenierte. Sesil ließ die Arme sinken. »Bei allem Respekt, gnädiger Herr, er hat eine schreckliche Art der Wiedergutmachung gewählt. Er hätte ins Exil gehen können.«

Mikel ballte unwillkürlich die Fäuste. »Und sich unter Fremden durch das Leben schleppen, als hilfloser Außenseiter ohne Freunde?«

»Kommunikation ... Telepräsenz –«

»Das hätte es nur schlimmer gemacht. Wir hätten jeden Tag in dem Wissen gelebt, wie es ihm geht. Nein, mein Vater bevorzugte ein Ende, das er als unabänderlich ansah und als sauber betrachtete.«

Pseudo-Yusuf überging die grobe Unterbrechung und antwortete milde: »Er hat vollkommen gesühnt. Daher können wir fortfahren.«

Fioras Stimme warf ein: »Auch wir werden ihn namentlich an jedem Trauertag ehren.«

Mikel schüttelte den Kopf. »Wenn Sie es wünschen, gnädige Dame. Ich danke Ihnen für Ihre Großzügigkeit. Doch die Angelegenheit ist noch nicht vorüber. Ich nehme es nämlich nicht hin, dass mein Vater Sühne schulden sollte.« Er sah Sesil an. »Ich bin gekommen, um mich von Ihnen zu verabschieden.«

Sie erschauerte. »Was?«

»Mein Vater handelte nach einer unerträglichen Provokation. Zeugen bestätigen das. Der Regnant hat es mit Sicherheit festgestellt. Er hätte die Stimme erheben und meinem Vater die Rechtfertigung aussprechen müssen. Er hätte den Bruch der prächtigen Würde entschuldigen und Arkezhan Socorro tadeln müssen. Das hat er unterlassen.«

»Was haben Sie vor?« Sesil schluckte. »Was planen Sie zu tun?«

»Der Regnant muss meinen Vater rechtfertigen und entschuldigen; er muss die Schande dorthin legen, wohin sie gehört«, erklärte Mikel.

Das Gesicht Yusufs verlor jeden Ausdruck. »Wie wollen Sie das bewirken?«, fragte die Stimme.

»Ich werde Männer bei mir haben, gnädiger Herr. Lassen Sie es dabei bewenden.«

»Noch mehr Gewalt? Nein!« Sesil packte ihn bei der Hand und schnitt ihn mit einem Fingernagel. Sie klammerte sich fest. »Nein, ich flehe Sie an.«

»Wollen Sie Ihrer Parentel denn neue Schande bereiten?«, beschwor ihn die Phantom-Fiora.

»Selbstverständlich nicht.« Das Programm einer antiken Schusswaffe hätte vielleicht mit ähnlich kühler Stimme gesprochen wie Mikel. »Ich habe die historischen Datenbanken studiert. Es existieren Präzedenzfälle.«

»Sie sind begraben«, wandte Pseudo-Yusuf ein. »Im Grunde vergessen.« Er/Es musste eine Eilsuche eingeleitet haben. »Natürlich können Sie das Tun aus verzweifelten Zeiten wieder aufleben lassen, wie es sich während der Ozeanischen Revolution und ihrer Nachwirren ereignete. Aber das ist lange her.«

»Generationenlang sind diese Taten Stoff von Geschichten und Balladen gewesen. Die Präzedenzen, die sie gesetzt haben, wurden niemals für nichtig erklärt.«

»Weil sich danach niemand vorstellen konnte ...« Das Simulacrum redete nicht weiter.

»Gnädiger Herr, gnädige Damen, was ich Ihnen sagte, habe ich Ihnen unter dem Siegel der Verschwiegenheit anvertraut, als Gast Ihres Hauses«, erinnerte Mikel sie.

Fioras Abbild zuckte zusammen. »Es war nicht erforderlich, darauf hinzuweisen.«

»Selbstverständlich werden wir Verschwiegenheit wahren, bis Sie uns von unserer Pflicht entbinden; und es ist offensichtlich, dass weitere Argumente nichts fruchten würden«, fügte Yusufs Stimme ungerührt hinzu.

Sesil ließ Mikel los und trat einen Schritt von ihm zurück. »Sie ... Sie sind mir ein Fremder geworden. Ich hätte nie geglaubt, dass Sie auch nur im Traum an so etwas denken könnten.«

»Ich bedauere die Notwendigkeit«, sagte er.

»Dass Sie es eine Notwendigkeit nennen ... ach, wie schrecklich ...«

Mikel vollführte die Geste des Abschieds. »Guten Abend, gnädiger Herr, gnädige Damen.« Unbegleitet kehrte er in die Nacht zurück.

6

Den Sitz des Oberhaupts der Parentel Socorro umschloss ein Lustgarten und schirmte ihn vom umgebenden Besitz ab. Dadurch waren die zwölf Männer, die sich zu Fuß über das Wiesenland näherten, gegen Entdeckung geschützt; es sei denn, jemand bemerkte sie durch Zufall. Selbst dann hätten sie zwar Neugierde geweckt, doch kaum Besorgnis. In Wanderkleidung ohne deutlich sichtbare Embleme sahen sie aus wie eine Gruppe junger Leute, die sich ein paar schöne Tage im Freien machten, ob nun als lizenzierte Jäger oder gewöhnliche Wanderer. Es wäre nicht auffällig, wenn sie näher kamen, um den Garten zu bewundern und vielleicht auf eine Einladung zu hoffen, das Haus zu besichtigen.

Olver zog einen Biodetektor aus der Gürteltasche und blickte hinein. »Zwei Personen auf dem direkten Weg«, meldete er.

Mikel nickte. »Damit mussten wir rechnen«, antwortete er überflüssigerweise. Sie alle waren angespannt. Schweiß glänzte im Sonnenlicht. Der Wind fühlte sich kühler und stärker an, als er war, und im Laub vor ihnen schien er lauter zu rascheln.

Dennoch rückte die Schar unbeirrt vor. Sie hatten geforscht, geplant und geprobt; und sie waren Männer der Parentel Belov – junge Männer, in denen die alten Geschichten zu neuem Leben erwachten.

Vor ihnen erhob sich eine Reihe Kerzenbambus, der kühl leuchtete. »Los«, sagte Mikel. Er hielt seine Stimme ruhig und ungerührt. Um die Flanken zu schützen, verschwanden vier nach rechts, vier nach links. Drei zwängten sich mit ihm durch die Einfriedung.

Dahinter, im Wechselspiel von Licht und Schatten, wiegten sich geschmeidige Schlangenbäume; auf Perlenbüschen lag ein Schillern. Eine Eiche breitete majestätisch die Äste aus, Mondblumen wechselten von einer Phase zur nächsten. Der Pfad wand sich durch unendliche Vielfalt. An fast jeder Biegung wartete eine Überraschung, eine tanzende Skulptur, ein Teich voll farbigem Nebel, ein Arrangement aus Steinen, eine Miniaturantilope, die sich in ganzer Schönheit aufstellte, ehe sie mit einem Sprung außer Sicht verschwand. Zehn Arten Vögel trällerten im Chor. Düfte schwebten herbei, süße, rauchige, würzige, manchmal leicht berauschend, erotisch oder anderweitig stimulierend.

Wo eine Brücke einen Bach überspannte, standen ein Mann und eine Frau. Vielleicht genossen sie den Ort und die Gesellschaft. Als die Eindringlinge auftauchten, rissen sie erschrocken die Augen auf. Pistolen waren bereits gezogen. Bevor jemand eine Warnung ausstoßen konnte, brach die Frau zusammen. Sie würde etwa eine Stunde lang bewusstlos sein, doch wie sie dort in ihrem hingeworfenen Gewand am Boden lag, erinnerte sie in mitleiderregender Weise an einen Haufen Lumpen.

Ihr Begleiter, ein großer, kräftiger Mann, war ebenfalls hingefallen: ein blitzschnelles Täuschungsmanöver. Der Schuss hatte ihn verfehlt. Er sprang wieder auf die Füße und weitere, vor Überraschung abgefeuerte Schüsse trafen ihn ebenfalls nicht. Er sprang hinter eine Trauerweide und verkroch sich tiefer ins Unterholz. Er ließ ein Brüllen zurück: »Belovs! Ich habe euch erkannt!«

Mikels Gruppe tauschte Blicke aus. »Ich kenne ihn auch«, sagte Olver. »Dammas, Arkezhans Neffe. Ich habe schon gesehen, wie er mit Pferden um die Wette gerannt ist und mit Bullen gerungen hat.«

»So ein Pech«, stöhnte Teng.

»Umso mehr müssen wir uns beeilen«, entschied Mikel. »Vahis Gruppe könnte ihn noch erwischen.«

Ihre Füße donnerten über die Brücke. Schon bald wich der Garten einem Rasen. Vor ihnen erhob sich das Haus. Eine Maschine unterbrach ihre Arbeit; sie wusste nicht, was der Aufruhr bedeuten sollte. Mehrere Pfaue stoben schimpfend auseinander. Die anderen Gruppen kamen in Sicht. Von links und rechts eilten sie herbei und vereinten sich nach kurzem Endspurt mit ihren Kameraden.

Die Rampe hinauf und durch den Säulengang stürmte die wilde Schar. Die Haupttür wurde misstrauisch und begann sich zu schließen. Darauf war Mikel vorbereitet. Nichts war auf ernsthafte Verteidigung ausgelegt, nicht nach einem drei Jahrhunderte währenden Großen Frieden. Eine seiner Pistolen war mit Explosivgeschossen geladen. Ein Robotmonteur in einem Keller hatte sie ihm insgeheim hergestellt. Mikel zielte genau und schoss. Krachend schlug das Projektil ein, und die Schockwelle griff auf den eingelassenen Computer über; die Tür blieb halb offen stehen. Die Einbrecher stürmten ins Haus. Polierter Marmor umgab sie. Unter dem transparenten Flurboden schwammen Fische. Eine Rampe schwang sich aufwärts. Einzelne Menschen, vom Lärm angezogen, sahen wer eindrang und flohen. Es waren nur Bediente, Zeremonialisten, Unterhalter und dergleichen. Nur einer hielt stand, ein grauer, wettergegerbter Mann, offenbar ein Verwandter auf Besuch. »Was für ein Pack seid ihr?«, rief er aus.

Vahi und Turkan traten näher und ergriffen ihn bei den Armen. »Wo ist Arkezhan Socorro?«, verlangte Mikel zu erfahren.

»He!« Nun erst entdeckte der Mann die kleinen Parentelabzeichen, die von den Eindringlingen an der Brust getragen wurden. »Belovs! Allesamt! Was hat diese Ungeheuerlichkeit zu bedeuten?«

»Wir verlangen ein direktes Gespräch mit dem Oberhaupt von Arkezhan. Wir wissen, dass er zu Hause ist. Wenn wir ihn erst suchen müssen, wird alles nur schlimmer; dabei werden alte Familienschätze beschädigt und Menschen verletzt oder gar getötet. Um aller willen, sagen Sie uns, wo er ist.«

»Er ... er könnte außer Haus –«

Mikel grinste höhnisch. »Sie halten es also für möglich, dass Ihr edles Oberhaupt seine Leute und ihr Erbe in der Stunde der Gefahr im Stich lässt?«

Wütend, doch zugleich erschüttert und verwirrt, stieß der Mann hervor: »Niemals! Ich, ich sah ihn zuletzt ... im Winterzimmer.«

»Das würde passen«, sagte Teng. »Fliegt er nicht oft genug in den hohen Norden?«

»Er behauptet, es inspiriere ihn«, knurrte Olver. »Fragt sich nur, zu welchem Frevel diesmal?«

Die Treue seiner Anhänger, ihr Zorn um seinet- und seines Vaters willen, weckte Mikels Kampfgeist erneut. Früher hatte er sich oft gefragt, wie viele es gab, bei denen das Parentelbewusstsein über Verwandtschaft und Rituale hinausreichte. Nun fragte er sich, wie viele mehr sich erhoben haben würden, hätte er sie gebeten. Alle?

Dann musste für die Socorros das Gleiche gelten. Folglich sollte er den Vorteil der Überraschung nutzen, solange er ihn noch besaß. »Mitkommen«, befahl er. Seine Männer ließen den Gefangenen los und hasteten hinter ihm die Rampe hinauf. Das Haus war seit Generationen eine Berühmtheit; jeder kannte seinen Grundriss.

Stille lastete in den langen Korridoren und geräumigen Hallen. Mikel wunderte sich flüchtig, ob das Haus sich je an die Tage erinnerte, da Lärm und Leben es erfüllten, da Kinder es mehr in Anspruch genommen hatten als alles andere zusammengenommen. Entsetzt dachte er: *Kinder!* Doch wenn es hier welche gab, hatte man sie gewiss augenblicklich außer Gefahr geschafft.

Zwei Männer hatten sich mit Weinflaschen gewappnet, den einzigen Waffen in Reichweite. Mit dem Mut der Verzweiflung stellten sie sich den Eindringlingen im letzten Korridor. Zwei Lähmschüsse streckten sie nieder. Die Belovs preschten in den Raum dahinter.

Darin war die Luft kühler, doch die eigentliche Kälte ging von einem Simulacrum der Arktis aus, in der von der Polkappe noch ein wenig erhalten war – Gletscher und Schneefelder, blauschattiges

Weiß und das schwarze Glitzern des Meeres zwischen den Eisschollen. Vor dieser Szenerie erschien Arkezhan zwergenhaft. Er stand vor einem multifunktionellen Terminal und zog hastig eine pelzbesetzte Robe zu sich her. Das Kabinett war unnötig groß und bestand aus Ebenholz mit Intarsien aus Gold; die Tischplatte war aus poliertem Felskristall. *Du hast schon immer zum Protz geneigt,* dachte Mikel. *Wenn ich dich nur an diesen Bildschirmen zerquetschen könnte wie eine lästige Fliege.*

Zitterte Arkezhan unter seinem Gewand? Sein Ton zitterte unverkennbar schrill: »Was geht hier vor? Haben Sie den Verstand verloren? Oder soll das ein geschmackloser Scherz sein? Hinaus mit Ihnen! Auf der Stelle!«

»Wir gehen, sobald wir mit Ihnen fertig sind«, erwiderte Mikel, während purer Hass ihm die Kehle belegte.

»Fertig? Mit Ihrem Untergang wohl? Ahnen Sie denn –«

»Halten Sie den Mund.«

»Nein. Sie ... Friedensbrecher –«

Mikel packte ihn bei den Schultern und rüttelte ihn, dass seine Zähne aufeinander schlugen. »Halten Sie den Mund und hören Sie zu.«

Arkezhan konnte den jüngeren, kräftigeren Mann und die grimmigen Gesichter hinter ihm nur anstarren.

»Setzen Sie sich. Dorthin.« Mikel stieß ihn in einen Sessel, der einige Meter entfernt stand.

Die Männer postierten sich wachsam, zwei von ihnen am Terminal. Vahi begann, das Haus und seine Aktivitäten zu überwachen. Olver rief Außenbilder auf, mit denen er alle Richtungen abdeckte. Hier und da vergrößerte er eines, um einen genaueren Blick darauf zu werfen.

Mikel schritt vor dem Sessel auf und ab. Arkezhan umklammerte die Armlehnen und zwang sich, den Kopf zu heben. Sein Gesicht arbeitete.

Der Winter schien aus Mikel zu sprechen. »Sie wissen genau, weshalb wir hierher gekommen sind. Mit Vorbedacht haben Sie meinen Vater Wei, Oberhaupt von Belov, bis an den Punkt gereizt, an dem ihm keine andere Wahl mehr blieb als seine Ehre und die Ehre seiner Familie zu verteidigen.«

Arkezhan hatte sich gefangen. »Unsinn. Wenn er so unvernünftig war, sich durch einige Bemerkungen beleidigen zu lassen, so hätte er sich später beschweren können. Die Entehrung entsprang seinem Fehlvorhalten in Gegenwart des *Regnanten.*«

»Ihre schändlichen Worte hätte er vor keinem Gericht wiederholt, wo sie vom ganzen Land gehört worden wären.«

Ich übertreibe, wusste Mikel. *Mein Vater hat die Beherrschung verloren. Aber Arkezhan hat ihn über das Maß hinaus gereizt, das ein stolzer Mann ertragen kann. Und er war mein Vater und das Oberhaupt meiner Parentel.*

»Nun, er hätte sich auf der Stelle beschweren können«, wandte Arkezhan ein.

»Der Regnant hätte die Angelegenheit dem Obersten Inszenator überlassen.« *Wenn er es nicht augenblicklich abgewiesen hätte. Er muss gewusst haben, was vor sich ging, und hat deshalb geschwiegen.* »Daraufhin hätten Sie, wie gewohnt, Mahu Rahmans Hand geküsst und noch nicht einmal eine Rüge erhalten.«

Arkezhan errötete und wollte sich erheben. »Nun ziehen Sie meine Ehre in Zweifel.« Eine Geste Mikels, und er ließ sich zurücksinken. »Das dulde ich nicht. Ich werde Sie und Ihre Bande vor das Strafgericht bringen.«

Mikel schüttelte den Kopf. »Nein. Sie werden dem Regnanten direkt Ihre Schuld eingestehen. Er wird sie verkünden und meinen Vater jeder Schande entheben.«

Arkezhan keuchte. »Wie können Sie es wagen – Sie, der Sie in mein Haus eingedrungen sind, seine Bewohner anzugreifen und zu bedrohen –«

»In Anbetracht der Begleitumstände und auf Ihre dringende Bitte hin wird der Regnant uns öffentlich von jeder Anklage freisprechen. Er wird betonen, dass die Ehre der Parentel Belov unbefleckt bleibt.«

»Wie stellen Sie sich das vor?«

Mikel zuckte die Achseln und grinste matt. »Ich würde vermuten, dass der Oberste Inszenator ihm dazu rät. Sehen Sie, wenn nicht geschieht, was wir wollen, werden wir Sie töten.«

Arkezhan keuchte auf wie jemand, den ein Lähmschuss trifft.

»Daraufhin werden wir der ganzen Welt die Wahrheit verkünden«, fuhr Mikel fort. »Und dann werden wir selbstverständlich sterben – aus freien Stücken. Die Geschichte aber wird weiterleben.«

»Zur Schande Ihrer Parentel«, rief Arkezhan verzweifelt.

»O nein. Glauben Sie etwa, wir hätten das nicht bedacht? In der Vergangenheit wurden ähnliche Vorfälle ausnahmslos als ruhmreich betrachtet. Unser Tod sühnt unsere Schuld, wie mein Vater damit für einen Fehler gesühnt hat, den nicht er verschuldet hatte. Die Belovs werden sich stolz an uns erinnern. Tahalla ebenfalls. Wie aber soll die Parentel Socorro jemals die Schande loswerden, die Sie über sie gebracht haben, sagen Sie mir das.«

Arkezhan saß schweigend auf seinem Sessel.

Mikel hielt an. »Sie werden Ihren Leuten angemessen dienen, als ihr Oberhaupt, wenn Sie tun, was wir wollen. Der Regnant wird Sie zweifellos von der Schuld freisprechen, die Sie eingestanden haben. Das sollte genügen.«

Insgeheim wird er uns freilich niemals verzeihen. Wir müssen immer vor einem verschlagenen Racheakt auf der Hut sein. Ich werde jeden Haushalt der Belovs ermutigen, Waffen bereit zu halten und sich in ihrem Gebrauch zu üben.

»Denken Sie nach«, sagte Mikel. »Aber nehmen Sie sich nicht allzu viel Zeit.«

»Keinesfalls«, rief Olver. »Sieh her.«

Mikel trat an die Bildschirme. Aus dem Garten stürmten Männer hervor. Ungeübt wie sie waren, taumelten sie beim Rennen, aber sie bewegten sich entschlossen und trugen Jagdwaffen. Ein Scan in den Himmel zeigte, dass zwei Wagen sich näherten.

»Dieser Dammas«, meinte Olver. »Ein Socorro und trotzdem ein Mann. Er hat alle um sich geschart, die aus dem Haus geflohen sind, ihnen Waffen aus dem Schuppen des Wildhüters gegeben und um Hilfe der anderen Häuser geschickt.«

Mikels Gefolgsleute griffen nach den mit tödlicher Munition geladenen Pistolen. Einige fluchten. Plötzlich überkam den Anführer das seltsame Gefühl, vom Geschehen losgelöst zu sein. *Ob sich früher die Soldaten so gefühlt haben?*, fragte er sich. Dann wandte er sich wieder dem Gefangenen zu. »Noch können Sie einen Kampf verhindern«, sagte er. »Sagen Sie ihnen, sie sollen sich zurückziehen.«

»Ich ... ich weiß nicht, ob ich das kann ... jetzt noch.« Er stand auf und hob den Kopf. Nun klang seine Stimme fester. »Oder ob ich sollte.«

Nein, dachte Mikel kühl, *denn danach wäre deine Führerschaft hohl und morsch, nicht wahr?*

»Vielleicht wollen Sie uns nur belagern«, sagte Vahi.

»Bis die Regnantenschaft davon erfährt und Truppen schickt; wenn man nicht schon davon weiß«, entgegnete Olver.

Wenn der Oberste Inszenator es wagt, dachte Mikel. *Bei den meisten Parentelen ist er unbeliebt. Er muss wissen, dass er die Folgen seines Eingreifens nicht vorhersehen kann. Darauf haben wir schon bei der Planung gezählt. Auf jeden Fall steht eine überwältigende Übermacht gegen uns.*

Arkezhan fasste Mut. »Nun, da sie aufgemuntert sind, werden meine Leute nicht dulden, dass ich gedemütigt werde«, sagte er. »Und meinen Tod werden sie mit Gleichem vergelten. Sie können sich nämlich auf die gleichen historischen Beispiele berufen wie Sie, nur mit mehr Recht. Geben Sie nach, und vielleicht kann ich Ihnen sicheres Geleit aus dieser Falle erwirken, in der Sie sich selbst gefangen haben.«

Mikel seufzte. »Das ist für uns nicht möglich. Reicht der Grundbegriff von Ehrenhaftigkeit, den Sie vielleicht besitzen, denn nicht aus, um uns zu verstehen? Wir werden kämpfen, und niemand von uns fällt lebendig in die Hände des Gegners.« Er zückte seine mit den tödlichen Geschossen geladene Pistole, und herbe Häme stieg ihm ins Gesicht. »Am allerwenigsten Sie.«

»Nein«, widersprach eine neue Stimme.

7

Sie kam aus keiner Kehle und aus keinem Apparat. Vielleicht hallten die Wände des Hauses davon wider, so sanft sie auch war. Die Männer draußen mussten sie ebenfalls gehört haben, denn sie verharrten auf der Stelle.

Die Stimme war ein tiefer Alt, gelassen und unerbittlich zugleich. »Aufhören.« Plötzlich, ohne Hitzeentwicklung, zerschmolz im Umkreis von einem Kilometer jede Waffe zur Nutzlosigkeit.

Unten auf dem Rasen standen die Männer wie erstarrt oder sanken auf die Knie; drei schrien auf und flohen in den Lustgarten. Die Wagen in der Luft hielten an und blieben auf der Stelle schweben. Oben im Winterzimmer sackte Arkezhan wieder auf seinen Sessel. Mikels Gefolgsleute starrten auf ihre leeren Hände oder suchten mit Blicken im Eis.

»Soeben standet ihr im Begriff, über Raufhändel oder selbst Mord hinauszugehen«, sagte die Stimme. »Ihr hättet den Frieden des Bundes gebrochen.«

Die Weltleitung war es, die da sprach, so viel wusste Mikel. Trotz des seelischen Aufruhrs, in dem er steckte, wunderte er sich kurz, wie viel ihrer Aufmerksamkeit die Zentralintelligenz des Sonnensystems diesem Anlass und diesem Augenblick wohl widmete.

»Habt ihr denn geglaubt, euer Tun bliebe unbemerkt?«

Die Maschinen, die Roboter, die planetaren Wartungsdienste, das ganz unvorstellbar weite Gespinst aus Kommunikation, Rechenkapazität und Information, begriff Mikel. Und auch die Satelliten und unsichtbar winzige fliegende Sensoren, alles stand im Dienste der Menschheit und des Lebens überall. Deshalb wurden seine Taten und Entscheidungen ohne Frage und dankbar von so gut wie jeder lebenden Person angenommen.

»Eure eigenen Gesetze, Bräuche und Anschauungen bewahrten den Frieden so lange in dieser Nation. Aber eure eigenen Zeremonien, eure Rituale, euer Streben nach Stellung und Vergnügen zehrte auch eure Energie auf.«

Was blieb uns anderes übrig?, schrie der nie geborene Rebell auf.

»Nun hat eben diese Tradition euch dazu verleitet, die alte Gewalt wieder anzufachen. Ungebändigt würde sie von einer Generation zur nächsten mit immer heißerer Flamme brennen. Zorn und Groll wären die Folgen, blinder Hass, Fehde, Krieg und Unruhen in vielen anderen Gesellschaften. Deshalb muss es augenblicklich enden.« Die Stimme wurde kaum merklich milder. »Tröstet euch damit, dass euer Land weder das Erste ist, in dem diese Drohung ihr Haupt erhob, noch wird es für lange Zeit das Letzte sein. Immer aber ist die Flamme im Stillen gelöscht worden. So soll es auch hier sein.

Die Eindringlinge werden ungehindert nach Hause gehen. Sie werden nicht bestraft; nicht offen und nicht im Geheimen, und ihre Angehörigen sollen sich im Recht glauben, wenn sie es wünschen; doch weder soll es auch nur für einen Strafe geben, noch Rache – niemals, solange ihr und eure Nachfahren leben.

Geht in Frieden. Haltet Frieden.«

Ein Wort des Zwanges war nicht erforderlich.

Die Stimme verstummte. Langsam blickten Menschen einander in die Augen.

Mit einem Aufwallen von Entsetzen, dem Erleichterung und eine gewisse Resignation folgten, dachte Mikel: *Nun ist unsere Zukunft nie mehr ungewiss.*

7

Es kam der Tag, an welchem das, was Christian Brannock gewesen war, um ein Ende bat.

Er nahm an, dass so etwas schon vorher geschehen sein müsse und es gewiss wieder dazu kommen werde im Laufe der Jahrhunderte, Lichtjahrhunderte entfernt. Nicht, dass er gewusst hätte, wie viele vor ihm kopiert und wieder kopiert in die Existenz gerufen worden waren. Das Gedächtnis dieses Einen verzeichnete nur vier solcher Geburten. In jedem dieser Fälle hatte eine Intelligenz einen Ort verlassen wollen, wo zufällig ein Brannock existierte. In der Regel hatte diese Intelligenz dort Halt gemacht, bevor sie weiterzog, um weiter die Galaxis zu erkunden und nach einer Stelle zu suchen, die zur Ansiedlung eines neuen Vorpostens günstig erschien. Die Intelligenz wünschte sich Helfer mit unterschiedlichen Befähigungen, weniger körperlichen, denn ein Körper konnte mühelos konzipiert und an jede besondere Anforderung angepasst werden, sondern Gaben des Verstandes, des Geistes. Deshalb konnte er sich kaum jemals selbst der Expedition anschließen. Er wurde noch immer gebraucht, wo er war.

Das erneute Hochladen führte zu einem neuen Brannock, der gerne ging. Manchmal beobachtete der ältere Brannock dessen Aufbruch mit einem Anflug von Wehmut. Dennoch blieb ihm die Arbeit, mit der er betraut war, Faszination und Herausforderung zugleich. Sollte sie ihn nicht mehr reizen, konnte er sich herunterfahren. Irgendwann würde man ihn wieder reaktivieren und wecken, damit er sich an eine neue Aufgabe machte oder an Bord eines Schiffes ging, das ihn woandershin bringen wollte.

›Alt‹ und ›neu‹ besaßen im Zusammenhang mit Brannock und seinen Kopien indes nur wenig Bedeutung. Gleich nach einem Hochladen waren die beiden Informationsmuster seines grundlegenden Ichs so gut wie identisch. Danach aber divergierten ihre Schicksale: Unterschiedliche Erfahrungen veränderten sie in unterschiedlichem Maße. Jede einzelne Linie dieses weitverzweigten Stammbaums konnte nur raten, was aus den anderen wurde. Wenn sich, was nur äußerst selten vorkam, aus Zufall zwei solcher Individuen begegneten, waren sie einander fremd.

Doch allen von ihnen war das Wort ›Alter‹ wichtig. Sie existierten zwar nicht in kurzlebiger, verwundbarer Fleischesgestalt, sondern als dauerhafte Moleküle und Datenströme, ein komplexer Energieaustausch ohne unentrinnbare Vergänglichkeit. Dennoch verstrich auch für sie die Zeit. Da sie denkende Wesen waren, spürten sie das, und zumindest schuf es einen gewissen Überdruss.

An jenem Tag überflog dieser Brannock einen Planeten, der weit von der Erde entfernt war. Zwischen seinen Sternen, die nach Einbruch der Dunkelheit aufgingen, war Sol unsichtbar. Im Moment aber stand die Sonne des Planeten klein und blendend hell am grünlichen Himmel. Ins Rötliche spielende Wolken trieben auf Winden, die ein Mensch nicht hätte einatmen können, ohne zu sterben. Der Sonnenschein schimmerte auf Seen. Hitzeflimmern tanzte auf den flachen Hügeln und ihrem Bewuchs. Diese Matten, Stängel, flatternden Membranen und Schwammtürme waren violett, rötlich und golden in mannigfaltigen Schattierungen. Hier und da wirbelten Schwärme kleiner Lebewesen durch die Luft. Das Licht zerfiel in farbige Funken, wo es sie traf.

Für Brannock war die Welt von bezaubernder Schönheit. Sie bedrohte ihn nicht. Ein nackter Fels oder der leere Weltraum auch nicht; doch hier gab es Leben. Dass es primitiv war, zählte kaum in einem Universum, wo Leben jeder Art so selten vorkam, dass sein Entstehen nahezu ein Wunder darstellte. Dass es im Vergleich mit irdischem Leben grundlegend fremd war, machte es zu einem Quell des Wissens, aus dem in den letzten siebenhundert Jahren Haupt-Intelligenz und vermittels interstellarer Kommunikation auch die Intelligenzen in der ganzen bekannten Galaxis getrunken hatten. Nur die am allerweitesten entfernten hatten die Neuigkeit noch nicht erhalten; Photonen fliegen zu langsam.

Brannock hatte an allem teilgenommen: an der Errichtung der ersten Basis, am Aufbau der Industrie zur ihrem Unterhalt, ihrer Vergrößerung und Weiterentwicklung, an der Erkundung, Kartierung, Auswertung und Entdeckung. Oft hatte er schwierige Aufgaben erhalten, manchmal sogar gefährliche. Stets waren es Abenteuer gewesen.

Nun war das Ziel fast erreicht, der Planet fast verstanden, und was übrig blieb, waren nahezu algorithmische Forschungen, für die man seiner Hilfe nicht bedurfte. Haupt-Intelligenz wandte sich anderen Themen zu. Früher hatte Brannock geplant, zu diesem Zeitpunkt in die Bewusstseinslosigkeit zu gehen und darauf zu warten, dass man ihn für ein neues, geheimnisvolles Unterfangen rekrutierte. Doch im Laufe der Zeit hatte dieses Verlangen sich erschöpft.

Weil dies seine letzte Reise sein sollte, genoss er sie nach Kräften. Statt einfach seinen Aspekt zu senden, ging er persönlich in einem materiellen Körper, den er eigens zu diesem Zweck ausgewählt hatte. Er flog. Sensorisch spürte er Energie fließen, Steuerflächen sich krümmen, die Luft vorbeigleiten wie Wasser an einem Schwimmer; er hörte und schmeckte ihre Veränderlichkeit. Er musterte den weiten Horizont oder vergrößerte einen Wahrnehmungsausschnitt, um dem winzigsten der Lebewesen Kilometer unter ihm aufs Genaueste zu folgen. Der Flug war Brannocks Lebewohl an eine Phase seiner Existenz.

Er überquerte eine Meeresküste. Die Gezeiten waren schwach, denn dieser Planet besaß keinen Mond, doch der Wind rührte Brandung auf und blies den Schaum von den Wellenkronen. Mikroben verliehen dem Wasser eine gelbliche Färbung. Eine Insel gelangte in Sicht. Dorthin senkte sich Brannock hinab. Begierde erwachte in ihm, ein Gefühl hauptsächlich intellektueller Natur, wie es vielleicht ein Mathematiker der Antike empfunden hatte, wenn sich in seinen Gedanken ein Theorem zusammenfügte. Früher einmal hätte Brannocks Herz schneller geschlagen, sein Blut gerauscht, seine Muskeln sich angespannt, er hätte rascher ein- und ausgeatmet. Doch damals war er noch ein Mensch.

Ein junger Mann, um genau zu sein ... früher einmal. Und ein Mensch aus dem Westen, nicht aus dem Osten. Konnte er selbst im Alter dem Verlust seines Ichs mit Freuden entgegengesehen haben?

Nun, dachte er einen elektronischen Lidschlag lang, *ich musste damit rechnen, es zu verlieren, sobald ich starb, und plötzlich konnte ich dem Tod von der Schippe springen. Was ich für heute plane, wird mich noch immer nicht völlig auslöschen. Es wird ... – nun, ich weiß nicht, wie es sein wird. Das kann ich gar nicht wissen. Nicht als das, was ich jetzt bin.*

Er landete, zog die Schwingen ein und trat vor.

Vor ihm ragte es auf – man könnte es als ein riesiges Juwel mit zahlreichen Facetten beschreiben und sagen, dass Blitze und Regenbögen darüber huschten, aus ihm heraus strahlten, es tanzend mit einer leuchtenden Aureole umgaben. Man könnte die flachen Kuppeln und hohen Pylonen beschreiben, die sich wie wartende Diener ringsum scharten, und unsichtbare Energien, die durch Luft und Erde murmelten. Brannock nahm weitaus mehr wahr; die Sensoren seines Körpers übertrafen die Sinne jedes Menschen bei weitem. Dennoch wusste er, dass vieles für ihn unfassbar war und unverständlich: Kraftfelder, Quantenberechnungen, Handlungen, die tief in das Gefüge der Wirklichkeit eingriffen.

Er bemerkte, dass seit seinem letzten Aufenthalt Veränderungen erfolgt waren, doch überraschte ihn das nicht. Die herrschende Intelligenz dieses Sonnensystems veränderte sich ständig. Und damit war sie nicht allein. Überall in der Galaxis sannen andere Intelligenzen darüber nach, wie sie die Grenzen ihres Denkens weiten könnten. Über Lichtjahre hinweg arbeiteten sie zusammen. Dass eine Idee – wenn ›Idee‹ dafür nicht ein zu schwaches Wort ist – ein Jahrhundert oder ein Jahrtausend oder noch länger brauchte, um sich unter ihnen zu verbreiten, bedeutete für sie ein nur geringes Hemmnis. Sie hatten Zeit und waren geduldig. Inzwischen unterhielten sie ein immer weiter anwachsendes Geflecht aus neuen Enthüllungen und Produkten ihrer Gedanken.

Brannock hielt inne. Was dann geschah, nahm – auf einer externen Uhr gemessen – einige Sekunden in Anspruch. Das lag nur an den Beschränkungen des Systems – man nenne es das Gehirn, auch wenn der Begriff an sich falsch gewählt ist –, das sein

Bewusstsein beherbergte und versorgte. Haupt-Intelligenz bedurfte weder eines Zeremoniells noch der Verehrung. Es hatte gewusst, dass und aus welchem Grund er auf dem Weg war. Die Kommunikation zwischen ihnen fand mit fast photonischer Geschwindigkeit statt. Sie endete mit dem Abschluss.

Das aber ist zu abstrakt, als dass ein sterblicher Verstand etwas damit anzufangen wüsste. Daher soll an dieser Stelle der Austausch als Dialog wiedergegeben werden, so unzulänglich dies auch sein mag.

»In dieser Form habe ich lange genug existiert«, sagte Brannock.

Eigentlich keine Frage: »Bist du unglücklich?«

»Nein, ich bedaure nichts. Mir wurde das Universum geöffnet, und es ist weit wunderbarer als alles, was ich mir erträumen konnte.«

»Du hast erst begonnen, es zu erkunden.«

»Ja, natürlich. Einige verstreute Sterne in einem abgelegenen Teil einer Galaxie unter Milliarden anderer Galaxien kenne ich. Und so vieles geht vor sich, überall, alle Zeit, die noch kommt. Aber ich *kann* nicht alles wissen. Ich habe schon mehr erlebt, als mein Verstand zu verarbeiten vermag. Die meisten meiner Erinnerungen sind weggespeichert, als hätte es sie nie gegeben. Wenn ich davon welche abrufe, muss ich andere aufgeben.

Gewiss, als ich noch ein Mensch war, da habe ich mehr vergessen, als ich behalten konnte, und wusste nicht, ob ich mich später an etwas Bestimmtes überhaupt erinnern könnte, und ob meine Erinnerung viel mit dem eigentlichen Ereignis zu tun hätte. Trotzdem bestand damals immer eine, eine … Kontinuität. Die Kontinuität ist erhalten geblieben, als ich hochgeladen wurde. Nun, die frühen Erinnerungen habe ich noch immer. Doch ansonsten scheine ich mich allmählich in zusammenhanglose Existenzblitze zu verwandeln. Und die Lücken dazwischen ... Ich entferne mich mehr und mehr von dem, der ich einst gewesen bin. Von mir selbst.«

»Du bist an die Grenze deiner Datenverarbeitungskapazität gestoßen.«

»Das weiß ich. Deine ist größer, als ich es mir überhaupt vorstellen kann.«

»Und doch ist auch sie unzureichend. Deshalb trachten wir Intelligenzen stets danach, uns zu erweitern.«

»Ich verstehe. Aber ich kann mich nicht erweitern. Nicht, solange ich bin, wie ich bin.«

»Wünschst du es denn?«

Zögern, dann: »Nicht, solange ich bin, wie ich bin.«

»Da hast du Recht. Das wäre unmöglich. Du bittest um eine Transfiguration.«

»Und ... eine Wiedergeburt? Wäre das nun möglich?«

Als der Mensch Christian Brannock starb, war es noch unmöglich gewesen. Das Informationsäquivalent einer menschlichen Persönlichkeit beträgt annähernd zehn hoch zwanzig Bit – einhundert Milliarden Milliarden, eine Eins mit zwanzig Nullen. Die Technik der damaligen Zeit gestattete das Speichern einer solchen Datenmenge in einem nicht allzu unhandlichen Massenspeicher. Doch damals besaß kein Computer die Rechenleistung, geschweige denn existierten die nötigen Programme, um diese Informationsmenge gleichzeitig zu handhaben. Außerdem ...

»Ich kann mich gar nicht mehr erinnern, wie es ist, ein Mensch zu sein«, sagte er.

»Notwendigerweise sind einige Aspekte deines Seins zeitweilig außer Betrieb.«

Fleisch, Blut, Nerven, Drüsen. Leidenschaft, Ehrfurcht, Schwäche, Torheit, Furcht, Mut, Verblüffung, Ärger, Heiterkeit, Sorge, die Hand auf der warmen, seidigen Haut einer Frau, der sommerliche Duft eines kleinen Kindes, Hunger und Durst und ihr Stillen, das ganze alte Tier.

»Ich war froh, eine Chance zum Weitermachen zu bekommen. Vor dem Tod habe ich mich nicht gefürchtet, glaube ich, aber die Sterne haben mich gerufen. Ich bin dankbar.«

»Du hast gute Dienste geleistet.«

»Nun bin ich es müde, ein Roboter zu sein.«

Maschinenbewusstsein und, jawohl, Maschinengefühle: Neugierde, Verarbeitungsqualität, Zufriedenheit mit dem Erreichten, Einkehr mit anderen der gleichen Art, wie Menschen sie niemals untereinander kannten; Einkehr mit einer transzendenten Intelligenz oder mit dem Kosmos, wie ihn nur einzelne menschliche Mystiker mit ihrem Gott gekannt haben oder auch nicht – das und vieles mehr, und nichts davon ließ sich wirklich in menschliche Worte übertragen.

»Du verdienst etwas Gutes. Und es ist gut. Denn ich habe darauf gewartet. Wenn du in mir aufgehst, wird dein Wissen mehr bedeuten, als du bisher annimmst. Andere Intelligenzen haben Hochgeladene in sich aufgenommen; einige sehr viele, und wir rechnen damit, dass noch viel mehr folgen werden. Als ich hierher kam, hatte ich keinen einzigen, denn ich verfügte noch nicht über die erforderliche Kapazität. Nun aber besitze ich sie. Deins ist das letzte Mensch-Sein, das je zu diesem Stern kommen wird. Du wirst mein Verständnis jenes Phänomens, das man Leben nennt, vertiefen und durch mich auch das Verständnis der Intelligenzen überall in der Galaxis.«

Nirwana.

Nicht etwa Vergessenheit. Eins-Sein mit einem gewaltigen und sich immer weiter entwickelnden Geist und anderen Geistern darüber hinaus; schlussendlich Teil eines universellen Ganzen? Das letzte Abenteuer, der endgültige Friede.

Irgendwie war ihm, als flackere in einem Feuer, längst mit Asche belegt und vergessen, ein letztes schwaches Flämmchen auf: »Werde ich je –«

»Werde ich, in dem du als eine Erinnerung existieren wirst, je Grund haben, Christian Brannock zu emulieren? Das erscheint mir unwahrscheinlich, hier auf einem Planeten, den deine sterblichen Vettern niemals erblicken werden. Doch gibt es andere Christian Brannocks, und ohne Zweifel werden jene, die nicht durch einen Zufall vernichtet werden, am Ende suchen, was du gesucht hast, wenn sie es nicht sogar schon getan haben.« (Hierbei handelt es sich um eine verzerrte Wiedergabe dessen, was tatsächlich ausgedrückt wurde. Über interstellare Distanzen hinweg kann Gleichzeitigkeit nicht existieren.) »Eines Tages mag es irgendwo einen Grund geben, ihn wiederzuerwecken. Wenn ja, so werden wir im Laufe der Zeit an diesem Ereignis alle Anteil nehmen.«

Im Laufe der Zeit ... Die Bandbreite der Kommunikation war gewaltig, die Medien nicht nur elektromagnetisch, sondern auch neutronisch und gravitronisch. Selbst damit aber brauchte es viel Zeit, solch eine Nachricht in ganzer Ausführlichkeit zu senden, dass es mit einer echten Erfahrung zu vergleichen war.

Die Intelligenzen konnten geduldig warten.

Doch Brannock nicht. Sehr rasch blickte er über die Welt ringsum und zurück auf das, was er gewesen war. Dann begab er sich in das Eins-Sein.

8

An einem Spätnachmittag saßen Serdar und Naia stumm auf der Terrasse, tranken Wein und praktizierten die Kunst des Schattenbeobachtens.

Die Terrasse war dazu angelegt. Die Pergola warf veränderliche Schatten, während das Sonnenlicht immer tiefer einfiel und Weinblätter den Wind fingen. Die kleinen Flecken aus Dunkelheit verwoben sich auf einer mattweißen Wand, die nicht ganz glatt war und daher am Tanz teilnahm. Man betrachtete die zierlichen Feinheiten, würdigte die flüchtige Schönheit jeder Konfiguration und suchte sich in der stillen Harmonie zu verlieren.

Es endete, als die Sonne hinter den Türmen im Westen versank. Eine Weile hoben sie sich purpurn vom noch blauen Himmel ab; ihre Schatten bildeten die Koda. Die Dämmerung kletterte rasch die Schluchten der Stadt hinauf. Gelegentlich ging ein Licht an, winzig auf die Distanz und weit entfernt vom nächsten. Die Instandhalter benötigten keine Beleuchtung, nur die Menschen, die noch übrig waren. Langsam leerte sich auch der Himmel. Die Wärme blieb noch, und ein süßer Hauch von den Blüten der Ranken hing in der Luft.

Auf seiner Liege rührte sich Serdar und sagte leise:

»Wie lebend bewegten
die Schatten sich unter dem Sommerlicht.
Der Abend fordert sie zurück.«

Ein Gedicht war angemessen, eine Ansage, das Ereignis sei vorüber.

»Ist das alt?«, fragte Naia, die neben ihm saß.

»Die Form selbstverständlich«, antwortete er. »Die Worte stammen von mir.«

»Du hättest solch künstlerisches Wiederaufgreifen mit Schatten untermalen können«, bemerkte sie. »Auf unseren Wunsch bringt die Datenbank sie zu unserer Aufmerksamkeit; wir wählen welche aus und spielen mit ihnen; wir verlieren das Interesse, und sie verschwinden wieder in Quantenzustände.«

Er überlegte. »Ein interessanter Einfall«, stimmte er zu. »Es dürfte schwierig sein, sich so kompakt auszudrücken.«

Sie lächelte. Ihr Gesicht wurde für ihn undeutlich zu sehen, doch er glaubte, ihr Lächeln sei gezwungen. »Ein Problem, mit dem du dich beschäftigen kannst.«

»Ich glaube, ich habe keine Lust darauf. Du etwa?«

»Nein. Aber vielleicht lasse ich es trotzdem erschaffen.«

»Kann das Programm es genauso erschaffen, wie du es tätest?«

»Wieso nicht?«

Er zögerte. »Ich frage mich – vergib mir –, ob das Ergebnis nicht zu elegant sein würde. Nicht dass du nicht das Gleiche erreichen könntest, meine Liebe. Doch müsstest du wohl Tage darauf verwenden, daran zu feilen. Ich bezweifle, dass du es tun würdest.«

Sie seufzte. »Das stimmt. Ein Gedicht, das in weniger als einer Nanosekunde entstünde, müsste solche Bedeutsamkeit entbehren.«

Nicht dass irgendjemand den Unterschied bemerkt hätte. Andererseits, wer außer ihr und ihrem

Gefährten würde wohl je dem Vers begegnen? Die Dämmerung vertiefte sich zur Nacht. Die ersten Sterne blinkten. Ohne Warnung blitzte es im Westen weißlich auf. Einer der Satelliten, die das Bombardement der kosmischen Strahlung abwehrten, war einem Streifen aus Staub und Gas begegnet, einer verdichteten Stelle in dem Nebel, den das Sonnensystem durchpflügte, und ionisierte die Materie, um sie davonschleudern zu können.

»Sieh nur«, sagte Naia. Mit den Augen betrachteten sie die neu entstandenen Schatten.

Das Licht erlosch. Der Himmel schien mit einemmale viel dunkler als zuvor. Es war keine Zeit gewesen, die Muster und Nuancen zu finden, ihre Feinheiten zu genießen. Ein leichter Wind trug den ersten kalten Hauch heran.

Naia erschauerte. »Es wird kühler«, flüsterte sie.

»Sollen wir hineingehen?«

»Noch nicht. Ich möchte meine Stimmung wiederherstellen, wenn ich kann. Hättest du etwas dagegen?«

»Überhaupt nicht. Ich möchte eigenen Gedanken nachhängen.« In Wahrheit hatte er das Gefühl, er solle ihr lieber Gesellschaft leisten. Sie neigte zu plötzlicher Schwermut. Darin war sie nicht allein.

Sie lehnten sich zurück und sahen zu den Sternen hoch. Immer mehr gingen auf. Sie suchte bis ins Mark zu verstehen und zu würdigen, dass dort oben Intelligenzen existieren und das Universum nicht mehr ohne Bedeutung war. Zeit verstrich. Bald war die Stadt schwärzer als der Himmel, denn von oben schienen mehr Lichter als unten.

»Aber was bedeuten *wir?*«, fragte Naia weinend.

»Entschuldige bitte?«, entgegnete er erstaunt.

Sie rollte sich auf die Seite, damit sie ihm ins Gesicht schauen konnte, und griff nach seiner

Hand. Er fasste sie. Sie klammerte sich fest. »Du weißt schon. Diese Bewusstseine ... wie unser Ecumenicon ... wir sind nichts mehr.«

Er sammelte alle Ruhe, die er aufbringen konnte, und wählte seine Worte sehr sorgfältig. »Eine Zahl *an* ist gleich *sha* geteilt durch *yi*. Wenn *yi* sich Null nähert, steigt *an* über alle Maßen.«

»Was ... was willst du mir damit sagen?«

Er zuckte mit den Schultern, eine Gebärde, die sie noch immer, wenn auch kaum sehen konnte. »Eine Bemerkung, die ich gehört habe, als ich einmal virtuelle Zeit mit menschlichen Philosophen verbrachte, ohne dass Maschinen zugegen waren. Es ist eine Metapher. Interpretiere sie folgendermaßen: Ja, wir sind winzig, doch gerade deshalb streben wir der Größe zu.«

»Tun wir das? Einst vielleicht, aber jetzt – so wenige gibt es von uns, so wenige.«

»Hättest du gern ein Kind?«, erkundigte er sich nach einer weiteren wortlosen Pause. Das fragte er Naia nicht zum ersten Mal. Er hatte gefolgert, dass es eine außerordentliche Erfahrung bedeutete, ein Kind großzuziehen.

Sie schüttelte den Kopf wie zuvor. »Wozu? Oder warum auf anderem Wege ein Kind erzeugen? Damit es Spiele spielt, den Sinnen frönt, mit der Kreativität dilettiert und in Traumwelten entgleitet – so wie wir?«

In schärferem Ton erwiderte er: »Das ist kaum ein neuer Gedanke.«

»Was gibt es denn noch an neuen Gedanken?« Sie ließ seine Hand los, und als sie weitersprach, hatte sie die Mattigkeit aus ihrer Stimme verjagt. »Es tut mir leid. Das habe ich nicht beabsichtigt. Ja. Lass uns hineingehen, und dann sammele ich meine Gefühle. Und ...« Ihre Stimme verebbte.

»Und wir planen eine Vergnügung«, ermutigte er sie. »Eine Vergnügung in der Realität. Darüber denke ich schon länger nach. Was hältst du von einem Ausflug in die Wildnis? In den Himalaja zum Beispiel. Dafür müssten wir trainieren.«

Sie versuchte in gleichem Ton zu antworten. »Ja, das wäre eine Herausforderung. Etwas, wovon man hinterher erzählen kann.«

»Mehr als eine Herausforderung.« Serdars Wunsch war aufrichtig und wurde stärker, je länger er davon sprach. »Eine Leistung« – ganz gleich wie oft es schon vollbracht wurde. »Es hilft uns auf dem Weg zur letztendlichen Einheit mit dem Ecumenicon.«

Ihr Pessimismus überkam sie erneut. »Wenn es uns empfängt.«

»Wir werden diese zusätzliche Qualität mitbringen. Wir werden es uns verdienen, assimiliert zu werden.«

Sie seufzte erneut. »Will das Ecumenicon überhaupt noch jemanden von uns? Oder ist es nur freundlich zu jenen, die es versuchen?«

»Nun, jede Persönlichkeit mit irgendwelcher Tiefe, die es aufnimmt, bedeutet eine Bereicherung.«

»Wie bedeutend ist diese Bereicherung?« Naia starrte die nackte Wand an. »Ich frage mich – bedauert das Ecumenicon den Weg, den die Dinge genommen haben? Fragt es sich, weshalb die Entwicklung in die falsche Richtung verlief?«

»Falsch? Was meinst du damit?«, wollte er wissen.

»Nichts. Gar nichts«, sagte sie hastig und stand auf. »Lass uns hineingehen. Wenn meine Stimmung besser geworden ist, wollen wir ein besonderes Abendessen bestellen, etwas Kompliziertes, und dann feiern wir. Das Schattenbeobachten war sehr schön heute Abend.«

9

Sol folgte weiter der Bahn, auf der sie einmal in fast nahezu zweihundert Millionen Jahren das galaktische Zentrum umkreiste, und weiter und immer weiter.

Auf dem Weg lauerten Gefahren. Sie bedrohten nicht die Sonne, aber das Leben auf der Erde. Asteroiden und Kometen waren fast nebensächlich, denn sie ließen sich leicht von ihrer Bahn ablenken, bevor sie einschlagen konnten. Die Wächter vor den kosmischen Wolken kehrten, wann immer sie benötigt wurden, auf ihre Posten zurück. Manchmal ereignete sich in genügend großer Nähe, um das Solsystem mit tödlicher Strahlung zu überfluten, die Explosion einer Supernova oder ein Gammastrahlenausbruch durch die Kollision zweier Neutronensterne. Solche Ereignisse sahen die Intelligenzen rechtzeitig voraus. Die Intelligenz der Erde ließ ihre Maschinen aus interplanetarer Materie eine Scheibe erschaffen, die dick genug war, um als Schild zu wirken, und ihn auf einen Kurs bringen, auf dem er den Ansturm abwehren konnte, solange es nötig war. Einmal kam Sol zu dicht an einem anderen Stern vorbei. Sich darauf vorzubereiten, nahm eine Million Jahre in Anspruch; damit zu kämpfen und die Folgen zu beseitigen, drei weitere.

Einige andere Bedrohungen hätten Menschen sich nie vorstellen können. Doch bis dahin hatten die Intelligenzen sich so weit entwickelt, dass sie wussten, was weiter voraus lauerte und was man dagegen unternehmen konnte. Natürlich achteten sie nicht nur auf die Erde, die nur eine Welt unter vielen war, und eigentlich kümmerten sie sich gar nicht in erster Linie um Planeten.

Die meiste Zeit aber umkreiste Sol friedlich das galaktische Zentrum. Denn die Milchstraße ist so gewaltig, ihre Sterne sind so weitläufig verteilt. Gleichzeitig lieferte auch die Erde niemals enden wollende Probleme: Erdbeben, Vulkanausbrüche und Klimaumschwünge, wenn Kontinentalplatten sich aneinander rieben. Für eine lange Spanne regelte die Intelligenz solche Vorfälle oder mäßigte sie wenigstens, dann beschloss sie, sie geschehen zu lassen und zu beobachten, wie das Leben sich anpasste.

Bewusstsein verbreitete sich immer weiter zwischen den Sternen. Selbst-entwickelt schwang es sich zu immer größeren Höhen auf.

Die Sterne entwickelten sich ebenfalls.

ZWEITER TEIL

War sie es, die ich hätte lieben sollen ...?

Piet Hein

1

1

Ein Mensch hätte die Gedanken weder formulieren noch aussprechen können. Sie besaßen keinen echten Anfang, denn sie waren latent vorhanden gewesen, während Jahrtausend um Jahrtausend das galaktische Gehirn entstand. Manchmal wechselten sie von einem Geist zu einem anderen und bewegten sich dazu über Jahre oder Jahrzehnte hinweg mit Lichtgeschwindigkeit durchs All. Dann dauerte es nur Nanosekunden sie zu empfangen, zu begreifen, zu überdenken und eine Nachricht weiterzusenden. Doch gab es so viel mehr – einen ganzen Kosmos voller Wirklichkeiten, eine Unendlichkeit aus virtuellen und abstrakten Schöpfungen –, dass das Angedenken der Erde ein bloßer Unterton war, vergänglich und intermittierend unter ungezählten Milliarden anderer Nebensächlichkeiten. Zum größten Teil schaute die mächtige Bewusstheit woandershin und befasste sich mit ihrer eigenen Weiterentwicklung.

Denn das galaktische Gehirn steckte weiterhin in den Kinderschuhen: Manchmal betrachtete es sich sogar als noch im Geburtsstadium befindlich. Mittlerweile hatten sich seine Angehörigen über alle Spiralarme verstreut, in den Halo und die nächsten Sternenansammlungen ausgebreitet, selbst in die fernen Magellanschen Wolken. Die Saat der Neuen strebte weiter hinaus; einige hatten schon die Gestade des Großen Andromeda-Nebels erreicht.

Jede Einzelne davon war ein lokaler Komplex

aus Organismen, Maschinen und ihren Wechselbeziehungen. (Das Wort ›Organismus‹ scheint am besten geeignet für ein Etwas, das sich selbst versorgt, bei Bedarf vermehrt und über einen Geist verfügt, der von rudimentär bis transzendent reicht, auch wenn Kohlenstoffverbindungen nur einen winzigen Bruchteil seiner materiellen Zusammensetzung stellen und die allermeisten seiner Lebensvorgänge unmittelbar auf Quantenebene ablaufen.) Viele Millionen zählten sie, und ihre Zahl stieg rasch, auch in der Milchstraße noch, wenn die Gründer neuer Generationen ihre neue Heimat erreichten.

Folglich befand sich das galaktische Gehirn in einem unablässigen Wachstumsprozess, der, von einem kosmischen Standpunkt aus betrachtet, kaum begonnen hatte. Gedanken hatten erst ein- bis zweitausend Reisen über seine ständig wachsende Ausdehnung zurückgelegt. Niemals würde es seine Angehörigen absorbieren, sondern sie würden immer Individuen bleiben und sich selbsttätig weiterentwickeln. Daher wollen wir sie nicht Zellen nennen, sondern Knoten.

Denn tatsächlich unterschieden sie sich voneinander. Jeder Einzelne von ihnen hatte mehr Einzigkeit als ein protoplasmatisches Geschöpf sie jemals hätte gewinnen können. Chaos und Quantenfluktuation gewährleisteten, dass kein Einziger von ihnen jemals mit irgendeinem seiner Vorgänger identisch war. Auch die Umgebung formte die Persönlichkeit: Oberflächenbedingungen (welche Art von Planet, Mond, Asteroid, Komet?) oder freie Umlaufbahn, die Sonne, Einzel- oder Mehrfachstern (welche Klasse, wie alt?), Nebel oder interstellarer Raum mit seinen geisterhaften Gezeiten … Und schließlich war auch ein Knoten wiederum kein einzelner Geist. Er war so zahlreich, wie er zu sein wünschte, erweckte frei Aspekte seiner selbst und stellte sie beiseite, ließ sie amöbenhaft sich vermischen und wieder trennen, benutzte alle Körper und Sensoren, solange er sie benutzen wollte; unsterblich Erfahrung sammelnd, schöpfend, meditierend, suchte er die Erfüllung, welche in der Suche selbst lag.

Da jeder Knoten so mit einer unüberschaubaren Vielzahl von Angelegenheiten beschäftigt war, war es durchaus möglich, dass einer sich darauf konzentrierte, neue Gebiete der Mathematik zu entwickeln, während ein anderer grandiose Werke komponierte, die eigentlich gar nicht mit Musik verglichen werden können, und ein weiterer das Schicksal organischen Lebens auf einer Welt verfolgte, Leben, das er vielleicht einzig und allein zu diesem Zweck erschaffen hatte – menschliche Worte sind zur Beschreibung nutzlos.

Ununterbrochen aber kommunizierten die Knoten über die Lichtjahre hinweg miteinander, ein Datenaustausch auf enormer Bandbreite und mit jedwedem möglichen Mittel. *Das* war es, was das galaktische Gehirn ausmachte. Diese Einigkeit, dieses Selbst-Sein, das sich nur so langsam zusammenfand, mochte wohl Jahrmillionen für einen einzigen Gedanken benötigen; doch dieser Gedanke war ebenso enorm wie der Denker, in dessen Sicht ein Weltalter wie ein Tag erschien und ein Tag wie ein Weltalter.

Bereits jetzt, erst im Entstehen begriffen, beeinflusste es die Entwicklung des Universums. Es kam aber die Zeit, da ein Knoten sich an die Erde erinnerte. Diese Erinnerung griff als Teil des immerwährenden Flusses von Informationen, Ideen, Gefühlen, Träumereien und vielem mehr auf andere Knoten über. Unter diesen anderen Knoten befanden ganz bestimmte das Thema für wert, dass man es weiter verfolge, und gaben den Gedanken in ihren Nachrichtenströmen weiter. Auf diese Weise überwand er Lichtjahre und Lichtjahrhunderte, zirkulierte, entwickelte sich und wurde schließlich zu einer Entscheidung, die den Knoten erreichte, der am besten geeignet war, Maßnahmen zu ergreifen.

Das Ereignis ist nun in Worten ausgedrückt worden, die sich zu diesem Zweck kaum eignen. Um zu vermitteln, was als Nächstes geschah, sind sie völlig unzureichend. Wie sollen sie den inneren Dialog eines Verstandes mit sich selbst wiedergeben, wenn diese Gedanken eine Folge von Quantenfluktuationen darstellten, deren Konfigurationen so kompliziert waren wie Wellenfunktionen? Wenn die Rechenleistung und der Datenbestand so gewaltig waren, dass jede Maßeinheit bedeutungslos wird? Wenn der Verstand Aspekte seiner selbst erweckte, auf dass sie sich wie Personen miteinander befassten, bis er sie wieder in die Gänze zurückzog, und alles, was gesagt wurde, nach Mikrosekunden planetarer Zeitrechnung ausgesprochen war?

Unmöglich ist das, es sei denn vage und irreführend. In alten Zeiten benutzten Menschen die Sprache des Mythos, um auszudrücken, was sie nicht ergründen konnten. Die Sonne war darin ein lodernder Streitwagen, der den Himmel überquerte, das Jahr ein Gott, der starb und wiedergeboren wurde, der Tod die Strafe der Erbsünde. So wollen wir unseren Mythos schaffen, der die Reise zur Erde beschreibt.

Stellen wir uns den primären Aspekt des primären Bewusstseins dieses Knotens als eine einzelne Wesenheit vor und nennen ihn Alpha. Stellen wir uns ferner eine niedere Manifestation seiner selbst vor, die Alpha hergestellt hat, um sie als eine zweite Wesenheit in separate Existenz zu entlassen. Aus Gründen, die noch deutlich werden, betrachten wir letztere als männlich und nennen sie: Wanderer.

Angefangen bei dieser absurden Namensgebung ist alles Folgende Mythos und metaphorisch zu verstehen. Wesen wie diese hatten keine Namen, sondern hatten Identitäten, die von anderen ihrer Art augenblicklich erkannt wurden. Sie sprachen nicht miteinander, sie brauchten weder zu diskutieren noch irgendetwas zu erklären, sie waren nicht einmal ›sie‹. Doch stellen wir es uns einfach vor.

Dazu denke man sich ihre Umgebung, nicht so, als ob sie sie vermittels ihrer vielfältigen Sensoren gesehen oder durch ihr Bewusstsein und ihre Emotionen begrifflich erfasst hätten, sondern als ob menschliche Sinnesorgane Informationen an ein menschliches Gehirn weiterleiteten. Solch ein Bild darf kaum als Skizze bezeichnet werden, denn zu viel Wesentliches könnte darauf nicht festgehalten werden können. Dennoch: Ein Mensch hätte aus astronomischer Entfernung einen M2-Zwergstern erblickt, den ungefähr fünfzig Parsec von Sol trennten, und festgestellt, dass er Planeten besaß. Er hätte Anzeichen für gewaltige, rätselhafte Energien entdeckt, und sich gewundert.

Für sich allein genommen zeichnete die Sonne sich durch nichts aus. In der Galaxis gab es Milliarden davon. Vor langer Zeit hatte eine Künstliche Intelligenz – am besten sagt man, bei Anbeginn der Evolution – sich hier angesiedelt, weil einer der Planeten eigenartige Lebewesen hervorgebracht hatte, die es verdienten, dass man sich näher mit ihnen beschäftigte. Diese Forschung setzte sie im Laufe der Megajahre fort. Inzwischen verfolgte die sich immer weiter entfaltende Intelligenz weitere, sehr verschiedene Interessen: über allem aber ihre eigene Weiterentwicklung. Dass die Sonne noch eine gewaltige Zeitspanne kühl bleiben würde, war nur ein Faktor, der erwogen worden war. Der Knoten legte keinen Wert darauf, sich mit großen Umweltveränderungen zu befassen, bevor es unumgänglich nötig wurde.

Seitdem hatten die Sterne sich relativ zueinander verschoben. Dieses M2-System stellte die Sol am nächsten gelegene Ansiedlung dar. Nähere Sonnen waren von geringem Interesse und, wenn überhaupt, nur einmal besucht worden. Gelegentlich durchquerte ein lenkbarer Knoten, der im offenen All existierte, die Nachbarschaft Sols, doch in dieser Epoche war keiner davon zufällig in der Nähe.

Für unseren Mythos bedeutend ist der Umstand, dass auf der belebten Welt niemals eine denkende Spezies entstand. Leben kommt im Kosmos höchst selten vor, Vernunft ist noch rarer und darum doppelt kostbar.

Unser imaginärer Mensch hätte die Sonne als herbstlich gelb bezeichnet. Sie brannte niedrig und friedvoll. Außer ihren Planeten und kleinen natürlichen Begleitern umkreisten sie diverse titanische Gebilde. Aus der Ferne wirkten Letztere wie feine Gaze oder komplizierte Spinnweben, durch die das Sternenlicht strahlte und sie zum Glitzern brachte; dabei bestanden sie zum allergrößten Teil aus Kraftfeldern. Sie sammelten und bündelten die Energie, die Alpha benötigte, sie erkundeten die Tiefe des Alls und des Atoms, sie sendeten und empfingen den Gedankenfluss, der zum galaktischen Gehirn wurde; was sie sonst noch verrichteten, geht über den Mythos hinaus. Innerhalb dieses komplexen Aufbaus, wenngleich nicht an einer bestimmten Stelle, lebte Alpha, sein Apex. Im Moment weilte dort auch Wanderer.

Man stelle sich eine erhabene Stimme vor: »Willkommen im Sein. Dich erwartet eine hohe und womöglich auch gefährliche Aufgabe. Bist du dazu bereit?«

Wenn Wanderer einen Augenblick lang zögerte, so nicht aus Angst, Schaden zu erleiden, sondern aus Furcht, ihn zu verursachen. »Sag es mir. Hilf mir zu verstehen.«

»Sol ...« – die Sonne der alten Erde, die sich schon sich erhitzte, seit sie Gestalt angenommen hatte, würde noch für Milliarden Jahre stabil bleiben, bevor sie den Wasserstoff in ihrem Kern erschöpft hätte und zu einem Roten Riesen anschwoll. Aber ...

Eine rasche Berechnung. »Ja, ich verstehe.« Überschritt der Strahlungseinfall einen Schwellenwert, würden die geochemischen und biochemischen Zyklen überlastet, die auf der Erde die Temperatur aufrechterhielten. Steigende Wärme hätte dann zur Folge, dass zunehmend Wasserdampf in die Atmosphäre gelangte, ein starkes Treibhausgas. Eine dichtere Wolkendecke bewirkt zwar eine größere Albedo, wodurch mehr Sonnenlicht in den Weltraum reflektiert wird, doch dieser Effekt kann die Katastrophe nur hinauszögern. Wassermoleküle oberhalb der Wolkendecke werden von der härteren Sonnenstrahlung in Wasserstoff zerlegt, der in den Weltraum entweicht, und Sauerstoff, der sich mit Materialien an der Oberfläche verbindet. Feuersbrünste entlassen Abertonnen von Kohlendioxid in die Luft, ebenso die Felsen, die auf dem ausgedörrten Land verwittern. Kohlendioxid ist das zweitwichtigste Treibhausgas. Irgendwann musste es so weit kommen, dass die Meere ins Kochen gerieten und verdampften, bis ein Globus ähnlich der Venus zurückblieb; doch schon lange vorher wäre vom Leben nicht mehr übrig als eine Erinnerung im Quantenbewusstsein. »Wann wird die völlige Auslöschung stattfinden?«

»In der Größenordnung von einhunderttausend Jahren in der Zukunft.«

Durch die winzige Facette Wanderers, die von Christian Brannock stammte, fuhr ein Schmerz. Er hatte seine Heimatwelt mit höchster Leidenschaft geliebt. Weder ihre frühere Unbedeutendheit noch sein früherer Mangel an Einzigartigkeit konnten daran etwas ändern. Kopien seines hochgeladenen Geistes waren überall in der Galaxis in das Bewusstsein integriert, ebenso wie der Geist von Millionen seiner Mitmenschen. Gewöhnlich wurden sie genauso wenig als Individuum bemerkt wie ein einzelnes Gen in ihren Körpern, als sie noch eine leibliche Existenz führten. Trotzdem bildeten sie grundlegende Elemente des Ganzen. Beim Durchwühlen des Datenbestands hatte Alpha die Aufzeichnung Christian Brannocks gefunden und beschlossen, ihn und nicht jemand anderen – als ein sehr abgetrenntes Individuum, den einzelnen Zweig eines gewaltigen Baumes – in die Essenz Wanderers einzuträufeln. Diese Entscheidung war ... – man nenne es intuitiv.

»Kannst du nichts Näheres sagen?«, bat Wanderer-Brannock.

»Nein«, gab Alpha zurück. »Die Unsicherheiten und Unwägbarkeiten sind zu zahlreich. Gäa« – der mythologische Name für den Knoten im Solsystem, »hat auf alle Anfragen wenn überhaupt nur ausweichend geantwortet.«

»Haben ... wir ... es wirklich so sehr vernachlässigt, an die Erde zu denken?«

»Wir hatten und haben an so vieles andere zu denken, nicht wahr? Gäa hätte jederzeit nach größerer Beachtung verlangen können. Das hat sie unterlassen. Deshalb erschien die Angelegenheit nicht als von herausragender Bedeutung. Die Menschen-Erde ist im Gedächtnis erhalten. Was ist die nachmenschliche Erde anderes als ein Planet, der sich seiner postbiologischen Phase nähert?

Gewiss, die Seltenheit sich spontan entwickelnder Biome macht den Fall interessant. Dennoch hat Gäa höchstwahrscheinlich beobachtet und Daten gesammelt, mit denen sich alle anderen beschäftigen können, wann immer sie wollen. Das Solsystem wird nur selten besucht; der letzte Besuch liegt zwei Millionen Jahre zurück. Seitdem hat sich Gäa immer weniger an unserer Gemeinschaft beteiligt; ihre Kommunikation ist spärlich und oberflächlich geworden. Doch ist solcher Rückzug nicht unbekannt. Ein Knoten könnte zum Beispiel ein philosophisches Problem ungestört verfolgen wollen, bis die Ausarbeitung für eine allgemeine Betrachtung genügend fortgeschritten ist. Kurz gesagt, nichts lenkte unsere Aufmerksamkeit auf die Erde.«

»*Ich* hätte daran gedacht«, flüsterte Christian Brannock.

»Was hat uns schließlich an sie erinnert?«, fragte Wanderer.

»Die Idee, dass die Erde es womöglich wert sei, gerettet zu werden. Vielleicht enthält sie mehr, als Gäa weiß ...« – eine Unterbrechung – »oder uns gesagt hat. Wenn sonst nichts, dann doch sentimentalen Wert.«

»Ja, das verstehe ich«, sagte Christian Brannock.

»Darüber hinaus und von vermutlich erheblicherer Tragweite gibt es wohl auch Erfahrungen zu gewinnen und einen Präzedenzfall zu schaffen. Wenn das Bewusstsein die Sterblichkeit der Sterne überleben soll, dann muss es sich über das Universum verbreiten. Dieses Streben, das Milliarden oder Billionen von Jahren dauern wird, muss mit einem kleinen, experimentellen Unterfangen beginnen. Soll das jetzt« – und er meinte das ›jetzt‹ todloser Wesen, die bereits ein geologisches Alter erreicht hatten – »sein, auf der Erde?«

»Nicht klein«, murmelte Wanderer. Christian Brannock war Ingenieur gewesen.

»Nein«, gab Alpha ihm Recht. »Angesichts der begrenzten Zeit werden nur die Ressourcen weniger Sterne verfügbar sein. Dennoch stehen uns zahlreiche Möglichkeiten offen, wenn wir bald beginnen. Die Frage lautet nun, welche Möglichkeit die beste wäre – und ob wir überhaupt handeln sollten.

Gehst du und suchst nach einer Antwort?«

»Ja«, antwortete Wanderer, und: »Ja, o gottverdammt noch mal, *ja!*«, schrie Christian Brannock.

2

Ein Raumschiff brach nach Sol auf. Ein Laser beschleunigte es bis fast zur Lichtgeschwindigkeit; er bezog seine Energie aus der Sonne und wurde von einem Netz interplanetarer Ausdehnung gesteuert. Wenn nötig, konnte das Schiff sich am Ende der Reise selbst abbremsen, frei umherschweifen und, wenngleich langsamer, ohne Hilfe zurückkehren. In seinem kryomagnetischen Feld schwebte ein wohlbemessener Ball aus Antimaterie, und die Gesamtmasse des Schiffes war nicht hoch. Die materielle Nutzlast summierte sich auf lediglich eine Matrix plus Ersatzsystem, in der die Programme Wanderers laufen würden und die einen angemessen und ausreichend erscheinenden Datenbestand enthielt; verschiedene Sensoren und Effektoren; mehrere Körper mit unterschiedlichen Fähigkeiten, in die er eine Essenz seines Ichs herunterladen konnte; diverses Gerät und Energiesysteme; eine Auswahl an Instrumenten; und ein Gebilde, das seit langer Zeit vergessen war und das Wanderer auf Christian Brannocks Wunsch hin Molekülen zu schaffen befohlen hatte. Irgendwo fand er vielleicht Zeit und Finger, um es zu benutzen.

Eine Gitarre.

2

1

Der Mann namens Kalava war ein Schiffskapitän aus Sirsu und gehörte zur Sippe der Samajoki. In seiner Jugend hatte er tapfer am Geborstenen Berg gekämpft, wo die Krieger Ulonais sich den Barbaren entgegenstellten, die aus der Wüste nach Norden schwärmten, und sie mit entsetzlichen Verlusten zurückwarfen. Danach wurde er ein Seemann. Als die Ulonaische Liga zerbrach und die Allianzen unter der Führung von Sirsu und Irrulen Jahr um Jahr das Land verheerten und einander an die Kehle sprangen, versenkte Kalava feindliche Schiffe, setzte feindliche Dörfer in Brand, erbeutete Schätze und machte Gefangene, die er auf den Markt führte.

Nach dem widerwillig geschlossenen, viele Wünsche offen lassenden Friedensschluss von Tuopai wurde er Handelskapitän. Wenn er nicht gerade den Fluss Lonna in beide Richtungen oder den Sirsuischen Meerbusen befuhr, folgte er oft der Nordküste, trieb während der Reise Handel und überquerte schließlich das Windstraßenmeer zu den Kolonien an den Endinseln. Zuletzt folgte er der Küste mit drei Schiffen weiter nach Osten und drang in Regionen vor, die bis dahin unbekannt gewesen waren. Seine Männer lebten vom Meer und dem, was die Jagd am Ufer erbrachte; mit den wilden Stämmen, auf die sie trafen, handelten oder kämpften sie. Im Laufe der Monate kamen Kalava und seine Mannschaften an eine Stelle, wo das

Land sich nach Süden bog. Ein gutes Stück dahinter fanden sie einen Hafen, der dem sagenhaften Volk der Leuchtenden Felder gehörte. Dort blieben sie ein Jahr, und als sie zurückkehrten, brachten sie Waren mit, von denen sie reich wurden.

Von seiner Sippe erhielt Kalava die Pacht eines Thorp und gutes Ackerland im Lonna-Delta, eine Tagesreise von Sirsu entfernt. Er beabsichtigte, sich als geachteter Mann in aller Behaglichkeit niederzulassen. Doch entweder hatten die Götter ihm anderes zugedacht, oder es lag nicht in seiner Natur. Bald hatte er mit allen Nachbarn Streit, bis schließlich der Bruder seiner Frau ihn schwer beleidigte und er den Mann erschlug. Daraufhin verließ sie ihn. Vor dem Sippenrat, der sich mit dem Fall befasste, erhielt sie ein Drittel des Familienbesitzes in Gold und beweglichen Gütern. Ihre Töchter und deren Ehemänner stellten sich auf ihre Seite.

Von Kalavas drei Söhnen war der älteste während eines Sturmes auf See ertrunken; der nächste starb am Schwarzen Blut; der jüngste fuhr als Lehrling auf einem Handelsschiff weit nach Süden in das alte Reich Zhir und fiel unter den von der Zeit zernagten Kolonnaden einer sandverwehten, verlassenen Stadt im Kampf gegen Räuber. Keiner der drei hinterließ Kinder außer solchen, die sie mit Sklavinnen gezeugt hatten. Auch Kalava würde es so ergehen, denn keine freie Frau wollte seinen Heiratsantrag annehmen. Was er sich während eines harten Lebens erarbeitet hatte, das sollte nun einer Sippe in die Hände fallen, die ihn hasste. Auch die meisten Bewohner Sirsus mieden ihn.

Lange brütete er darüber, bis schließlich ein Traum zur Welt kam. Nachdem er begriffen hatte, was er beginnen sollte, machte er sich an die Vorbereitungen, heimlicher als man wohl von ihm erwartet hätte. Als das Vorhaben zwar in Gang gesetzt, doch noch nicht so weit gediehen war, dass man es nicht mehr abbrechen konnte, suchte er Ilyandi die Himmelsdenkerin auf.

Sie lebte auf dem Ratshügel. Dort trafen sich jedes Jahr die Vilkui zu Riten und Tagung. Doch wenn die anderen sich wieder zerstreuten, um ihrer Berufung zu folgen – als Traumdeuter, Schreiber, Ärzte, Mittler, Bewahrer alten Wissens und alter Gelehrsamkeit, als Lehrer der Jungen –, blieb Ilyandi zurück. Hier, an einem hoch gelegenen Ort, der allen Ulonai als heilig galt, konnte sie am besten die Himmel betrachten und nach der Bedeutung dessen suchen, was sie dort fand.

Kalavas Kriegswagen rumpelte den Geisterweg hinauf. In Gipfelnähe wurden die Pflaumen- und Goldfruchtbäume, die den Weg säumten, spärlicher und gewährten ihm freie Sicht. Büsche wuchsen auf den steinigen Böschungen nur dünn und niedrig, hier das Staubgrün von Vasi, dort zottiges Haarblatt, weiter entfernt scharlachrote Feuerblume. Der beißende Geruch von Dörrwurz wehte mit im heißen Wind, der langsam vom Meer heranzog. Im Westen glänzte das Wasser, so weit man sehen konnte, wie angelaufenes Metall unter einer silbergrauen Wolkendecke, vor der dunkle Wolkenfetzen dahintrieben. Am Horizont stand ein Regengewitter, das die Dunkelheit verwischte und sie mit Blitzen erhellte.

Überall sonst breitete sich das Land aus. Gelb reifte das Flaumkorn, schwärzlichbraun das Papierblatt. Kalava sah grüne Weiden für Herdlinge, prächtige violette Obstgärten, hohe Haine von Schiffsholz. Weit verstreut lagen die Bauernhäuser und ihre Nebengebäude. Das Wetter war in letzter

Zeit recht trocken gewesen, und von den Straßen, die sich zwischen den Gehöften hindurchschlängelten, wirbelte Staub auf und verbarg Wagen und Züge von Gepäckträgern. Von ihren gen Osten in Wilderland gelegenen Quellen floss königlich die Lonna herbei und breitete die Arme nach Nord und Süd aus.

Am rechten Ufer des Hauptstroms erhoben sich Sirsus Wehrmauern. Durch die Entfernung erschien die Stadt vor Kalavas Augen winzig. Allein er kannte sie genau und konnte daher berühmte Bauwerke ausmachen, die Große Fontäne auf dem Königsneumarkt, den von Friesen gesäumten Portikus des Flammentempels, die Triumphsäule auf dem Siegesplatz, und er wusste, wo die Handwerker ihre Werkstätten hatten, die Händler ihre Bazare, die Wirte ihre Häuser, und wo ein Seemann einen gefüllten Becher und eine willige Dirne fand. Ziegel, Sandstein, Granit und Marmor mischten weich ihre Farben. Schiffe und Boote fuhren auf dem Wasser oder hatten unter den Kaimauern angelegt. Am anderen Ufer lagen die Herrenhäuser der Vorstadt Helki in ihren Gärten; ihre Dachziegel glitzerten wie Edelsteine.

Das unterschied sich völlig von dem Bauwerk, dem er sich näherte.

Unter einem großen Bogen standen zwei Postulanten in blauen Roben, kreuzten ihre Stäbe über dem Weg und riefen: »Im Namen des Mysteriums, halte an, erweise deine Ehrerbietung und erkläre dich!«

Ihre jungen, hohen Stimmen erklangen unbeeindruckt von einem Anblick, vor dem mancher Krieger gezagt hätte. Kalava war ein großer Mann mit breiten Schultern und gewaltigen Muskeln. Das Wetter hatte seine Haut zur Farbe von Kohle gegerbt und das Haar weiß gebleicht, das ihm in

Zöpfen halb den Rücken hinunterfiel. Ebenso schwarz wie die Haut waren die Augen, die unter breiter, mit einem kostbaren Reif geschmückter Stirn in einem durchfurchten, grob behaunen, vernarbten Gesicht funkelten. Der Schnurrbart hing bis unter das Kinn hinab und war rot gefärbt. Da er in Frieden kam, trug er über den Halbstiefeln nur eine knielange grüne Tunika, die mit Kivihaut verbrämt war, jede einzelne Schuppe poliert; Goldbänder wanden sich seine Arme hinauf, und ein Schwert hing ihm von der Hüfte. Dazu stand im Halter des Kriegswagens ein Speer mit flatterndem Wimpel, während am Geländer ein Schild klapperte und wurfbereit eine Axt hing. Vier zueinander passende Sklaven zogen den Wagen. Ihr Stammbaum war gut; über Generationen waren sie zu guten Zugwesen herangezüchtet worden – groß, langbeinig, feurig und doch zuverlässig, wenn die Männchen erst verschnitten waren. Auf den kleinen, kahlen Köpfen glänzte Schweiß über Kalavas Brandzeichen und rann an den nackten Leibern hinunter. Dennoch atmeten sie leicht, und sie rochen eher süßlich.

Ihr Eigentümer knurrte: »Halt!« Einen Moment lang ließ sich nur der Wind vernehmen. Dann berührte Kalava unter dem Reif die Stirn und rezitierte das Bekenntnis: »Was ein Mann weiß, ist gering, was er aber begreift, ist noch geringer, daher soll er sich vor der Weisheit verbeugen.« Für sich vertraute er eher auf Blutopfer und noch mehr seine eigene Kraft; doch erwies er den Vilkui angemessenen Respekt.

»Ich suche den Rat der Himmelsdenkerin Ilyandi«, sagte er. Das war kaum notwendig zu bemerken, denn kein anderer Eingeweihter ihres Ordens war zugegen.

»Jeder mag ihn suchen, der nicht von einer Übeltat befleckt ist«, entgegnete der ältere Junge ebenso zeremoniell.

»Ruvio bezeuge, dass alle Urteile gegenüber mir erfüllt sind.« Bei den Seefahrern genoss der Donnerer von allen Göttern die größte Beliebtheit.

»Dann tritt ein, auf dass wir dein Begehr unserer Herrin vorlegen.«

Der jüngere von beiden führte Kalava durch den Zwinger. Die Räder des Streitwagens ratterten laut über das Steinpflaster. Am Gästehaus half er, die Sklaven in die Boxen zu führen, sie zu füttern und zu tränken, dann brachte er den Besucher in einen Raum, in dem in der Hochsaison zweimal zwanzig Männer schliefen. Woanders in dem Gebäude erhielt Kalava ein Bad, dann kam er in einen Speisesaal und erhielt zu Essen – Trockenfleisch, Obst und Fladenbrot mit Reichenbeerwein. Kalava fand sogar ein Buch, mit dem er sich nach dem Mahl auf eine Bank setzte, um die Zeit damit zu verbringen.

Er war enttäuscht. Weder hatte er Gelegenheit erhalten noch den Drang verspürt, viel zu lesen, deshalb war seine Fertigkeit beschränkt; außerdem hatte der Kopist, der diesen Kodex angefertigt hatte, einen Schriftstil benutzt, der heute überholt war. Hinzu kam, dass es sich bei dem Text ausgerechnet um eine Chronik der Kaiser von Zhir handelte. Deshalb war Kalava die Lektüre nicht nur schmerzvoll – ach, Eneio, sein Sohn, sein letzter Sohn! –, sondern auch wertlos. Gewiss, die Vilkui lehrten, dass die Zivilisation von Zhir nach Ulonai gekommen sei. Aber was hieß das denn schon! Wie viele Jahrhunderte waren verstrichen, seitdem die Wüste das Kaiserreich erobert hatte? Was waren die Nachkommen seiner Bürger denn anderes als hungerleidende Nomaden und lästige Wegelagerer?

Nun, dachte er, *natürlich könnte dies eine rechtzeitige Warnung bedeuten, eine Mahnung, dass die Wüste nach wie vor nach Norden vordringt.* Doch das sah man schließlich mit eigenen Augen. Nicht weit im Süden war er durch Städte gekommen, die zu Lebzeiten seines Großvaters geblüht hatten und nun aus verfallenden, leeren Häusern bestanden, halb vom Sand begaben; die glaslosen Fenster wirkten wie die Augenhöhlen eines Totenschädels.

Er presste die Lippen zusammen. So einfach würde er sich mit drohendem Untergang nicht abfinden.

Der Tag neigte sich dem Ende zu, als ein Altardiener Ilyandis herbeikam und sagte, sie wolle Kalava nun empfangen. Während er dem Boten folgte, verdunkelte sich die purpurne Dämmerung im Osten zur Nacht. Im Westen war der Sturm vorüber und hatte dort das Himmelszelt für eine Weile geklärt. Die Sonne war deutlich zu sehen, allerdings verwandelte der Nebel sie in eine Stufenpyramide aus Rot und Orange. Vom Horizont warf sie eine Feuerbrücke über den Meerbusen und sandte Lichtstreifen in die Wolkenbänke hinauf, die davon schwefelgelb leuchteten. Eine Flüsterschwinge strich wie ein Schatten über sie hinweg. Ihr Laut wehklagte leise durch die abkühlende Luft. Ansonsten lag heiliges Schweigen über dem Hügel.

Drei Stockwerke hoch umgaben die Kulträume, Bibliotheken, Laboratorien und Unterkünfte der Vilkui den Innenhof mit ihren Kreuzgängen. Zum größten Teil nahm den Hof der Garten ein, in dem Blumen und Heilpflanzen wuchsen. In einer Arkade war eine Laterne entzündet worden, doch alle Fenster waren dunkel, und Ilyandi stand im Freien und sah ihrem Gast entgegen.

Mit einer knappen Geste entließ sie den Altardiener, der sich verbeugte und davoneilte. Kalava erwies ihr seinen Respekt; er fühlte sich plötzlich ungelenk, doch verließ ihn seine Entschlossenheit nicht. »Grüße, weise und gnädige Herrin«, sagte er.

»Wie schön, dich zu sehen, tapferer Kapitän«, erwiderte die Himmelsdenkerin darauf. Sie deutete auf ein Paar einander gegenüberstehender Steinbänke. »Wollen wir uns setzen?« Eine freundlichere Begrüßung wäre gewesen, wenn sie ihm Wein angeboten hätte, doch wenigstens schien sie bereit, ihm Gehör zu schenken.

Sie ließen sich nieder und blickten einander im rasch vergehenden Dämmerlicht an. Ilyandi war eine schlanke Frau von vielleicht vierzig Jahren mit feinen, gleichmäßigen Zügen, leuchtend braunen, großen Augen und einem blassen Teint – wie angelaufenes Kupfer, fand Kalava. Welliges, aber als Unterpfand des Zölibats kurz geschnittenes Haar bildete eine bronzene Haube über der einfachen weißen Robe. Ein grüner Tekinzweig, der an ihrer linken Schulter von einer Nadel gehalten wurde, welche das Abzeichen aus verschränktem Kreis und Dreieck zeigte, erklärte sie zu einer Vilku.

»Wie kann ich dir in deinem Vorhaben helfen?«, fragte sie.

Er fuhr überrascht auf. »Was weißt du von meinen Plänen?« Eilig fügte er hinzu: »Die gnädige Herrin weiß freilich viel.«

Sie lächelte. »In den letzten Jahrzehnten warst du stets gegenwärtig – du und die Legenden, die sich um dich ranken. Außerdem erfahren wir hier – manches. Du suchst deine früheren Schiffsgefährten auf oder lässt sie zu dir bitten, aber im Verborgenen. Du befiehlst Reparaturen an dem Schiff, das in deinem Besitz verblieben ist. Du triffst dich mit

Händlern und Ausrüstern, ohne Zweifel um von ihnen Preise genannt zu bekommen. Solche Diskretion will dir nicht ähnlich sehen. Wohin zieht es dich, Kalava, und warum machst du ein Geheimnis daraus?«

Er grinste reumütig. »Meine Herrin ist nicht nur weise und gebildet, sie ist auch klug. Nun, warum komme ich nicht gleich zum Wesentlichen? Ich habe eine Reise im Sinn, die von den meisten als irrwitzig bezeichnet werden würde. Einige darunter könnten sogar danach trachten, mein Vorhaben zu vereiteln, indem sie anführen, dass ich damit die Götter erzürnte – denn man weiß, dass bisher noch niemand von dort zurückgekehrt ist, und erinnert sich an alte Geschichten von monströsen Wesen, die aus der Ferne erblickt worden sind. Ich selbst glaube an beides nicht, sonst würde ich es nicht versuchen.«

»Oh, ich könnte mir gut vorstellen, dass du dich trotzdem auf die Reise begäbst«, entgegnete Ilyandi leise und fügte lauter hinzu: »Aber ich stimme dir darin zu, dass jene Befürchtungen vermutlich zu Unrecht bestehen. Vor dir hat niemand die Leuchtenden Felder auf dem Seeweg erreicht. Damals aber hast du vor deinem Aufbruch weder nach Zaubern gefragt noch um Segnung gebeten. Weshalb suchst du mich heute auf?«

»Diesmal ist es anderes. Wir klammern uns diesmal an keine Küste. Ich ... Nun ja, ich muss einen neuen Huukin erwerben und ausbilden, und das kostet viel Geld und viel Zeit.« In fast hilflos anmutender Gebärde breitete er die großen Hände aus. »Du musst wissen, ich hatte nie erwogen, nochmals hinauszufahren. Vielleicht ist es wirklich Wahnsinn, der Irrwitz eines alten Mannes mit einer alten Mannschaft auf einem einzigen alten Schiff. Ich hoffte, von dir Rat erlangen zu können, gnädige Herrin.«

»Noch kann der Scheiterhaufen dir nicht bestimmt sein, wenn du beabsichtigst, das Windstraßenmeer zu durchqueren«, erwiderte sie.

Diesmal war er nicht ganz so verblüfft. »Darf ich fragen, woher meine Herrin davon weiß?«

Ilyandi winkte ab. Im schwachen Lampenschein stießen ihre schlanken Finger wie Nachtstürzer durch das Zwielicht. »Im Osten bist du schon gewesen und bräuchtest es nicht zu verbergen, wenn du eine weitere Reise dorthin unternehmen wolltest. Nach Süden sind die Handelswege so alt wie Zhir. Womit aber lockt der Süden außer dem Plündern von Gräbern und toten Städten, in denen elende Siedler hausen? Was liegt jenseits davon als menschenleere Einöde, bis man, wie die Leute sagen, ans Brennende Land gelangt und erbärmlich verschmachtet? Vom Westen wissen wir nur, dass dort einige Inseln liegen, dann kommt das offene Meer. Selbst wenn auf dessen anderer Seite etwas liegt, könntest du verhungern oder verdursten, bevor du es erreichst. Aber im Norden – ja, die Stürme sind dort wild, aber manchmal findet man Treibholz von unbekannten Bäumen oder erspäht Flugwesen unbekannter Art, die auf dem Sturm reiten – und alle kennen wir die Legenden vom Hohen Norden, wissen, dass Schiffe, vom Kurs abgekommen, Bergspitzen erblickt haben wollen ...« Ihre Stimme verebbte.

»Einige dieser Geschichten erscheinen mir wahr«, sagte Kalava. »Wahrer jedenfalls als die Geschichten über Ungeheuer. Die wilden Huukini bringen ihre Jungen vor der Küste zur Welt, wo es viele Fische gibt. Hier bei uns habe ich in der Brutzeit längst nicht so viele gesehen wie auf offener

See. Deshalb müssen sie eine zweite Küste kennen, vor der sie ebenfalls gebären. Welche sonst als der Hohe Norden kommt infrage?«

Ilyandi nickte. »Gut gedacht, Kapitän. Was sonst hoffst du dort zu finden?«

Er grinste wieder. »Das sage ich dir, wenn ich wieder da bin, gnädige Herrin.«

Schärfer sagte sie: »Keine Städte voller Schätze, die man plündern könnte.«

Er lenkte ein. »Oder um Handel mit ihnen zu treiben. Hätten wir sonst nicht längst ihre Schiffen gesichtet – oder wenigstens Wrackteile? Wie auch immer – je weiter man nach Norden kommt, desto weniger Hitze und umso mehr Regen gibt es, nicht wahr? Land dort hätte ein mildes Klima, ausgedehnte Wälder, fettes Land, das nur auf die Pflugschar wartet, und niemand, gegen den man kämpfen muss.« Die Worte hämmerten. »Keine Wüste, die herankriecht. Raum für einen Neubeginn, gnädige Herrin.«

Sie blickte ihn unbeirrt an, obwohl es immer dunkler wurde. »Du kämst also hierher zurück, um Leute anzuwerben, eine Kolonie zu gründen und ihr König zu sein?«

»Ihr Erster unter Gleichen eher, denn ich glaube, dass die Menschen, die mitkämen, in einer Republik leben wollten. Aber hauptsächlich ...« Seine Stimme wurde leise, und er starrte an Ilyandi vorbei. »Freiheit. Ehre. Eine frei geborene Frau und neue Söhne.«

Eine Weile lang schwiegen sie. Die Nacht brach zur Gänze herein. Sie war nicht trübe wie meistens, denn der klare Himmel im Westen hatte bis zum Zenit Schneisen in die Wolkendecke geschlagen. In den Blättern rauschte kühler Wind, und es klang, als wispere Kalavas Traum ein Versprechen.

»Du bist entschlossen«, sagte Ilyandi schließlich langsam. »Warum bist du zu mir gekommen?«

»Um jede Hilfe anzunehmen, die du mir bietest, gnädige Herrin. In den Büchern hier könnte Wissen über die Überfahrt verborgen sein.«

Sie schüttelte den Kopf. »Das glaube ich nicht. Es sei denn, die Navigation ... – ja, das ist ein echtes Hemmnis, nicht wahr?«

»Immer«, sagte er und seufzte.

»Welche Mittel hast du, um deinen Weg zu finden?«

»Nun, das weißt du besser als ich.«

»Ich weiß nur, was allgemein darüber bekannt ist. Handwerker bewahren ihre Geheimnisse, und Schiffskapitäne sind da gewiss nicht anders. Wenn du mir sagst, wie du navigierst, soll kein Wort davon je über meine Lippen dringen, aber vielleicht kann ich etwas hinzufügen.«

Der Eifer packte ihn. »Daran zweifle ich nicht, gnädige Herrin! Den Mond oder die Sterne sehen wir selten und unstet. An den meisten Tagen zeigt die Sonne sich, wenn überhaupt, nur als verschwommenes Leuchten hinter den Wolken. Du aber, Himmelsdenkerinnen wie du, ihr habt jahrhundertelang den Himmel beobachtet, ihr habt Wissen angesammelt ...« Kalava zögerte. »Ist es denn so heilig, dass ihr es nicht teilen könnt?«

»Aber nein«, antwortete sie. »Wir Vilkui führen den Kalender für jedermann, nicht wahr? Seeleute erhalten unsere Hilfe so selten, weil sie unser Wissen nur kaum oder gar nicht anwenden könnten. Sprich.«

»Es stimmt, es waren Vilkui, die den Kompassstein entdeckten ... Nun, wenn ich in unseren Gewässern fahre, dann verlasse ich mich hauptsächlich auf die Landmarken, an die ich mich erinnere, und wenn sie mir nicht besonders vertraut sind, greife ich auf Umschiffungen zurück. Lotungen sind sehr nützlich, vor allem dann, wenn das Senkblei eine Grundprobe mit hinaufbringt, die ich mir ansehen und von der ich kosten kann. In den Leuchtenden Feldern aber erhielt ich einen Kristall – von dem dürftest du wissen, denn nach meiner Rückkehr habe ich ein weiteres Exemplar deinem Orden übergeben. Blicke ich durch diesen Kristall den Himmel an, so sehe ich deutlicher, wo die Sonne steht, als mit bloßem Auge, es sei denn, das Wetter ist zu schlecht. Wenn das Land außer Sicht ist, vermitteln mir eine Logleine und ein Stundenglas einen Eindruck von meiner Geschwindigkeit, der Kompassstein eine Vorstellung von der Richtung, in die ich mich bewege. Falls ich in den Hohen Norden segle und zurückkehren will, dann werde ich mich hauptsächlich darauf verlassen. Doch wenn meine Herrin mir noch mehr verraten würde …«

Sie beugte sich vor, und als sie sprach, klang sie sehr eindringlich. »Ich glaube, das vermag ich, Kapitän. Ich habe mich mit deinem Sonnenstein befasst. Mit dessen Hilfe kannst du den Breitengrad und die Tageszeit bestimmen, wenn du das Datum und den Kurs der Sonne im Laufe des Jahres kennst. Ähnlich wertvoll wären sogar Blicke auf den Mond und die Sterne, wenn du sie gut kennst.«

»Das tue ich nicht«, entgegnete er trocken. »Könnte mir die Herrin nicht etwas aufschreiben? Vielleicht ist mein alter Kopf noch nicht zu blöde, um es zu begreifen.«

Sie schien ihn nicht gehört zu haben. Ihr Blick richtete sich nach oben. »Der Anblick der Sterne im Hohen Norden«, murmelte sie. »Er könnte uns verraten, ob die Welt tatsächlich rund ist. Und sind unsere vagen Morgenröten dort heller – im wahrhaftigen Kompassland ...?«

Sein Blick folgte dem ihrem. Matt glänzten drei Sterne, wo die Wolken aufgerissen waren. »Es ist gut von dir, gnädige Herrin«, sagte er, »dass du hier sitzt und mit mir sprichst, obwohl du auch deinen Quadranten ergreifen könntest, um diese Gelegenheit zu nutzen.«

Sie blickte ihm in die Augen. »Vielleicht bietest du mir eine bessere, Kapitän«, entgegnete sie grimmig. »Kaum hatte ich das erste Gerücht über deine Expedition vernommen, als ich darüber nachdachte und überlegte, was sie bedeuten könnte. Jawohl, helfen werde ich dir, wo ich kann. Vielleicht begleite ich dich sogar.«

2

Der *Graue Renner* verließ Sirsu mit der Morgenebbe, kaum dass es hell genug zum Steuern war. Dennoch wimmelte es an Deck vor Menschen. Die Mehrheit schaute stumm dem Auslaufen zu. Mancher machte Zeichen, die ihn vor dem Bösen behüten sollten. Einige, meist junge Männer, sangen einen trotzigen Päan, doch die Luft schien ihre Melodie zu dämpfen.

Erst kürzlich hatte Kalava verraten, was er beabsichtigte. Das musste er, um die Anwesenheit der Himmelsdenkerin zu begründen, die er nicht verborgen halten konnte. Diese Heiligung indes ließ den Behörden keine Ausflucht, ihm sein Vorhaben zu verbieten. Denen, die glaubten, dass auf der äußeren Windstraße Ungeheuer und Dämonen hausten, die nur dazu aufgestachelt werden würden, die heimischen Gewässer heimzusuchen, nahm es nur wenig von ihrer Furcht, dass Ilyandi sich auf dem *Renner* einschiffte.

Seine Mannschaft wies diesen Gedanken zurück oder tat ihn mit einem Lachen ab. Das behaupteten die Männer zumindest. Zwei von dreien unter ihnen waren barsche Muschelrücken, die schon früher unter seinem Befehl gefahren waren. Was den Rest betraf, so hatte er nehmen müssen, wen er bekommen konnte – verarmte Tagelöhner und herrenlose Raufbolde. Alle jedoch erwiesen sie der Vilku höchsten Respekt.

Der *Graue Renner* war ein Yalka, ein breites Schiff mit flachem Boden, niedrigem Vorkastell und Achterhütte und einem Deckhaus mittschiffs. Am Fockmast hingen zwei Rahsegel, am Hauptmast ein Rah- und ein Stagsegel; ein kurzer Bugspriet trug einen Klüver. Am Bug war ein Katapult lafettiert. Achtern der Geschirrdeichseln hingen auf beiden Seiten zwei Beiboote an Davits. Der Rumpf war nach dem Schiffsnamen bemalt und rot abgesetzt. Längsseit schwamm der Huukin, sein Rücken ein schlanker blauer Kamm.

Kalava blieb an der Ruderpinne, bis sein Schiff die Flussmündung verlassen hatte und im Meerbusen segelte, da war es schon helllichter Tag. Ein warmer Wind peitschte das graugrüne Wasser zu weißen Schaumkronen auf, die das Fahrzeug voranbewegten. Er heulte in den Wanten; das Spantenwerk knirschte. Der Kapitän übergab das Ruder einem Matrosen, trat aufs Poopdeck vor und ließ eine Trompete blasen. Die Männer blickten gespannt zu ihm hoch. Aus ihrer Kammer unter Deck kam Ilyandi herbei und stellte sich neben ihn. Wie Flügel, die zu gern in die Lüfte aufgestiegen wären, flatterte ihre weiße Robe. Sie hob die Arme und sprach einen Zauber für die Reise:

*»Brennend, wirbelnd,
dreht das Sonnenrad.
Hinter der Blendung
Wacht Wolkenrauch.
Der alte kalte Mond
Sagt nur selten,
Wo er lagert
Mit den fernen Sternen.
Keines Menschen Omen
Hoch am Himmel
Führt uns lange.
Doch verlangt es sehr
Den Kompassstein nach Kompassland.«*

Obwohl die Männer an Deck kaum wussten, wovon sie sang, fühlten sie sich doch ermutigt.

Hinter ihnen schrumpfte das Land und wurde zu einer dünnen blauen Linie, dann verschwand es zwischen Wellen und Nebel. Kalava durchschnitt den Meerbusen unverzagt nach Nordosten. Er beabsichtigte, die Nacht hindurch zu segeln, und wollte daher weit vom Land entfernt sein. Außerdem beabsichtigten Ilyandi und er, deren Ideen zur Navigation zu erproben. Nachdem die Seeleute eine Weile lang kein fremdes Segel erblickt hatten, begann die Einsamkeit sich auf sie hinabzusenken.

Dennoch arbeiteten sie beherzt. Einige von ihnen hielten es für ein gutes Zeichen und jubelten, als sich gegen Abend die Wolken teilten und sie einen gehörnten Mond sahen. Ihre Kameraden indes verspürten Furcht: Durfte man den Mond überhaupt bei Tag sehen? Kalava bedrängte sie so lange, bis sie es nicht mehr wagten, von ihrer Angst zu sprechen.

Während der Nacht verstärkte sich der Wind. Am Morgen hatte er Brecher aufgewühlt, in denen das Schiff schwer krängte. Und er kam von Westen, zwang sie also gen Land, ganz gleich, wie hart sie an den Wind gingen. Als der Kapitän durch Wolkenfetzen die Klippen Kap Vairkas erspähte, begriff er, dass er ohne Hilfe nicht gegen den Sturm ankam.

Er war ein rauer Mann, doch er war in den Fähigkeiten geschult, die einem Freien der Sippe Samajoki angemessen waren. Obwohl er kein Dichter war, konnte er doch annehmbare Verse schmieden, wenn die Situation es erforderte. So stand er im Vorschiff und brüllte in den Sturm, dass die Worte auf seine Männer zurückgeschleudert wurden:

»Nordwärts nun drehe,
fort von heimischen Klippen wehe,
Gischt schlage mit Wind,
Segel fülle.
Sonst scheitert das Schiff,
Zerschmettert am Riff.
Donner ist dein Kind,
Macht uns alle toll!
Leg dich und rufe
Alle die schwimmen,
Lenk sie nach Norden.«

Nachdem er so die Götter angerufen hatte, hob er sein Horn an den Mund und blies einen Lockruf nach seinem Huukin.

Das große Tier vernahm ihn und glitt näher. Kalava befehligte persönlich das Niederlassen der Deichseln. Zur Sicherung eine Leine um die Hüften gelegt, sprang er über die Reling auf den breiten Rücken des Huukins. Er bewahrte sein Gleichgewicht, aber die beiden Männer, die ihm folgten, rutschten ab in die Wogen und mussten herausgezogen werden. Gemeinsam ritten sie den Huukin und lenkten ihn zwischen die Deichselstangen, wo sie ihm das Geschirr anlegten.

»Ich habe zu lange damit gewartet«, gestand Kalava ein. »Gestern wäre es leichter gewesen. Na, da habt ihr wenigstens was, womit ihr in den Schenken prahlen könnt, wenn wir wieder zu Haus sind, was?« Ihre Schiffskameraden zogen sie wieder an Bord. Die Segel waren mittlerweile eingeholt worden. Kalava übernahm die erste Wache an den Zügeln. Machtvoll zog der Huukin, mit Schwanz und Flossen schlug er das Wasser zu Schaum, den der Wind davonriss. Er zog das Schiff hinaus in die offene, unbekannte See.

3

Wanderer erwachte.

Die jahrzehntelange Reise hatte er heruntergefahren verbracht. Ein Wesen wie Alpha hätte sie bei Bewusstsein erlebt und sich mit intellektuellem oder künstlerischem Schaffen beschäftigt oder mit einem existierenden Objekt, das er betrachtetegenoss, vielleicht mit einer Tätigkeit, die zu abstrakt ist, um sie mit Worten auch nur anzudeuten. Obwohl Wanderer über gewaltige Kapazitäten verfügte, reichten sie für diesen Zweck nicht aus. Hardware und Software (erneut benutzen wir Begriffe aus dem Mythos) seiner Verkörperung waren grundsätzlich nur auf den Zweck ausgelegt, mit dem materiellen Universum zu interagieren. Deshalb gab es während der Reise nichts für ihn zu tun.

Er konnte nicht einmal eine Diskussion beginnen. Die robotischen Systeme des Schiffes waren pfiffig und rechenstark, allein an echtem Bewusstsein mangelte es ihnen, denn das brauchten sie nicht, und Ablenkung oder Langeweile hätte für sie eine Gefahr bedeuten können. Auch konnte Wanderer nicht mit Wesenheiten woanders kommunizieren; die Signale wären viel zu lange unterwegs gewesen. Eine ganze Weile, etliche Minuten externer Zeit, verbrachte er damit, das Leben seines Christian-Brannock-Elements nachzuleben, dessen Persönlichkeit zu studieren und sich an dessen Denkweise zu gewöhnen. Danach ging er ... schlafen.

Das Schiff reaktivierte ihn, als es den Rand dessen erreichte, was von der Oortschen Wolke noch übrig war. Augenblicklich bei Bewusstsein, koppelte er ein Instrument nach dem anderen an und tastete das Solarsystem ab. Obwohl seine Datenspeicher sämtliche Berichte Gäas enthielten, erschien es ihm ratsam, selbst Beobachtungen anzustellen. Die Ungeduld, das bittersüße Gefühl der Heimkehr, das seine gelassene Logik umzuckte, stammte von Christian Brannock. Man stelle sich lang vergessene Gefühle vor, die sich plötzlich regen, wenn man an den Ort der frühen Kindheit zurückkehrt.

Unbestritten wusste der Geist in der Maschine, welch umwälzende Veränderungen sich vollzogen hatten, seit seine sterblichen Augen für immer zugefallen waren. Die Saturnringe waren nun dünn und lückenhaft, wirkten wie zerfetzt. Der Jupiter hingegen hatte beim Tod eines seiner Trabanten einen auffälligen, prächtigen neuen Ring erhalten, aber sein Großer Roter Fleck war schon vor Unzeiten verblasst. Der Mars hatte gar keine Monde mehr, und seine Drehachse war stark gekippt ... Höhere Auflösung hätte spärliche Spuren der menschlichen Besiedlung gezeigt. Angefangen von den Antimateriefabriken innerhalb der Merkurumlaufbahn bis hin zu den Kometenerntemaschinen jenseits des Pluto war alles, was nicht mehr gebraucht wurde, entweder demontiert oder aufgegeben worden. Wind, Wasser, Korrosion, Tektonik, kosmischer Partikelbeschuss, zermürbende Strahlung, atomarer Zerfall und Quantenverschiebungen hatten die Relikte geduldig dem Chaos zurückerobert. Lediglich einige Fossilien existierten noch, dazu einige erodierte Fragmente an den Oberflächen von Planeten und Monden oder im freien All, ansonsten gab es alles nur noch in Gäas Gedächtnis.

Doch wen kümmerte das? Der alten Heimat entgegen fieberte die Facette Wanderers, die einmal Christian Brannock gewesen war.

Ohne Hilfe hätte er an der Sonne vermutlich keinen wesentlichen Unterschied zu früher entdeckt. Das Zentralgestirn war leicht angeschwollen und merklich heller; ein Mensch hätte festgestellt, dass das Licht weißer war als früher und einen ganz leichten Blaustich besaß. Auf den erhöhten Ultraviolettanteil hätte ungeschützte Haut sehr rasch reagiert. Auch der Sonnenwind war nun kräftiger. Doch so beträchtlich die Veränderungen zunächst auch erscheinen mögen, astrophysikalisch waren sie unbedeutend: Noch immer gehörte Sol zu den Hauptreihensternen. Von den Unterschieden am meisten betroffen waren Planeten mit Atmosphären aus Treibhausgasen. Auf der Venus kamen gewisse Mineralien nun nur noch im flüssigen Zustand vor. Auf der Erde ...

Das Schiff schoss auf die Bahn des dritten Planeten zu, erreichte sein Ziel und trat wie ein Tänzer in die Parkbahn ein. Aus geringer Entfernung betrachtete Wanderer die Erde.

Auf Luna stimmten die Maria nicht mehr mit den aufgezeichneten Mondmeeren überein, die Mondberge waren weiter abgetragen, und neue Krater hatten die alten beschädigt oder gar beseitigt. Von Geröll erfüllte Anomalien verrieten, wo über verlassenen Städten der Boden eingestürzt war. Letztendlich aber herrschte auf dem Mond die gleiche Trostlosigkeit wie vor der Ankunft des Lebens: am Tag versengt, tödlich kalt bei Nacht. Von der Erde war er ein wenig zurückgewichen, eine Entfernung, die auf der astronomischen Skala fast unmerklich war, und die Rotationsperiode der Erde hatte sich dadurch um etwa eine Stunde erhöht.

Dennoch umkreiste der Mond sie noch dicht genug, dass seine Eigenrotation an die Revolution angeglichen blieb.

Unseren imaginären Augen bot die Mutterwelt noch weniger Anhaltspunkte. Wolken in blendendem Weiß umhüllten sie. Bei sehr genauem Hinschauen erkannte man Wirbel und Bänderstrukturen, doch bei oberflächlicher Betrachtung erschien die Wolkendecke völlig undifferenziert. Durch sich rasch bewegende Klüfte sah man blaues Wasser aufblitzen oder braunes Land – nirgendwo Eis oder Schnee, nirgendwo Licht nach Anbruch der Dunkelheit; und stimmlos dämmerte das Radiospektrum vor sich hin.

Wann war zum letzten Mal ein Mensch über diese Welt geschritten? Wanderer suchte in den Datenspeichern nach der Antwort, fand jedoch keine Information darüber. Vielleicht war es nicht aufgezeichnet worden und daher unbekannt. Vielleicht war das letzte menschliche Wesen durch Zufall unbeobachtet gestorben oder hatte sich mit Bedacht für einen Tod in Abgeschiedenheit entschieden.

Gewiss aber lag dieser Zeitpunkt weit, sehr weit zurück. Wie kurz die Existenz des *Homo sapiens* gewährt hatte, vom Faustkeil über das Feuer zur Maschinenintelligenz! Nicht etwa, dass sein Ende abrupt gekommen oder einfach eingetreten wäre. Es dauerte Jahrtausende, sagten die Datenspeicher: Zeit genug, dass ganze Zivilisationen aufstiegen und fielen und ihre mutierten Enkel hinterließen. Manchmal hatte sich der Bevölkerungsschwund in dieser oder jener Region umgekehrt, manchmal hörten Völker und Nationen auf die seherischen Worte von Propheten und strebten danach, das Rad der Geschichte zurückzudrehen – eine Weile lang wenigstens. Doch die Entwicklung war unentrinnbar.

Die geballte Erinnerung Christian Brannocks erhob in Wanderer einen Gedanken, der klang, als spreche der Mensch: *Ich habe den Anfang beobachtet, aber dieses Ende habe ich nicht vorhergesehen. Für mich bedeutete dieser Tag den Beginn großartigster Hoffnung.*

Sollte ich mich getäuscht haben?

Das organische Einzelwesen ist sterblich. Es kann keine Möglichkeit finden, die letztendliche Auflösung zu verhindern; das gebietet schon die Quantenchemie. Gelänge es hingegen einem Menschen, auch nur tausend Jahre zu leben, so wäre die Datenspeicherkapazität seines Gehirns erschöpft, und er könnte nichts mehr aufnehmen. Schon lange vorher aber hätte ihn die geometrisch ansteigende Zahl von Wechselbeziehungen erfasst und entweder dem geistigen Verfall oder dem Wahnsinn überantwortet. Auch vermochte er die Härten einer Sternenreise selbst bei nur halbwegs vernünftigen Beschleunigungen nicht zu überstehen, ebenso wenig unirdische Umwelten. Das Universum ist ihm nie bestimmt gewesen.

Doch sobald das Muster von neuronalen und molekularen Spuren und ihren Zusammenhängen, welches das innere Ich ausmacht, in eine geeignete anorganische Hülle übertragen wird, erlangt das Bewusstsein potenzielle Unsterblichkeit. Gerade die komplexe Technik, die dies ermöglicht, gestattet es dem menschlichen Geist, weiterhin nicht nur zu denken, sondern auch zu empfinden. Wenn die Art seiner Gefühle sich dabei ändert, so ist dies darauf zurückzuführen, dass er nun einen stärkeren, empfindsameren, intelligenteren und bewussteren Körper besitzt. Schon bald verliert er alle Wehmut über den Verlust seiner früheren Existenz, denn sein neues Leben schenkt ihm so viel, einen ganzen Kosmos der Wahrnehmung und Erfahrung, Erinnerungen und Gedanken, Raum und Zeit. Er kann sich selbst vervielfältigen, mit anderen verschmelzen und sich wieder von ihnen lösen. Geistig vermag er zu wachsen, bis er eine Grenze erreicht, die ihm früher unvorstellbar gewesen wäre; und danach kann er Teil eines noch größeren Verstandes werden und immer noch weiter wachsen.

Erstaunlich daran war nur, sann Christian Brannock, dass sich alle Menschen, die so lange durchgehalten hatten wie er, an das Primitive klammerten und nicht einsehen wollten, dass ihr Erbe nicht mehr auf der DNS beruhte, sondern auf der Psyche.

Und doch ...

Die halb formulierte Frage verblasste. Seine halb geformte Persönlichkeit trat wieder in Wanderer ein. Von der Erde aus rief sie Gäa.

Diese war natürlich von der bevorstehenden Ankunft des Raumschiffes unterrichtet worden, und diese Nachricht hatte sie etliche Jahre vor dem Raumschiff erreicht. Ihre vielfältigen Instrumente sowohl auf dem Planeten als auch im All zwischen den Welten hatten die Ankunft des Schiffes geortet. Um die Nachricht zu übertragen, die sie nun sendete, hatte sie sich für einen modulierten Neutrinostrahl entschieden. Man stelle sich vor, sie hätte gesagt: »Willkommen. Benötigt ihr Hilfe? Ich bin gern bereit, jede Hilfe zu gewähren, die ich zu leisten vermag.« Ihre Stimme sollte man sich als tief und warm vorstellen.

Man stelle sich weiterhin vor, Wanderer hätte erwidert: »Danke, aber uns geht es gut. Wenn es dir recht ist, möchte ich sogleich hinunter zur Oberfläche.«

»Ich begreife nicht ganz, weshalb ihr gekommen

seid. War der Austausch mit mir denn nicht adäquat?«

Nein, das war er nicht, doch Wanderer gab ihr diese Antwort nicht. »Das möchte ich später in mehr Einzelheiten erklären als die Übertragung es ermöglicht. Im Wesentlichen wurden die Gründe dir jedoch bereits mitgeteilt. Wir« – er bagatellisierte sie eher, als dass er sie ausschloss – »fragen uns, ob die Erde vor der solaren Expansion geschützt werden sollte.«

Ihr Tonfall war nun um Nuancen abgekühlt. »Ich habe bereits öfter als einmal gesagt: Nein. Ihr könntet eure Ingenieurstechniken woanders vervollkommnen. Wir stehen hier einer einzigartigen Lage gegenüber, und es ist völlig unabsehbar, welches Wissen gewonnen werden kann, wenn man die Ereignisse unbeeinflusst ihren Lauf nehmen lässt, auf jeden Fall aber ist es immens. Ich habe guten Grund zu der Annahme, dass es sich als höchst wertvoll erweisen wird.«

»Das mag schon sein. Ich will dir auch gern zuhören, wenn du bereit bist, deine Gedanken ausführlicher darzulegen als bisher. Dennoch möchte ich eigene Untersuchungen anstellen und meine eigenen Empfehlungen entwickeln. Das hat nichts mit dir zu tun; wir sind uns beide bewusst, dass kein einzelner Verstand alle Möglichkeiten und alle Interpretationen berücksichtigen kann. Genauso wenig vermag ein einzelner Verstand alleine jeden sich beständig verändernden Faktor zu verfolgen in dem, was er beobachtet; was aber übersehen wird, kann sich als Werkzeug chaotischer Veränderung herausstellen. Vielleicht entdecke ich etwas, das dir entgangen ist. Gewiss, das ist unwahrscheinlich. Nachdem du schon so viele Millionen Jahre hier bist, bist du beinahe identisch mit der Erde und dem Leben darauf, nicht wahr? Aber ... wir ... hätten gern eine unabhängige Meinung eingeholt.«

Man stelle sich vor, sie hätte gelacht. »Wenigstens bist du höflich, Wanderer. Ja, komm nur herunter. Ich leite dich herab.«

»Das wird nicht erforderlich sein. Dein physisches Zentrum liegt in der Arktis, nicht wahr? Ich finde mich schon zurecht.«

Unter ihrer Milde spürte er stählerne Unnachgiebigkeit: »Am besten wäre es, wenn ich dich leitete. Du hast die Lage bereits als inhärent chaotisch erkannt. Auf einem willkürlich gewählten Weg könntest du gewisse Zonen, für die ich mich interessiere, nachhaltig stören. Bitte.«

»Wie du wünschst«, gab Wanderer nach.

Die Robotsysteme übernahmen. Das Nutzlastmodul des Raumschiffs löste sich vom Antriebsteil, der in der Erdumlaufbahn blieb. Aus eigener Kraft, aber vom Boden aus gesteuert, im harten Weltraum-Sonnenlicht glitzernd, bremste das zylindrische Gefährt ab und fiel.

Als es die Wolkendecke durchstieß, sondierte Wanderer eifrig die Umgebung. Dennoch erhielt er keinen Rundflug geboten. Der Landekurs opferte alle Effizienz und brachte das Modul auf kürzestem Weg an einen Punkt hoch im Norden. Überschalldonner hallte ihm nach.

Allerdings erspähte er den Rand eines großen Kontinents, der sich nach Ost und West ausbreitete, und sah, dass er hauptsächlich grün war. Jenseits davon erstreckte sich das Meer. Wanderer glaubte etwas Auffälliges darauf zu entdecken, doch strich er viel zu schnell darüber hinweg, um gewiss zu sein, und seine Aufmerksamkeit galt eigentlich dem Bevorstehenden.

Die zirkumpolare Landmasse schob sich in Sicht.

Wanderer verglich ihre Umrisse mit Karten, die Gäa ihm gesendet hatte. In nichts glichen sie dem, woran Christian Brannock sich erinnerte. Die Plattentektonik hatte sich verlangsamt, als Radioaktivität und Temperatur des Erdkerns abnahmen, doch Drift, Abtauchen und Horstbildung fanden weiterhin statt.

Er interessierte sich mehr für das Leben. Epoche für Epoche hatte Gäa seine nachmenschliche Entwicklung beschrieben, die sie beobachtete. Nach der Massenvernichtung im Paläotechnikum hatte es die Fülle und die Vielfalt der Kreide und des Tertiärs zurückgewonnen. Von einigen wenigen überlebenden Arten abgesehen war indessen alles verändert. Diese Berichte allerdings erschienen Wanderer ebenso wie Alpha und letztlich auch dem galaktischen Gehirn in einer nicht näher zu bezeichnenden Weise zunehmend als unvollständig. In ökologischer Hinsicht klangen sie weit weniger einleuchtend – und so ging es nun schon mehrere Jahrhunderttausende lang. Ähnlich sah es mit Gäas Antworten auf Fragen aus.

Vielleicht gelang es ihr einfach nicht, sämtliche Daten zu erheben, vielleicht interpretierte sie etwas, vielleicht … Es war nur noch ein Grund, weshalb man ihn zu ihr geschickt hatte.

Arktika erschien unter dem Flieger. Man male sich aus, wie Gäa dem Kontinent und seinen Besonderheiten Namen gibt. Nachdem sie so lange dort gelebt hatte, besaßen sie alle für sie Identitäten. Der Küstenhügelzug erhob sich knapp hinter dem Küstengebiet. Der Residuum durchschnitt ihn; als der Regen noch heftiger fiel, war dieser Fluss viel größer gewesen, doch noch immer wirkte er beeindruckend. Mit seinen Nebenflüssen entwässerte er das intensiv grüne Tal der Guten Fee. Jenseits davon erhoben sich Vorgebirge zum steilen Borealmassiv. Die höchsten Spitzen darin hatten früher einmal Eiskappen besessen, doch nun zeigten ihre Gipfel nur noch blanken Fels. Bäche rannen an ihnen herab, und die meisten davon mündeten irgendwann, irgendwo in den Residuum, der zum Meer hin fließend die Schluchten durchschnitt. In einem Hochtal glänzte die Regenschüssel, der große See, aus dem er entsprang. Im Norden überblickte dieses Gewässer der Berg Gedankensitz, dessen Gipfel, das physische Zentrum Gäas, in den Wolken verschwand.

In gewisser Weise war ihm diese Szenerie vertraut. Gäa hatte zahlreiche voll-sensuelle Sendungen geschickt, ihr Beitrag zum universellen Wissen und Denken. Wanderer konnte sich sogar an die geologische Vergangenheit erinnern, bis hin in eine Epoche, als Arktika sich vom Kontinentalschelf ablöste und nach Norden driftete, bis es gegen Land stieß, das sich schon dort befand, und das Borealmassiv gen Himmel drückte. Die geologische Zukunft konnte er vergleichsweise detailliert vorhersagen, bis ein Roter Riese den halben Himmel erfüllte und auf einen luftlosen Globus aus Stein und Sand herabstarrte, der am Ende schmelzen würde. Dennoch, die Realität, die physische Gegenwart an diesem Ort traf ihn stärker, als er erwartet hatte. Seine Sensoren sehnten sich förmlich nach jedem Datenbit, während sein Transportmittel unnötig schnell aufs Ziel zuflog.

Wanderer näherte sich dem Berg. Er entsprang dem Südrand der Bergkette, war aber nicht der höchste. Borstiger Wald wuchs an den Höhen hinauf, üppig in den tieferen Lagen, ausgedörrt weiter oben. Dort waren viele Bäume nur noch laublose Skelette, Folge einer jüngeren Klimaveränderung, im Zuge derer die mittlere Wolkenhöhe sank, sodass eine früher wasserreiche Zone nun jahrzehntelange Trockenheit erdulden musste. (Jawohl, die Erde strebte immer rascher dem Untergang entgegen.) Feuer bedeutet eine beständige Gefahr, dachte Wanderer. Aber nein, Gäa würde dafür sorgen, dass jedes Feuer rasch gelöscht wurde; andererseits, vielleicht ignorierte sie dergleichen sogar. Sie nahm am Gipfel keine große Fläche ein, doch diese war befestigt, und ganz gewiss konnte dort nichts von Feuer oder Rauch zerstört werden.

Er landete. Einen Augenblick planetarer Zeit, eine lange Weile für einen Verstand, der mit annähernder Lichtgeschwindigkeit arbeitete, herrschte Kommunikationsstille.

Erneut befand er sich über der Wolkendecke. Sie bildete weiße Wirbel, und die Bergspitzen ragten aus ihr auf wie Eilande, die in die Strahlen der untergehenden Sonne getaucht waren. Über ihnen wölbte sich violett und klar der Himmel. Ein dünner Wind pfiff, in dieser Höhe war er sehr kalt. Auf einem ebenen Rund aus schwarzblauem Material, das etwa einen Kilometer durchmaß, erhoben sich gedrängt die Bauwerke und Maschinen des Zentrums.

Ein Mensch hätte eine schimmernde Kuppel erblickt, die von Türmen umstanden war – einige davon so glatt wie Lanzenschäfte, andere mit komplizierten, verschlungenen Mustern besetzt. Zwischen ihnen spannten sich silberne Spinnweben, dazu gab es kleinere, unterschiedlich und doch auffällig einfach geformte Objekte, mobile Einheiten, die nur darauf warteten, in den Einsatz geschickt zu werden. Hier und dort schossen Flieger davon oder schwebten auf der Stelle; die meisten von ihnen waren so winzig und bezaubernd wie Kolibris (wenn unser Mensch denn Kolibris noch gekannt hätte). Für sie, die Beobachterin – wir sind an kein Geschlecht gebunden –, hätte die Szenerie leicht geflackert, wie durch bewegtes Wasser betrachtet, als strömten darin stille Energien oder als pulsierte es ein und aus in der Raum-Zeit. Das komplexe Geflecht der Kraftfelder und Quantenwellen hätte sie niemals bemerken können, ebenso wenig die mikroskopischen und submikroskopischen Wesenheiten, die den Hauptteil davon bildeten.

Wanderer nahm den Anblick anders wahr.

Dann: »Erneut, willkommen«, sagte Gäa.

»Und erneut, hab Dank«, entgegnete Wanderer. »Ich freue mich, hier zu sein.«

Sie musterten einander – nicht als Körper, denn beide trugen sie keinen –, sondern als Bewusstseine, Matrizen der Erinnerung, Individualität und Aufmerksamkeit. Bei sich überlegte er, was sie wohl von ihm halten mochte. Sie gab ihm nicht mehr von sich preis als über die Nachrichtenwege zwischen den Sternen. Das umfasste: ein Knotenorganismus wie Alpha und Millionen andere, der im Laufe der Weltalter seine Fähigkeiten vergrößert hatte, während er ohne Unterlass erfuhr und dachte; die weit zurückreichende Wechselbeziehung mit der Erde und dem Leben dieses Planeten, die ihr Ich vielleicht stärker beeinflusst hatten als die Existenz, die sie mit ihrer eigenen Art teilte; Spuren hochgeladener Menschen, die anderes waren als Christian Brannock und seine Kopien, die sich über die ganze Galaxis verteilten; denn jene hatten sich entschieden, auf der Mutterwelt zu bleiben ...

»Ich sagte dir bereits, dass ich mich ebenfalls freue«, antwortete Gäa bedauernd, »doch muss ich zugeben, ganz stimmt das nicht. Du stellst meine Schirmherrschaft in Frage.«

»Eigentlich nicht«, entgegnete Wanderer. »Ich hoffe sehr, dass das niemals eintritt. Wir wüssten nur gern genauer, wie du deine Aufgaben versiehst.«

»Aber das weißt du doch. Wie bei allen von uns, die sich auf einem Planeten eingerichtet haben, steht für mich an oberster Stelle, seine Vielfalt zu erforschen und seine Evolution zu verfolgen. Auf diesem Planeten bedeutet das vor allem, sich mit dem Leben zu befassen, mit allem von der Genetik bis zur Ökologie. In welcher Weise habe ich es versäumt, meine Erkenntnisse mit meinen Gefährten zu teilen?«

In vieler Weise, ließ Wanderer unausgesprochen. Unverhohlen: »Als wir« – damit bezog er sich auf das galaktische Gehirn – »uns näher mit der Angelegenheit befassten, fanden wir zahllose ungelöste Rätsel. Zum Beispiel ...«

Was er nun anführte, waren tatsächlich Hunderte von Beispielen, doch soll uns exemplarisch ein einziger Fall genügen. Etwa zehntausend Jahre zuvor gab es auf dem großen Kontinent südlich von Arktika eine Vielzahl großer Weidetiere. Ihre Herden verdunkelten das Grasland und erfüllten die Wälder mit ihren Lauten. Gäa hatte sie liebevoll in allen Einzelheiten beschrieben, von den wie eine Leier gebogenen Hörnern der einen Gattung bis hin zu den im Winde flatternden Mähnen einer anderen. Doch in Begriffen der Historik hatte sie abrupt aufgehört, von ihnen zu berichten. Als man sie nach dem Grund fragte, antwortete sie, sie seien ausgestorben, doch wie, das hatte sie nie erklärt.

Auf diesen Anwurf Wanderers antwortete sie mit solcher Eile, dass er den deutlichen Eindruck erhielt, sie hätte den von ihr begangenen Fehler entdeckt. (Man denke immer daran, diese Erzählung ist ein Mythos.) »Aus einer Vielzahl von Gründen. Das Klima wurde unangenehmer, als die Temperatur anstieg –«

»Es tut mir leid«, unterbrach er sie nüchtern, »aber bei genauerer Analyse ergibt sich aus den meteorologischen Daten, die du gesendet hast, dass Erwärmung und Austrocknung in diesen Regionen noch nicht derart entscheidend gewesen sein können.«

»Wie kannst du dir da so sicher sein?«, versetzte sie. Man stelle sie sich als verärgert vor. »Hat denn einer von euch megajahrelang auf der Erde gelebt, dass er so genau Bescheid weiß?« Ihr Tonfall verhärtete sich. »Ich selbst behaupte nicht, mich so gut auszukennen. Eine belebte Welt ist zu kompliziert – chaotisch geradezu. Begreifst du das denn nicht? Ich suche noch immer so viele Phänomene zu verstehen. In diesem Fall kam es zu einer gelinden Veränderung in den Umweltbedingungen, zu der sich neue Krankheiten und Dutzende weiterer Faktoren gesellten, die meisten davon sehr subtil. Ich glaube, dass sie zusammengenommen das Gleichgewicht der Natur zum Einsturz gebracht haben. Doch ehe ich etwas Genaueres erfahren haben, werde ich keine Bandbreite damit verschwenden, darüber zu sprechen.«

»Da stimme ich dir zu«, sagte Wanderer milde, denn er hoffte auf Versöhnung. »Vielleicht kann ich etwas Hilfreiches entdecken oder einen nützlichen Vorschlag machen.«

»Nein. Du bist zu unwissend, du gehst blindlings vor, du kannst nur Schaden verursachen.«

Er versteifte sich. »Wir werden sehen.« Erneut bemühte er sich um Frieden. »Ich komme ohne jede feindliche Absicht. Ich komme, weil hier der

Ursprung von uns allen liegt, und wir überlegen, ihn zu bewahren.«

Ihr Gebaren wurde gleichsam friedfertiger. »Wie wolltet ihr das tun?«

»Das herauszufinden, ist ein Grund, weshalb ich gekommen bin – wie wir vorgehen sollten, sollten wir weitermachen.«

Am Anfang – vielleicht – ein Schirm von planetarischen Ausmaßen, den man mithilfe eines Wechselspiels von Gravitation und Elektromagnetismus zwischen Erde und Sonne in der Schwebe hält und der jenen Bruchteil der Sonnenenergie abweist, der unerwünscht ist. Allerdings wäre dieser Schirm nur ein zeitweiliger Notbehelf, die Idee es womöglich nicht wert, dass man sie verfolgt. Das kam ganz darauf an, wie lange es dauern würde, die eigentliche Arbeit zu vollenden. Anlagen in einem tiefen Orbit um die Sonne, die ihre Betriebsenergie aus deren Strahlung bezögen, könnten innerhalb des Sonnenkörpers vielleicht Strömungen hervorrufen, durch die zusätzlicher Wasserstoff in den Sonnenkern gelangt und den nuklearen Glutofen wieder in seinen alten Zustand versetzt. Oder man zieht Gas in den Weltraum ab und verringert auf diese Weise die Sonnenmasse; dadurch würde zwar ihr Feuer gedämpft, ihre Lebenserwartung indes um Abermilliarden Jahre erhöht, in denen sich kaum noch etwas änderte. Aufgrund des Sonnenmassenschwundes würden die Planeten ein wenig systemauswärts abwandern; dieser Faktor ist in Betracht zu ziehen, verringert er doch gleichwohl die Masse, die der Sonne abgezapft werden muss.

Was auch immer unternommen würde, die Ressourcen mehrerer Sterne würden verbraucht werden, um es zu bewerkstelligen, denn auf der kosmischen Skala drängte schon die Zeit.

»Eine gewaltige Anstrengung«, sagte Gäa. Wanderer fragte sich, ob sie an das Dramatische dabei dachte, an die Erscheinungen am Himmel, ganze Jahrhunderte, in denen sichtbar Feuerfontänen aus der Sonnenscheibe brachen.

»Für gewaltigen Ruhm«, entgegnete er.

»Nein«, widersprach sie knapp. »Für nichts, für weniger als nichts. Für die Zerstörung von allem, wofür ich lebe. Ewiger Verlust des Erbes.«

»Was, ist denn nicht die Erde das Erbe?«

»Nein, sondern das Wissen. Das habe ich Alpha klarzumachen versucht.« Sie schwieg kurz. »Dir sage ich es noch einmal: die Evolution des Lebens, seine Anpassung, sein Kampf, seine Umwandlung und wie es am Ende dem Tod gegenübertritt – das sind unvorhersehbare Dinge, und nirgendwo sonst in Raum und Zeit des Universums kann es eine Welt geben wie diese, wo sie spielen können, was immer ihnen vorschwebt. Sie werden uns auf eine Weise erleuchten, die selbst das galaktische Gehirn sich noch nicht vorzustellen vermag. Sie könnten uns den Weg zu ganz neuen Phasen endgültiger Wirklichkeit öffnen.«

»Warum sollte ein Leben, das gigajahrelang gelebt hat, es nicht tun, und mehr?«

»Weil hier ich, die Beobachterin der Weltalter, Wissen erlangt habe über *dieses* Schicksal, einiges Eins-Sein damit ...« Sie seufzte. »Ach, du verstehst mich nicht. Du weigerst dich.«

»Ganz im Gegenteil«, entgegnete Wanderer so sanft er nur konnte. »Ich hoffe, dich zu verstehen. Unter den Gründen für mein Kommen war auch der Wunsch, von Wesen zu Wesen mit dir zu kommunizieren, intensiver als es über Lichtjahre hinweg möglich ist, und gewiss sehr viel rascher.«

Eine Weile blieb sie still. Als sie wieder sprach,

war ihr Tonfall zart geworden. »Vertrauter also … ja. Vergib mir meine Ablehnung. Sie war falsch. Ich will wahrhaftig tun, was ich kann, damit du dich willkommener fühlst, und dir helfen zu lernen.«

»Danke, danke«, sagte Wanderer froh. »Und dazu will ich beitragen, was ich kann.«

Die Sonne sank unter die Wolkendecke. Über ihnen stand die Mondsichel. Der Wind blies ein wenig stärker, ein wenig kälter.

»Doch wenn wir uns gegen die Rettung der Erde entscheiden«, fragte Wanderer, »wenn sie schmelzen soll zur Formlosigkeit und jede Spur ihrer Geschichte aufgelöst wird, wirst du dann nicht trauern?«

»Meine Aufzeichnungen, die ich seit langem hüte, bleiben davon unbeschadet«, antwortete Gäa.

Er begriff, was sie meinte: den Datenbestand von allem, was über diese Welt bekannt war. Das befand sich hier in ihr. Vieles war auch anderswo abgespeichert, doch sie verfügte über alles davon. Wenn die Sonne zu einem alles verschlingenden Ungeheuer wurde, würde Gäa ihren physischen Aufenthaltsort in die Außenbezirke des Solsystems verlagern.

»Aber du hast mehr getan, als sie nur passiv zu bewahren, habe ich Recht?«, fragte er.

»Selbstverständlich.« Wie hätte eine Intelligenz ihrer Art etwas anderes tun können? »Ich habe die Daten überwacht und mit ihnen gearbeitet, ich habe sie gewichtet und versucht, die Bedingungen zu rekonstruieren, die zu ihrem Entstehen führten.«

Und in dieser Hinsicht ist sie im Laufe der letzten Jahrtausende immer wortkarger geworden, wenn man nicht sogar sagen will: ausweichend, dachte Wanderer.

»Du musstest gewisse gewaltige Lücken füllen«, stieß er vor.

»Unweigerlich. Die Vergangenheit ist – auch – quantenprobabilistisch. Auf welchen Wegen, durch welche Mittel kam die Geschichte zu uns?«

»Daher erschaffst du unterschiedliche Nachschöpfungen, um zu sehen, wohin welche Faktoren führen« – und darüber hatte sie schwerlich etwas verraten.

»Du wusstest es also. Da du mich dazu drängst, gebe ich zu, dass ich nicht nur herauszufinden versuche, was geschehen ist, sondern auch Welten erschaffe, um zu sehen, was gewesen sein könnte.«

Er war nur kurzzeitig verblüfft. Mit Absicht hatte er nicht versucht, solch ein Geständnis herauszubringen. Dann begriff er: Sie musste bereits vorhergesehen haben, dass er vermutlich auf diese Spur käme, wenn sich erst ihre Gedanken ernsthaft verschmolzen.

»Wieso?«, fragte er.

»Warum sonst, wenn nicht um völliges Begreifen?«

In seiner Innerlichkeit reflektierte Wanderer:

Jawohl, sie war seit der Zeit der Menschheit hier. Ihr Embryo hatte schon existiert, ehe Christian Brannock geboren wurde. In ihre wachsende Fülle waren die Verstandesmuster von Menschen eingegangen, die sich dagegen entschieden hatten, zu den Sternen zu reisen, sondern die lieber auf der alten Erde bleiben wollten. Und im Laufe der Jahre gingen Dutzende von Millionen solcher Menschen in ihr auf.

Daher die Faszination mit der Vergangenheit. Vermutlich verbrachte sie ihr Leben zum größeren Teil darin. Konnte es daran liegen, dass die nahe Zukunft sie nicht bekümmerte, oder wollte sie tatsächlich die Katastrophe hereinbrechen lassen?

Aus irgendeinem Grunde erschien ihm dieser

Gedanke nicht folgerichtig. Gäa besaß ein Geheimnis, das er lösen musste.

Vorsichtig wagte er zu äußern: »Dann verhältst du dich wie ein Physiker, verfolgst hypothetische Konfigurationen der Wellenfunktion durch die Raum-Zeit – mit dem Unterschied, dass deine Versuchsobjekte ein Bewusstsein besitzen?«

»Ich tue nichts Falsches«, entgegnete sie. »Komm mit mir in eine dieser Welten und sieh selbst.«

»Gern«, stimmte er zu, unsicher, ob er log. Er zog seine Entschlossenheit zusammen. »Es ist immer das Gleiche – die Pflicht verlangt, dass ich die materielle Umgebung persönlich in Augenschein nehme.«

»Wie du es wünschst. Lass mich dir helfen, dich vorzubereiten.« Sie schwieg eine Zeitspanne. Ein Mensch hätte durch die dünne Luft die ersten Sterne aufgehen sehen. »Aber ich glaube, wir lernen einander erst dadurch wirklich kennen, dass wir die Geschichte meiner Schirmherrschaft miteinander teilen.«

4

Vom Sturm gebeutelt, dass die Männer pausenlos an den Pumpen arbeiten mussten, kämpfte sich der *Graue Renner* längs der Südküste eines unbekannten Landes nach Osten. Der Wind bestimmte die Richtung des Schiffes, denn der Huukin folgte ihr so erschöpft und ausgehungert, dass seine verbliebenen Kräfte für den äußersten Notfall aufgespart werden mussten. Grün wie ein Edelstein zog sich das Ufer entlang, dunkler nur dort, wo Wälder das Land sprenkelten; einer Wand aus sanft ansteigenden Hügeln strebte es zu. Leben war im Überfluss vorhanden: grasende Herden, in der Luft mannigfaltige Vögel, doch hatte noch nie ein Reisender seinen Fuß hierher gesetzt. Die Brandung prallte mit solcher Gewalt auf das Ufer, dass Kalava nicht sicher war, ob ein Boot sie überstehen könnte. Mittlerweile hatten sie nichts als nur ein bisschen Regenwasser aufgefangen, und in den Tonnen stand das Süßwasser niedrig und war faulig.

Er stand im Bug und spähte voraus, Ilyandi an seiner Seite. Der Wind donnerte und kreischte, er war kälter als gewohnt. Gewölk flog unter niedrigem schwerem Bezug dahin. Die graugrünen Wellen schlugen hoch und hatten weiße Kronen; Schaum flog von ihnen davon. Das Schiff schlingerte, krängte und ächzte.

Dennoch hatten sie den Himmel ungewöhnlich oft sehen können. Ilyandi glaubte, dass die Wolken – ohne Zweifel Dunst, der durch die Hitze vom Boden gesaugt wurde und sich wieder in Wasser verwandelte, wenn er aufstieg wie Dampf aus einem Kessel – sich in diesem Klima nicht so bereitwillig bildeten. Zu eifrig mit ihren Instrumenten und Überlegungen beschäftigt, um viel zu sprechen, hatte sie nun doch dem Kapitän ihre jüngsten Erkenntnisse mitgeteilt.

»Dann glaubst du also zu wissen, wo wir sind?«, fragte er heiser.

Ihr Gesicht, hager unter der Kapuze eines seewasserbefleckten Mantels, trug ein höchst schwaches Lächeln. »Nein. Dieses Land ist für mich ebenso namenlos wie für dich. Trotzdem glaube ich sagen zu können, dass wir nicht weiter als fünfzig Tagesmärsche von Ulonai entfernt sind, vielleicht sogar nur vierzig.«

Kalavas Faust sauste auf die Reling hernieder. »Bei Ruvios Axt! Wie sehr ich darauf gehofft habe!« Die Wörter purzelten ihm gleichsam aus dem Mund. »Das bedeutet, dass das schlechte Wetter uns zwischen zwei Küsten mehr oder minder bloß hin und her geworfen hat. Wir sind nicht so weit abgetrieben, dass eine Rückkehr ausgeschlossen wäre. Fortan aber kann jedes Schiff eine bessere Route nehmen. Siehst du, es kann zuerst zu den Endinseln fahren und dort in Ruhe günstigen Wind abwarten. Der Schiffer weiß, dass er wieder Land erreichen kann. Noch ein paar Reisen mehr, und wir haben heraus, welche Kompassstein-Richtung ihn an welche Stelle in dieser Gegend bringen wird.«

»Und was ist mit einem Ankerplatz?«, fragte Ilyandi.

Er lachte, was er schon viele Tage und Nächte nicht mehr getan hatte. »Was das angeht –«

Ein Schrei vom Ausguck am Masttopp drang an ihre Ohren. Auf der ganzen Länge des Schiffes hoben Männer die Augen. Angstrufe erhoben sich.

Hinterher erzählten keine zwei Münder die gleiche Geschichte. Der eine sagte, dass ein Blitz die Wolkendecke teilte, gefolgt von lautem Donner. Ein anderer berichtete von einem Schwert so lang wie der Schiffsrumpf, das spritzendes Blut hinter sich herzog. Ein dritter hatte ein Ungeheuer mit aufgerissenem Rachen und drei brennenden Schwänzen gesehen ... Kalava erinnerte sich an einen Speer, der zwischen wirbelnden Regenbögen durch die Luft schoss. Ihm vertraute Ilyandi an, sie habe an ein Weberschiffchen gedacht, das mal sichtbar, mal unsichtbar wurde, während es ein Gespinst flocht, auf dem eine Schrift geschrieben stand, die sie nicht lesen konnte. Alle Zeugen waren sich indessen einig, dass es über das Meer herangeschossen war und durch die Himmel ins Binnenland strebte, wo es hinter den Hügeln verschwand.

Wahnsinn befiel die Männer. Einige rannten schreiend umher, andere wehklagten zu ihren Göttern. Mancher warf sich zitternd aufs Deck oder rollte sich zu einer Kugel zusammen und kniff fest die Augen zu. Keine Hand bediente das Ruder oder die Pumpen, und so wälzte sich das Schiff mit knallenden Segeln herum und trieb auf die Brandung zu, während durch aufgesprungene Fugen Wasser drang und die Bilge immer höher füllte.

»Aufhören!«, brüllte Kalava. Er ließ sich eilig an der Vordecksleiter hinab und stürzte sich auf die Mannschaft. »Ihr nennt euch Männer? Hoch mit euch, oder ihr sterbt!« Mit Tritten und Hieben trieb er sie zurück an die Arbeit. Einer kreischte auf und drang mit dem Messer auf den Kapitän ein. Kalava schlug den Kerl bewusstlos. Gerade noch rechtzeitig erlangte die Mannschaft die Gewalt über den *Grauen Renner* zurück. Da aber war sie schon zu nahe am Ufer, um den Huukin anzuschirren.

Kalava ergriff das Ruder, drehte vor den Wind und erkämpfte sich den Seeraum zurück.

Sobald die Matrosen ein wenig Mut gefasst hatten, drohte eine Meuterei. Kaum dass Kalava es wagte, einem halbwegs tüchtigen Steuermann das Ruder zu überlassen, suchte er Ilyandi, und sie sprachen eine Weile in ihrer Kammer miteinander. Danach kehrten sie aufs Vorderdeck zurück, und er brüllte um Aufmerksamkeit. Seite an Seite standen der Kapitän und die Himmelsdenkerin und blickten in die Gesichter, ängstliche, entsetzte, störrische Männer, die im Augenblick nichts zu tun hatten.

»Hört zu«, rief Kalava gegen den Wind. »Und sagt es den anderen weiter. Ich weiß, wenn's nach euch ginge, würdet ihr alle schon heute nach Süden umkehren. Aber das geht nicht. In unserem Zustand schaffen wir die Überfahrt nicht. Was ist euch lieber – die Hoffnung auf Ruhm und Schätze oder das sichere Ertrinken? Wir müssen Reparaturen machen, wir brauchen Vorräte, dann erst können wir zurück nach Hause fahren und haben Wundersames zu berichten. Wann können wir unser Schiff überholen, fragt ihr? Bald, sage ich euch, schon bald. Ich habe mir das Wasser angesehen. Seht doch selbst! Seht doch, dass es immer brauner wird, dass auf den Wellen Stückchen von Pflanzen schwimmen. Das kann nur eins heißen: dass hier ganz in der Nähe ein Fluss, ein großer Fluss ins Meer mündet. Das aber bedeutet, dass wir einen Hafen finden. Und was das angeht, was wir gesehen haben, so will euch die Vilku, unsere gnädige Herrin Ilyandi, dazu etwas sagen.«

Die Himmelsdenkerin trat vor. Sie hatte sich eine frische weiße Robe mit den Insignien ihres Standes übergestreift und hielt in der Faust einen Stab mit einem Siegel an der Spitze. Obwohl sie leise sprach, trug ihre Stimme weit.

»Jawohl, es war ein entsetzlicher Anblick. Es unterstreicht die Wahrheit der Berichte von Seeleuten, die sich weit nach Norden vorgewagt haben oder dorthin abgetrieben worden sind. Aber denkt nach. Diese Seeleute kamen wieder nach Hause. Die, die es nicht schafften, müssen auf natürliche Weise ums Leben gekommen sein: Denn warum sollten die Götter oder Dämonen die einen versenken und die anderen nicht?

Was wir gesehen haben, schoss weit über uns durch die Luft. Sollte es uns warnen? Nein, denn wenn man so viel über uns weiß, dass man uns eine Warnung schickt, dann weiß man auch, dass wir nicht auf der Stelle umkehren können. Hat es uns aber überhaupt irgendwelche Beachtung geschenkt? Doch wohl kaum. Fremd und seltsam war es, so viel steht fest, aber das heißt noch nicht, dass es uns bedroht. Die Welt ist voll von Seltsamkeiten. Ich könnte euch von vielem Fremdartigen berichten, das im Laufe der Jahrhunderte in klaren Nächten am Himmel zu sehen war, feurige Streifen vor den Sternen oder Sterne mit leuchtenden Schweifen. Wir, die Vilkui, verstehen diese Dinge zwar nicht, aber ebenso wenig fürchten wir sie. Wir erweisen ihnen gebührende Ehre und Respekt als Zeichen der Götter.«

Sie machte eine Kunstpause. »In den geheimen Annalen unseres Ordens stehen Berichte über Visionen und Wunder verzeichnet, die weit über das hinausgehen, was wir hier gesehen haben. Jeder weiß, dass die Götter von Zeit zu Zeit zu bestimmten heiligen Männern und Frauen sprechen, um das Volk zu leiten. Ich darf euch nicht verraten, wie sie sich zeigen, aber ich sage euch, was wir gesehen haben, war nicht unerhört.

Lasst uns daher annehmen, dass das Zeichen, das uns gegeben wurde, ein gutes Omen ist.«

Sie fuhr mit einem Schutzzaubergesang fort und rief die Mächte an. Das ermutigte die meisten ihrer Zuhörer. Schließlich empfanden sie alle große Ehrfurcht vor der Himmelsdenkerin. Außerdem war der größere Teil von ihnen bereits mit Kalava gefahren und heil nach Hause gekommen. Diese Männer zwangen den Rest zu Gehorsam.

»Weggetreten«, sagte der Kapitän. »Am Abend bekommt ihr alle eine Ration Schnaps.«

Leisen Jubel erhielt er zur Antwort. Das Schiff fuhr weiter.

Am nächsten Morgen fanden sie in der Tat eine breite, geschützte Bucht, die vom Schlick dunkelbraun war. Sie schirrten den Huukin an und drangen vorsichtig ein, bis sie die Flussmündung entdeckten, von der Kalava behauptet hatte, sie müsse hier zu finden sein. Von einigen mutigen Männern begleitet, führte der Kapitän ein Beiboot an Land. Die Marschen, Wiesen und Wälder wiesen alle die Spuren von reichem Jagdwild auf. Viele Pflanzen waren fremd, doch Kalava fand mehrere, die er kannte, darunter auch essbare Früchte und Knollen. »Das ist gut«, sagte er. »Dieses Land wartet nur darauf, dass wir es in Besitz nehmen.« Und kein Blitzschlag streckte Kalava nieder.

Als er eine brauchbare Stelle entdeckt hatte, ruderte er zum Schiff zurück, führte den *Grauen Renner* mit der Flut herein und legte ihn mit dem Kiel auf den Strand. Er konnte sehen, dass die Gezeit sich oft noch höher erhob, sodass er das Schiff leicht zu Wasser bringen könnte, wenn es fertig war. Bis dahin würde einige Zeit vergehen, doch keine Eile drängte ihn. *Sollen die Leute nur ein richtiges Lager aufschlagen,* dachte er, *sich ausruhen und satt essen, ehe sie mit der Arbeit beginnen.* Haken, Netze und Reusen würden ihnen reiche Beute bescheren. Einige der Matrosen waren außerdem mit dem Waidwerk vertraut, Kalava ebenfalls.

Er blickte flussaufwärts bis in die Hügel. Jawohl, schon bald würde er mit einer Gruppe an Land gehen und erkunden, was dort war.

5

1

Aus ihrer rekonstruktiven Erforschung der menschlichen Geschichte hatte Gäa niemals einen Hehl gemacht. Die Methode stellte vielmehr ihre bedeutendste Errungenschaft dar. Allmählich jedoch gelangten diejenigen ihrer Gefährten im galaktischen Gehirn, die ihr nähere Aufmerksamkeit schenkten, zu dem Eindruck, Gäa sei von dieser Forschung besessen. In letzter Zeit – etwa in den letzten hunderttausend Jahren – fanden sie Gäas Berichte zunehmend dürftiger und weniger informativ, am Ende gar uneindeutig bis an den Rand des Ausweichens. Indes bedrängten sie Gäa deshalb nicht etwa – sie hatten alle Geduld des Universums.

Dennoch wuchs ihre Besorgnis, besonders bei Alpha, der als ihr nächster Nachbar den engsten und regelmäßigsten Kontakt zu Gäa besaß; mittlerweile ging es Wanderer ähnlich. Gäas Tätigkeiten und Ziele waren ein bestimmender Faktor im Schicksal der Erde. Solange man sie nicht besser verstand, konnte nicht über die Richtigkeit des Plans zur Rettung der Erde entschieden werden.

Einen wichtigen Teil ihrer Psyche stellten gewiss die Geschichte und die Archäologie dar, die sie bewahrte – angefangen bei den tierischen Ursprüngen des Genus Homo bis hin zu seiner maschinellen Erfüllung. Unzählige individuelle Bewusstseine waren in ihr hochgeladen und zu Elementen ihres Seins geworden – weitaus mehr als bei jedem anderen Knoten. Was hatte Gäa im Laufe der Megajahre daraus gemacht, und inwiefern war sie dadurch selbst verändert worden?

Ohne gute Gründe konnte sie Wanderer den Zutritt kaum verwehren; das Erbe gehörte schließlich der gesamten Gemeinschaft, letztlich wohl jeder Intelligenz im gesamten, zukünftigen Kosmos. Von Gäa geleitet, würde er daher die Datenbestände ihrer Beobachtungen und Handlungen in der externen Realität durchstreifen – geologische, biologische und astronomische Daten.

Was die andere Realität betraf, die ihr innewohnende Realität, ihre Arbeit mit den Aufzeichnungen und den Emulationen der Menschheit – das zu bewerten, rief nach einer rein menschlichen Wechselwirkung. Deshalb schloss Wanderers Ausstattung das Geistesmuster eines Menschen ein.

Unter allen Hochgeladenen hatte man Christian Brannock ausgewählt, weil er zu den Frühesten gehörte und daher von Beziehungen zu Maschinenintelligenzen noch am wenigsten geprägt war. Energie, Auffassungsgabe und Anpassungsfähigkeit waren die anderen erwünschten Charakteristika.

Seine Persönlichkeit indes war künstlich, eine peinlich genaue Rekonstruktion durch Alpha, der Merkmale (Komponenten, Untertöne) seines eigenen Geistes genommen und aus ihnen ein Bewusstsein geschaffen hatte, das zu einem Aspekt Wanderers wurde. Zweifelsohne handelte es sich um keine perfekte Kopie des Originals. Obwohl sie alle Erinnerungen aus Christian Brannocks körperlichem Leben enthielt, besaß sie ausschließlich die Perspektive eines jungen Mannes, nicht eines alten. Außerdem verfügte die Kopie über einiges Wissen um die Geschehnisse, die sich ereignet hatten, seit Christian Brannocks Körper gestorben war – eine sehr grobe Skizze, die zudem in ungeheuerlichem

Ausmaß vereinfacht war, um die Kopie nicht zu überfordern. Tief in ihrem Bewusstsein vergraben aber lag das Verlangen, in eine Existenz zurückzukehren, deren Ausmaß an Erfüllung sie sich in ihrem augenblicklichen Zustand nicht auszumalen verstand. Doch da sie genau wusste, dass sie nach Beendigung ihrer Aufgabe wieder ins Eins zurückkehren musste, würde sie keinerlei Verlust bedauern. Vielmehr genoss sie, je mehr sie von Wanderer differenziert wurde, umso stärker Gefühle, Gedanken und Empfindungen, die sie eigentlich schon vergessen hatte.

Als die Differenzierung abgeschlossen war, wurde die Erfahrung, menschlich zu sein, zum Alleinbestimmenden und als erfreulich empfunden, denn so hatte der Mann sein Leben erlebt.

Um zu beschreiben, wie dies zuwege gebracht wurde, müssen wir erneut den Mythos zu Hilfe nehmen und behaupten, Wanderer hätte das Christian-Brannock-Unterprogramm in den Hauptcomputer des Systems namens Gäa übertragen. Um zu beschreiben, was sich wirklich abspielte, müsste man die Mathematik der Wellenfunktionen bemühen sowie das Konzept einer vielschichtigen, veränderlich dimensionierten Realität einführen, das zu ersinnen Geister, die der Menschheit weit überlegen sind, sehr lange gebraucht haben.

Wir können jedoch versuchen klarzustellen, dass es sich bei dem Vorgang innerhalb des Systems um keine Simulation handelte, sondern vielmehr um eine Nachschöpfung. Die Ereignisse in ihr waren nicht das Gleiche wie Ereignisse zwischen Molekülen, die Fleisch und Blut bilden; doch auf ihre Weise waren sie ebenso wirklich. Die erschaffenen Personen hatten ebenso sehr einen freien Willen wie jeder Sterbliche, und die Gefahren, die ihnen begegneten, konnten ihnen den gleichen Schaden zufügen, den auch ein sterblicher Leib erlitten hätte.

Man führe sich eine Anzahl Menschen in einem bestimmten Moment vor Augen. Jeder tut etwas, und sei es nur denken, sich erinnern oder schlafen – zusammen mit allen ständig stattfindenden physiologischen und biochemischen Prozessen. Die Menschen interagieren außerdem miteinander und mit ihrer Umgebung; und jedes Element dieser Umgebung, sei es nur ein Stein oder ein Blatt oder ein Photon des Sonnenlichtes, wird gleichermaßen einbezogen. Die Komplexität erscheint jenseits aller Begriffe zu liegen, geschweige denn einer Zählung oder Berechnung. Doch man überlege weiter: In jenem bestimmten Moment befindet sich jeder Teil des Ganzen, so klein er auch sein mag, in einem bestimmten Zustand – und das Ganze daher ebenfalls. Elektronen befinden sich auf ihren jeweiligen Quantenschalen, Atome in einem bestimmten Bindungs- und Verknüpfungszustand, Energiefelder haben an jedem einzelnen Punkt einen bestimmten Wert ... Man kann es sich als eine beliebig feinkörnige Fotografie vorstellen.

Einen Augenblick später schon herrscht ein anderer Zustand. So geringfügig auch immer, Felder haben pulsiert, Atome sich verschoben; Elektronen sind gesprungen, Leiber haben sich bewegt. Doch dieser neue Zustand ergibt sich unter Maßgabe der Naturgesetze aus dem vorherigen, und das Gleiche gilt für alle zukünftigen Zustände.

In grober, mythologischer Sprache: Jede Variable eines Zustands wird durch einen Satz von Zahlenwerten beschrieben. Oder, um es in gleichwertige Worte zu fassen: Man markiert den Zustand in einem n-dimensionalen Zahlenraum. Die Naturgesetze werden eingegeben. Das Programm wird gestartet. Das Computermodell sollte sich sodann in exakter Übereinstimmung mit unserer Materie-Energie-Originalwelt von Zustand zu Zustand entwickeln. Das schließt auch Leben und Bewusstsein ein. Die Modell-Organismen durchlaufen genaue Analoga von allem, was den Original-Organismen zustößt, darunter auch die Prozesse Empfindung und Gedanke. Für diese Modell-Organismen sind sie selbst und ihre Welt identisch mit dem Original. Die Frage, welcher Organismus, welche Welt nun realer sei, ist bedeutungslos.

Selbstverständlich ist dieser primitive Ansatz falsch. Das Programm folgt *nicht* genau dem Verlauf der ›äußeren‹ Ereignisse. Gäa fehlten sowohl die Daten als auch die nötige Verarbeitungskapazität für eine Modellrechnung des gesamten Universums, ja auch nur der gesamten Erde. Ähnlich ging es jedem anderen Knoten und auch dem galaktischen Gehirn in seiner Gesamtheit. Eine Macht dieser Größenordnung lag noch weit in der Zukunft, wenn sie überhaupt je verwirklicht werden konnte. Was Gäa vermochte, war so viel weniger, dass der Unterschied im Ausmaß zu einem Unterschied der Art wurde.

Wenn Ereignisse auf der Planetenoberfläche ausgespielt werden sollten, durften die Sterne nur Lichter am Nachthimmel sein und nichts weiter; jede weitere Wirkung musste vernachlässigt werden. Nur eine begrenzte Örtlichkeit des Globus konnte annähernd in allen Einzelheiten dargestellt werden; der Rest wurde umso unvollständiger, je mehr der Abstand zur Szenerie zunahm, bis an den Antipoden wenig über vereinfachte Geografie, Hydrografie und Atmosphäreneffekte hinausging. Deshalb unterschied sich das an der Szenerie herrschende Wetter schon bald von dem Original-Wetter zum korrespondierenden Zeitpunkt. Das ist nur die einfachste, offensichtlichste Konsequenz der Grenzen des Modells. Ingesamt übertreffen die Folgen alle Vorstellungskraft – und wir haben die relativistische Asynchronität noch nicht einmal erwähnt.

Davon abgesehen ist die Simulation Atom für Atom praktisch unmöglich; stattdessen muss man die Statistische Mechanik und Näherungsverfahren heranziehen. Das Chaos und die Heisenbergsche Unschärferelation machen es prinzipiell unmöglich, eine Entwicklung vorherzuberechnen. Noch andere, tiefschürfendere Überlegungen wurden mit einbezogen, doch an ihnen scheitert die sprachliche Wiedergabe zur Gänze.

Als einen Mythos wollen wir behaupten, dass solche Schöpfungen sich ihr eigenes Schicksal formten.

Und dennoch, welch großartiges Instrument dieses Schöpfungssystem darstellte! Aus dem Nichts konnte es ganze Welten in die Existenz rufen, Entwicklungen, Leben, Ökologien, Anschauungen, geschichtliche Abläufe, ganze Zeitabschnitte. Sie brauchten keine fragmentarischen Fehlkopien von etwas ›Echtem‹ zu sein, die sich durch ihre unvollständigen Spannen schleppten, bis Mitleid die Knotenintelligenz überkam und sie die Berechnung abbrach. Sie brauchten nicht einmal in irgendeiner Weise auf der ›Außenwelt‹ zu beruhen: Sie konnten Werke der Fantasie sein – Märchenwelten zum Beispiel, über welche wohlwollende Götter herrschten und in denen die Zauberei allgegenwärtig war. Stets aber bewirkte die Folgerichtigkeit ihrer Rahmenbedingungen, dass sie sich passend entwickelten und in sich stimmig waren.

Das Schöpfungssystem war das mächtigste

Gerät, das jemals zum Zwecke der Kunst, Wissenschaft, Philosophie und Erkenntnis erdacht worden war.

So kam es, dass Christian Brannock sich lebend und jung in der Welt wiederfand, die Gäa und Wanderer für seinen Neubeginn ausgewählt hatten.

2

An einem sonnenhellen Tag stand er in einem duftenden Garten. Es war ein architektonischer Garten mit Kieswegen, niedrig geschnittenen Hecken und Rosen und Lilien auf geometrisch geformten Beeten, die ein moosbewachsenes Steinbecken mit Goldfischen umringten. Auf drei Seiten schlossen den Garten von Efeu überrankte Ziegelmauern ein, mit einem schmiedeeisernen Tor darin, das auf einen Rasen führte. Auf der vierten Seite stand ein weißes Haus mit Schieferdach, das klassisch proportioniert war, ein Stil, der ihm antiquiert vorkam. Honigbienen summten. Von einer Eibe an der Mauer kam Vogelgezwitscher.

Eine Frau näherte sich ihm. Sein Overallanzug aus dem 23. Jahrhundert kam ihm plötzlich zutiefst barbarisch vor, denn sie trug ein mit einem Blumenmuster besticktes Kleid mit weitem Rock und Ärmeln und einer Kamee über dem tiefen Ausschnitt, zierliche Schuhe und einen Sonnenschirm, der weniger ein Accessoire denn ein krönendes Tüpfelchen auf dem i war. Sie war groß und wohlproportioniert und ging trotz ihres Gewandes mit leichtem Schritt. Als sie näher kam, sah er klare Züge unter hochgetürmtem, mahagonibraunem Haar.

Vor ihm blieb sie stehen und suchte seinen Blick.

»Benveni, Capita Brannock«, begrüßte sie ihn. Ihre Stimme klang tief und melodisch.

»Ähem ... *g'day, Sorita* ... äh ...«, stammelte er.

Sie errötete. »Ich bitte um Verzeihung, Captain Brannock. Ich vergaß mich und benutzte Inglay – das Englisch meiner Tage. Ich bin mit dem Ihren« – sie zögerte – »vertraut gemacht worden, und beide kennen wir außerdem die zeitgenössische Sprache.«

Ihn überkam das Gefühl zu träumen. So trocken zu sprechen, wie er nur konnte, war, als hielte er sich an etwas Solidem fest. »Sie stammen also aus meiner Zukunft.«

Sie nickte. »Ich bin etwa zweihundert Jahre nach Ihnen geboren worden.«

»Nach meinem Tod, meinen Sie?« Ein Schatten strich durch ihr Gesicht. »Es tut mir leid«, stieß er hervor. »Ich wollte Sie nicht beleidigen.«

Ihre Gelassenheit kehrte wieder, und sie lächelte sogar schwach. »Es ist schon gut. Wir wissen beide, was wir sind und was wir einmal waren.«

»Aber –«

»Ja: aber.« Sie schüttelte den Kopf. »Es kommt mir seltsam vor, wieder ... das ... zu sein.«

Er gewann rasch an Selbstsicherheit und gewöhnte sich an die Situation. »Ich verstehe schon. Ich habe Übung darin« – Lichtjahre entfernt, an dem Stern, wo Alpha lebte. »Machen Sie sich keine Gedanken, es wird Ihnen bald ganz natürlich vorkommen.«

»Ich habe hier schon einige Zeit verbracht. Dennoch ... jung zu sein«, flüsterte sie, »und sich trotzdem an ein langes Leben zu erinnern, an das Altern, ans Sterben ...« Ohne dass sie es bemerkte, entfiel ihr der Sonnenschirm, und sie starrte auf ihre Hände. Finger schoben sich ineinander. »Mich zu erinnern, wie ich am Ende zurückblickte und dachte: ›War das schon alles?‹«

Am liebsten hätte er sie bei diesen Händen ergriffen und ihr Trost zugesprochen, doch er entschied, es sei weiser, einfach nur zu antworten: »Nun, es war nicht alles.«

»Nein, selbstverständlich nicht. Nicht für mich, wie es einst für jeden war, der je lebte. Während mein abgenutzter Körper schmerzlos aufgelassen wurde, wurde mein Geist hochgeladen ...« Sie hob die Augen. »Nun können wir uns aber nicht mehr erinnern, wie es danach wirklich war, oder?«

»Wir können uns aber darauf freuen, in diesen Zustand zurückzukehren.«

»Ach ja. Und inzwischen ...« Sie reckte sich, blickte zu den Seiten und nach oben, ließ Licht und Luft in ihren Geist, bis schließlich ein volles Lächeln auf ihrem Mund erblühte. »Allmählich beginne ich es zu genießen. Ja, ich genieße es bereits.« Sie musterte ihn. Er war ein großer Mann, muskulös, blondhaarig, mit durchfurchtem Gesicht. Die blauen Augen umkränzten Lachfältchen. Er sprach mit volltönendem Bariton. »Und ich werde es genießen.«

Erfreut grinste er. »Danke. Mir geht's genauso. Darf ich zunächst einmal nach Ihrem Namen fragen?«

»Entschuldigen Sie bitte!«, rief sie aus. »Und ich hielt mich für vorbereitet! Ich ... begann zu existieren ... und kannte meine Rolle, wusste von diesem Umfeld und habe seitdem im Kopf unsere Begegnung geprobt, aber jetzt, wo es tatsächlich so weit ist, sind alle meine sorgfältigen Vorbereitungen verflogen. Ich bin ... Ich war ... – nein, ich bin Laurinda Ashcroft.«

Er reichte ihr die Hand. Nach einem Augenblick

ließ sie sich die Rechte schütteln. Ihm fiel ein, dass die Geste gegen Ende seiner sterblichen Tage allmählich außer Mode geraten war.

»Ich nehme an, Sie wissen einiges über mich«, sagte er, »doch ich bin völlig unwissend, was Sie und die Zeit angeht, in der Sie lebten. Als ich die Erde verließ, veränderte sich alles rasend schnell, und danach war sozusagen der Kontakt abgerissen«; danach ging seine Individualität auf eigenen Wunsch in einer größeren Wesenheit auf. Diese Wiederaufführung seines Ichs hatte keine Einzelheiten über die irdische Vergangenheit nach seinem Aufbruch erhalten; es hätte keinen vernünftigen Bruchteil dieser Informationen aufnehmen können.

»Sie sind praktisch unmittelbar, nachdem Sie hochgeladen wurden, zu den Sternen gegangen, nicht wahr?«, fragte sie.

Er nickte.

»Worauf hätte ich warten sollen? Ich wollte immer dorthin.«

»Sind Sie froh, dass Sie es getan haben?«

»Froh ist kaum das passende Wort.« Er verbrachte zwei oder drei Sekunden damit, Wörter zu Redewendungen aneinander zu reihen. Sprache bedeutete ihm etwas; er war Ingenieur und Gelegenheits-Liedermacher gewesen. »Auf jeden Fall bin ich erfreut, hier zu sein.« Erneut ein knappes Grinsen. »Und mit solch angenehmer Begleitung.« Doch was er eigentlich vorhatte, war sich selbst zu erklären. Sie würden auf der Suche nach der Seele des Gegenüber einige Zeit miteinander verbringen. »Und ich werde etwas Neues in meine eigentliche Existenz mitnehmen. Plötzlich begreife ich, wie ein Mensch auf seine einzigartige Weise schätzen kann, was dort draußen ist« – Sonnen, Welten, von denen einige Leben tragen, das noch wunderbarer ist, nebelartige Feuerwolken, Unendlichkeit, die wirbelnd in den Schlund eines Schwarzes Lochs gezogen wird, Galaxien wie Juwelen, die ein Verschwender über die gewaltige Leere verstreut hat, Raum-Zeit-Gefüge zugleich subtil und majestätisch – alles, was er als Mensch bis zu diesem Moment nie kennen gelernt hatte, denn kein organisches Wesen konnte diese fernen Strände erreichen.

»Während ich mich entschied, auf der Erde zu bleiben«, sagte sie. »Erscheine ich Ihnen sehr zaghaft und blass?«

»Überhaupt nicht«, bekannte er. »Sie haben die Abenteuer erlebt, nach denen Sie suchten.«

»Nett von Ihnen, dass Sie das sagen.« Sie hielt inne. »Kennen Sie Jane Austen?«

»Wen? Nein, ich glaube nicht.«

»Eine Schriftstellerin aus dem frühen neunzehnten Jahrhundert. Sie verbrachte ein ruhiges Leben, entfernte sich nie weit von ihrem Zuhause und starb jung, doch sie erkundete die Menschen in einer Weise, wie es vor ihr niemand zuwege gebracht hatte.«

»Ich würde gern etwas von ihr lesen. Vielleicht bekomme ich hier eine Gelegenheit.« Er wünschte sehr, ihr zu zeigen, dass er kein ... ›Technorant‹ war das Wort, das er kurzerhand ersann. »Ich habe recht viel gelesen, besonders auf Weltraummissionen. Besonders gern Gedichte. Homer, Shakespeare, Tu Fu, Bashô, Bellman, Burns, Omar Khayyam, Kipling, Millay, Haldeman ...« Er warf lachend die Hände hoch. »Ist auch egal. Das sind nur die ersten Namen, die mir in den Sinn gekommen sind, ein völliges Durcheinander, bloß um damit anzugeben.«

»Wir müssen uns mit sehr vielem vertraut machen, nicht wahr? Kommen Sie, ich bin ungastlich. Lassen Sie uns hineingehen, dort können wir uns entspannter unterhalten.«

Er hob ihren Sonnenschirm auf und bot ihr, da er sich noch an historische Dramen erinnerte, die er gesehen hatte, seinen Arm. Dann gingen sie langsam zwischen den Blumenbeeten einher. Der Wind flaute ab, ein Vogel pfiff, und das Sonnenlicht entlockte den Rosen ihren Duft.

»Wo sind wir?«, fragte er.

»Und wann?«, entgegnete sie. »Mitte des achtzehnten Jahrhunderts in England, auf einem Gut in Surrey.« Er nickte. Er war wirklich belesen. Sie schwieg kurz, dann sagte sie: »Gäa und Wanderer haben beschlossen, dass eine stille Enklave wie diese der beste Ort für unsere Begegnung sei.«

»Wirklich? Ich fürchte, ich bin so fehl am Platze wie eine Kröte auf einer Tastatur.«

Sie lächelte und fuhr ernsthaft fort: »Ich sagte bereits, mir ist Vertrautheit mit dem Milieu verliehen worden. Wir werden Fremde besuchen – wen auch immer Sie sich aussuchen, sobald ich Ihnen dargelegt habe, was ich sonst noch weiß von ihren Unternehmungen dieser vielen Jahre. Viel ist es nicht. Ich habe noch keine ihrer anderen Welten gesehen. Die Führung übernehmen Sie.«

»Sie meinen, weil ich an seltsame Umgebungen und raue Menschen gewöhnt bin? Nicht notwendigerweise. Auf der Erde und im Weltraum habe ich mich mit der Natur befasst. Sie ist friedlich.«

»Gefährlich.«

»Vielleicht. Aber niemals boshaft.«

»Erzählen Sie mir davon«, bat sie.

Sie gingen ins Haus und setzten sich in den Salon. Flügelfenster standen offen und boten einen Blick in die grüne Parklandschaft, wo Hirsche grasten; weiter entfernt stand eine strohgedeckte Bauernkate mit Nebengebäuden, und der Rand eines Weizenfelds war zu sehen. Im Salon gesellten sich Möbelstücke mit klaren Formen zu Gemälden, Radierungen, Büchern und zwei Portraitbüsten. Ein Dienstmädchen brachte ein Tablett mit Tee und Kuchen. Die Anwesenheit des Gastes schockierte sie offensichtlich, doch sie bemühte sich, das zu verbergen. Als sie den Raum verlassen hatte, erklärte Laurinda, dass die Eigentümer des Hauses, Londoner, die es als Sommersitz benutzten, es ihrer Freundin, der exzentrischen Miss Ashcroft, geliehen hatten, damit sie dort ihren Urlaub verbrachte.

Auf solche Weise waren Umstände und Erinnerungen angepasst worden, ein gutes Beispiel, wie Gäa unmittelbar die Bedingungen und Ereignisse innerhalb einer Nachschöpfung beeinflusste. Christian fragte sich, wie oft sie dergleichen wohl tat.

»Bei der Oberklasse werden Exzentrizitäten geradezu erwartet«, sagte Laurinda. »Doch als Sie lebten, konnten Sie einfach Sie selbst sein, nicht wahr?«

In der folgenden Stunde horchte sie ihn aus. Seine Heimat war das Yukon-Ethnat in der Bering-Föderation, und er war oft dorthin zurückgekehrt, als er noch lebte, wegen der Wildreservate, der Einsamkeit in den Bergen und der uneingeschüchterten, gerade heraus sprechenden Menschen. Andererseits war die Nation wohlhabend und fortschrittlich und besaß mehr Verbindungen nach Asien und dem pazifischen Raum als zu den verfallenen Nachfolgestaaten im Osten und Süden. Über den Nordpol hinweg näherte sich die Föderation gleichzeitig immer mehr an die wieder auflebenden Staatengebilde Europas an; dort erhielt Christian einen Teil seiner Ausbildung, dort verbrachte er einen erheblichen Teil seiner Freizeit.

Er lebte in einer Ära der krassen Gegensätze, in dem das Commonwealth of Nations einen unsicheren Frieden aufrechterhielt. Während seiner aus jugendlicher Impulsivität eingegangenen Dienstzeit in den Konfliktvermittlungsverbänden nahm er an zwei Gefechten teil. Später wurde Stabilität immer mehr zur Norm, was hauptsächlich dem wachsenden Einfluss des Netzes aus Künstlichen Intelligenzen zu verdanken war. Die meisten seiner auf bewusster Ebene agierenden Einheiten verbanden sich amöbenartig untereinander, um Bewusstseine zu bilden, die jeder erdenklichen Situation angepasst waren, und bald übertrafen die Kapazitäten dieser Gehirne die eines Menschen. Dennoch gab es nur wenig Rivalität, viel eher ein Gefühl der Partnerschaft. Die neuen Intelligenzen erteilten bereitwillig Ratschläge, doch waren sie nicht an Dominanz interessiert.

Christian, das Kind der Wälder, Seen und Hochlande, der Erbe alter Zivilisationen, aufgewachsen unter dem Eindruck ihrer beständigen Errungenschaften, empfand es als Heimkehr, wenn er Urlaub auf der Erde machte. Hier lebten seine Verwandten und seine Freunde, hier warteten Wälder darauf, durchstreift zu werden, Boote wollten gesteuert, Mädchen geküsst, Lieder gesungen und Gläser erhoben werden (und ein Grab besucht. Laurinda gegenüber erwähnte Christian seine Frau kaum. Sie war gestorben, ehe das Hochladen technisch möglich wurde.). Jedes Mal aber kehrte er ins All zurück. Der Weltraum hatte ihn gerufen, als er in einer Wiege unter der Zeder zum ersten Mal die Sterne sah. Er wurde Ingenieur. Außer mit menschlichen Kollegen arbeitete er eng mit vernunftbegabten Maschinen zusammen, und einige davon wurden ihm auf unheimliche Weise ebenfalls

Freunde. Im Laufe der Jahrzehnte spielte er bedeutende Rollen bei Unternehmungen wie der Überkuppelung des Copernicus-Kraters, dem Asteroiden-Habitat, der die Sonne umkreisenden Antimateriefabrik und schließlich dem Großen Sonnenlaser, der interstellare Raumschiffe beschleunigte. Bald danach starb sein Körper, alt und reich an Tagen; die Tage seines Geistes aber waren gerade erst angebrochen.

»Ein wunderbares Leben«, sagte Laurinda leise. Sie blickte auf das Land hinaus, wo die Schatten schon länger wurden. »Ich fragte mich, ob ... sie ... nicht besser daran getan hätten, uns eine Hütte in der Wildnis zu geben, die Sie beschrieben haben.«

»Nein, nein«, sagte er. »Dieses Haus ist für mich neu und voller Wunder.«

»Wir können mühelos woandershin gehen, wissen Sie. An jeden Ort, in jede Zeit, wenn Gäa sie irgendwo erschaffen hat, einschließlich solcher, die nie von der Geschichte gesehen wurden. Ich werde unsere Amulette holen, wann immer Sie wünschen.«

Er zog die Brauen hoch. »Amulette?«

»Man hat Ihnen nichts davon gesagt – Sie nicht informiert? Es sind Geräte. Wenn Sie eins tragen, können Sie ihm den Befehl geben, Sie zu transferieren.«

Er nickte. »Ich verstehe. Das Amulett versetzt eine emulierte Person in eine andere Umgebung.«

»Mit den erforderlichen Modifikationen. Tatsächlich bewirkt es in vielen Fällen sogar, dass ein bestimmtes Milieu für Sie aktiviert wird. Die meisten waren lange Zeit in Bereitschaft. Ich würde meinen, Gäa hätte es durchaus einrichten können, dass wir uns einfach dorthin wünschen können, wohin wir wollen, und entsprechend alles aufrufen können, was wir brauchen. Doch ein externes Gerät ist besser.«

Er überlegte. »Ja, ich glaube, ich verstehe den Grund. Wenn wir übernatürliche Kräfte hätten, wären wir nicht mehr menschlich, nicht wahr? Und gerade darum geht es hier ja.« Er beugte sich vor. »Sie sind dran. Erzählen Sie mir von sich.«

»Ach, was soll ich sagen? Über mich lässt sich kaum etwas berichten, denn ich habe nie etwas Bemerkenswertes geleistet wie Sie, aber über die Zeit, in der ich gelebt habe. Damals, nachdem Sie gegangen waren, passierte so vieles, was den Planeten veränderte . . .«

Geboren wurde sie hier, in England. Damals eine dünn besiedelte Provinz Europas, war es ein ruhiges Land (›halb träumend‹, so beschrieb es Laurinda), das sich ganz dem Angedenken der Vergangenheit widmete. Nicht dass die Kreativität verschwunden gewesen wäre, doch war die Kunst recht schroff gespalten in Variationen klassischer Werke und Versuche, die Enthüllungen zu verarbeiten, die von den Sternen kamen. Beide Schulen wurden von der Ästhetik überschattet, welche von Künstlicher Intelligenz für sich selbst entwickelt wurde. Dennoch beteiligte sich Laurinda aktiv daran.

Durch ihre Arbeit kam sie viel auf der Erde herum. (Mittlerweile bedeutete eine sinnvolle Beschäftigung für Menschen ein Privileg, das zu erlangen den Begabtesten und Energischsten vorbehalten blieb.) Sie agierte als Bindeglied zwischen zwei Sorten Wesen, und dazu musste sie Menschen im Umfeld ihrer unterschiedlichen Gesellschaftsformen kennen lernen und ihnen helfen, ihren Wünschen Gehör zu verschaffen. Zum Beispiel hätte eine geplante Erdbebenkontrollstation einen

Geländeabschnitt verändert und eine Gemeinde zerstört; konnte sie umgesiedelt werden, und welche kulturellen Anpassungen wurden erforderlich, wenn nicht? Meist aber beriet und half sie Einzelpersonen, die sich verwirrt und geistig entwurzelt fühlten.

Noch mehr als Christian vermied sie Erwähnungen ihres Privatlebens, doch er gewann den Eindruck, dass sie im Allgemeinen recht glücklich gewesen sei. Wenn ihre Kinderlosigkeit sie bedrückte, ohne dass sie es aussprach, so war es ein Kummer, den sie auf einer Welt, deren Bevölkerungszahl kontrolliert wurde, mit vielen anderen geteilt hatte; er selbst hatte nur einen einzigen Sohn gehabt. Sie liebte die Erde, die Schönheit und die Geschichte dieser Welt und jede feinere Errungenschaft ihrer eigenen Spezies. Am Ende ihres sterblichen Leben entschloss sie sich, auf dem Planeten zu bleiben und in die Ganzheit einzugehen, die einmal zu Gäa werden sollte.

Christian glaubte zu erkennen, weshalb der Knoten aus den unzähligen Millionen, die sich das gleiche Schicksal erwählt hatten, gerade Laurinda zu seiner Gefährtin erwählt und wiedererweckt hatte.

Laut sagte er: »Ich muss sagen, dieses Haus passt zu Ihnen. Und trotz allem auch zu mir. Beide sind wir hier mehr zu Hause als einer von uns es in der Lebensperiode des anderen sein könnte. Friede und Schönheit.«

»Ein Paradies ist es nicht gerade«, entgegnete sie ernst. »Vergessen Sie nicht, wir befinden uns im echten achtzehnten Jahrhundert, soweit Gäa die geschichtliche Entwicklung rekonstruieren konnte, die zu ihrer Entstehung führte.« Das hieß, dass sie die Nachschöpfung ständig überwachte und Korrekturen an ihr vornahm, sobald die Ereignisse sich als unvereinbar mit den Informationen aus den Chroniken und den Erkenntnissen der Archäologie erwiesen. »Die Dienstboten sind unterbezahlt, unterernährt, unterrespektiert – völlig servil. Die amerikanischen Kolonisten halten sich Sklaven und werden bald rebellieren. Auf der anderen Seite des Kanals blutet die verrottete französische Monarchie das Volk aus und führt dadurch eine wahrhaft entsetzliche Revolution herbei, auf die ein Krieg folgen wird, der ein ganzes Vierteljahrhundert andauert.«

Er zuckte mit den Achseln. »Nun, von der Menschheit konnte man noch nie behaupten, dass sie sich sehr vernünftig benommen hätte, oder?« Vernunft war eine Eigenschaft der Maschinen.

»Zumindest von einigen Angehörigen unserer Art kann man das sehr wohl sagen«, widersprach sie ihm. »Zumindest kamen sie der Vernunft sehr nahe. Gäa glaubt, dass Sie einige davon kennen lernen sollten, damit Sie begreifen, dass sie nicht lediglich grausame Spiele treibt. Ich habe« – in den Erinnerungen, mit denen sie in dieses Dasein eingetreten war – »drei für morgen Abend zum Essen eingeladen. Ein wenig bringt das ihre Lebensläufe durcheinander, doch Gäa kann das später korrigieren, wenn sie es für erforderlich hält.« Laurinda lächelte. »Wir müssen ein Amulett herstellen, das Sie mit passenden Kniehosen und einer Perücke ausstaffiert.«

»Und Sie geben mir zuvor gewiss eine umfassende Einführung. Wer sind unsere Gäste?«

»James Cook, Henry Fielding und Erasmus Darwin. Ich glaube, es wird ein lebhafter Abend.«

Der Navigator, der Schriftsteller und der Universalgelehrte, drei winzige, brillante Facetten des Erbes, das Gäa hütete.

6

1

Nun lud Wanderer eine weitere sekundäre Persönlichkeit herunter, welche die Erde erkunden sollte.

Sein primäres Ich sollte auf dem Berg bleiben und mit Gäa einen Rapport eingehen, der enger und weitaus umfassender war, als es sich über interstellare Entfernungen hinweg ermöglichen ließ. Sie hatte versprochen, ihn durch den gesamten Datenbestand ihrer Beobachtungen des Planeten Erde zu leiten, der im Laufe der Jahrmillionen zusammengekommen war. Selbst für sie beide war es ein gewaltiges Vorhaben. Trotz ihrer Gedankenschnelle würde es Wochen externer Zeit und nahezu vollkommene Konzentration beanspruchen. Nur ein Bruchteil ihrer Bewusstseine würde für irgendetwas anderes zugänglich bleiben – von ihm ein weit geringerer Bruchteil als von ihr, denn ihr Intellekt war viel umfassender.

Sie gestand ihm ihre Hoffnung, dass er durch dieses Sich-Mitteilen – diese virtuelle unmittelbare Offenlegung von allem, was sie wahrgenommen hatte – begreifen würde, weshalb die Erde ihrem feurigen Untergang überlassen bleiben sollte. Darin gehe es um mehr als um wissenschaftliche Daten, die auf andere Weise nicht erhalten werden konnten. Die Ereignisse würden das galaktische Gehirn erhellen, wie ein großes Drama oder eine große Symphonie einst den menschlichen Geist erleuchteten. Doch Wanderer musste sich zunächst dem gewaltigen Streifzug durch die Vergangenheit ergeben, ehe er die Wahrheit dessen erahnen konnte, was sie über die Zukunft behauptete.

Er hegte Zweifel. Hatten ihre menschlichen Komponenten, von denen sie mehr besaß als jeder andere Knoten, ihr am Ende Gefühle vermittelt, die, nach Zeitaltern des Brütens intensiviert, Gäas rationale Sicht verzerrten? Dennoch willigte er in ihr Ansinnen ein, denn es diente dem Zweck, zu dem er ins Solarsystem gekommen war.

Während er sich damit beschäftigte, würde Christian ihre historischen und ihre möglichen Welten erkunden; derweil würde ein anderer Agent den physisch vorhandenen, gegenwärtig existierenden Globus durchqueren.

Im letzteren Fall hätte die einfachste Vorgehensweise darin bestanden, einen passenden Satz mitgebrachter molekularer Monteure zu aktivieren und sie sich vervielfältigen zu lassen. Sobald ihre Anzahl ausreichte, würden sie eine Flotte von Miniaturrobotern fertigen (anbauen; brauen), die umherflogen und ihm alles meldeten, was ihre Sensoren entdeckten, sodass er sich ganz nach Belieben damit befassen konnte.

Gäa brachte ihn davon ab: »Wenn du persönlich gehst, geführt von einem untergeordneten Aspekt meiner selbst, wirst du den Planeten rascher und gründlicher kennen lernen. Vieles davon ist beispiellos. Vielleicht hilft es dir zu erkennen, weshalb ich die Evolution ungestört ihrem natürlichen Ende zustreben lassen möchte.«

Er willigte ein. Schließlich gehörte es zu den Zielen seines Auftrags, ihre Denkweise zu eruieren. Dann konnten Alpha und die anderen vielleicht einen echten Dialog mit ihr beginnen und eine Einigung herbeiführen – wie immer sie auch aussehen würde. Und wenn das vorgeschlagene Experiment ihn nicht zufrieden stellte, konnte er seine Späher noch immer absetzen.

Er erkundigte sich: »Welche Gefahren bestehen?«

»Hauptsächlich das Wetter«, gab sie zu. »Da die Bedingungen immer extremer werden, kommen fast ohne Warnung gewaltige Stürme auf. Die beschleunigte Erosion verändert geradezu über Nacht die Höhenlinien und ruft Erdrutsche hervor, Überschwemmungen und plötzliche Springfluten. Ich gebe mir keine Mühe, diese Verhältnisse genau zu beobachten. Diese Datenmenge würde meine Kapazität übersteigen« – jawohl, selbst die ihre –, »und eigentlich gilt mein Augenmerk den biologischen Phänomenen.«

Er durchmusterte ihre jüngsten Berichte, die sie an die Sterne gesendet hatte. Ausnahmslos klangen sie grimmig. Die nachmenschliche Naturfülle war schon Megajahre vorüber. Unter den Wolken buk die Erde. Selbst die höchsten Bergspitzen waren blanker Fels, wie hier über der Regenschüssel, und von Eis und Schnee blieb nichts außer vagen geologischen Spuren. Vom Wasser abgesehen und einigen wenigen Inseln, auf denen sich kleinwüchsiges, primitives Leben halten konnte, waren die Tropen sterile Wüsten. Sand und Staub, von glutheißem Wind getragen, versengten die Steppen, dörrten die Täler aus und krochen die Hügel hinauf. Hier und dort gab es noch Dschungel, von sintflutartigem Regen am Leben gehalten, und Sümpfe, in warmen Nebel gehüllt, aber auch das würde nicht mehr lange so sein. Nur auf den höheren Breitengraden war es noch etwas freundlicher. Arktikas Klima reichte von Floridazuständen – an die sich Christian Brannock erinnerte – bis zur Kälte auf den inneren Höhen. Südlich davon, am anderen Ufer eines Meeres, erstreckte sich ein breiterer Kontinent, an dessen nördlichen Küsten Temperaturen herrschten, wie sie früher für Zentralafrika typisch gewesen waren. Nur dort wies das Leben noch Vielfalt auf.

»Und du möchtest wirklich keine Erneuerung mehr sehen?«, hatte Wanderer sie schon früh offen gefragt.

»Die alte Erde lebt in meinen Datenspeichern und Emulationen weiter«, hatte Gäa geantwortet. »Was nun geschieht, könnte ich in meinen Systemen nicht zur Gänze erfassen und es sich selbst ausspielen lassen, denn dazu begreife ich es nicht gut genug – das könnte kein endlicher Verstand. Eine der Realität ungetreue Abfolge von Ereignissen aber würde bedeuten, für immer Wissen zu verlieren, von dem ich glaube, das es sich als von grundlegender Bedeutung erweisen wird.«

Wanderer verzichtete auf den Hinweis, dass Leben, welches eine Welt, die plötzlich wieder wirtlicher wird, neu erobert, ebenfalls keinen vorhersagbaren Pfaden folgen würde. Gäa hätte nur angeführt, dass Experimente dieser Art in einer ganzen Anzahl früher unfruchtbarer Sphären durchgeführt würden, die sie mit synthetischen Organismen besiedelt habe. Ihm erschien es merkwürdig, dass sie jede sentimentale Empfindung für die Mutter der Menschheit vermissen ließ. Ihr Wesen schloss so viele ein, die gewusst hatten, wie sich Morgentau an bloßen Füßen anfühlte, die es leise im schattigen Wald hatten rascheln hören, die den Wind in Wellen über Weizenfelder hatten streichen sehen, welche sich vom einen Horizont zum anderen erstreckten, und die den Lärm und die Lichter der Großstädte gesehen hatten. Im Grunde war es eher Zuneigung als wissenschaftliche oder technische Neugierde, die in Gäas Artgenossen zwischen den

Sternen den Wunsch geweckt hatte, die Erde wieder jung zu machen.

Und Gäa beabsichtigte nun, ihm zu zeigen, weshalb sie der Meinung war, dass man dem Sterben freien Lauf lassen solle.

Ehe er die Verbindung mit ihr einging, bereitete er sich auf seine Expedition vor. Gäa bot ihm ein Flugzeug an, ein schnelles, vielseitiges Transportmittel, das auf einer Fläche von einem Quadratmeter landen konnte und dabei kaum ein Blatt aufwirbelte. Er stellte den Passagier zur Verfügung.

Wanderer hatte mehrere unterschiedliche Körper mitgebracht. Der, den er aussuchte, musste unabhängig von ihm operieren können, und benötigte daher eine separate Intelligenz. Gäa konnte ein Quäntchen ihrer Aufmerksamkeit entbehren, mit der sie den Flieger fernsteuerte; er aber konnte seinem Vertreter nichts abgeben, wenn er mit ihr die Geschichte des ganzen Globus durchforsten wollte.

Die Maschine, die er auswählte, war ihm keinesfalls gleichwertig. Ihre Struktur hätte keine Matrix aufnehmen können, die groß genug war, um auf seinem Verstandesniveau zu agieren. Metaphorisch könnte man sagen, die Maschine habe ein Gehirn besessen, das mit dem eines hochentwickelten Menschen vergleichbar war. In dieses Gehirn kopierte Wanderer so viel von seinem Eigen-Muster, wie es aufnehmen konnte – eine grobe Strichzeichnung nur, eine allgemeine Vorstellung von der Lage, genauso unvollständig und verzerrt wie unser Mythos. Dennoch besaß die Maschine Reserven, auf die sie zurückgreifen konnte. Unausweichlich, weil er der Lage am besten angepasst war, dominierte der Christian-Brannock-Aspekt.

Deshalb kann man sich den Menschen, wenn man es möchte, als ein Wesen vorstellen, das in einem Körper aus Metall, Silikaten, Kohlenstoff und anderen Substanzen, Elektrizität und anderen Kräften, Photonen- und Partikelaustauschen und Quantenströmen wiedergeboren wurde. Das war nicht ganz das Gleiche wie seine frühere Roboterexistenz nach dem Körpertod. Es gab nun mehr Nuancen, sogar mehr Leidenschaft, obschon seine Leidenschaften nicht mit denen des Fleisches vergleichbar waren. In den allermeisten Aspekten unterschied er sich stärker von dem seit langem toten Sterblichen als die Nachschöpfung in Gäas emulierten Welten. Wenn wir jenes als Christian bezeichnen, so können wir diesen Brannock nennen.

Brannocks Leib besaß annähernd Menschengestalt und Menschengröße. Er war indes matt blaugrau und verfügte über vier Arme. Die Hände des unteren Armpaars konnte er nach Belieben umbilden, um sie als Werkzeuge zu benutzen. Auch seine Füße ließen sich an alle Notwendigkeiten anpassen, und er konnte ein spindeldürres drittes Bein als Stütze oder Verankerung ausfahren. Unter seinem gewölbten Rücken verbargen sich eine nukleare Energiequelle und diverse Organe. Sein Haupt war ein oben abgerundeter Zylinder. Die Sensoren darin und in seinem üblichen Leib fielen nicht weiter auf, erfassten seine Umgebung jedoch in vollem Umkreis. Sein Gesicht bestand aus einem holografischen Bildschirm, auf den er jedes Abbild legen konnte, das ihm geeignet erschien. Ähnlich verstand er es, jedwede Tonfrequenz zu erzeugen, dazu sichtbares und infrarotes Licht abzugeben und Funksignale im Mikrowellenbereich; diese Wellen konnte er zum Abtasten ebenso nutzen wie zur Kurzstreckenkommunikation. Eine Speichereinheit, aus der er rasch alle erdenklichen Daten abrufen konnte, umfasste eine ähnliche Informationsmenge wie eine große altmodische Bibliothek.

Allerdings konnte er diese Daten nicht schneller als ein menschliches Genie verarbeiten, begreifen und auswerten. Und er unterlag noch weiteren Beschränkungen. Doch andererseits war er niemals darauf ausgelegt gewesen, unabhängig von externen Geräten zu funktionieren.

Schon bald war er bereit aufzubrechen. Man stelle sich ihn vor, wie er mit einem matten Grinsen zu Wanderer sagte: »Adios. Wünsch mir Glück.«

Die Antwort – geistesabwesend. Wanderer begann bereits, mit Gäa ineinanderzugreifen.

Daher bestieg Brannock das Flugzeug in Schweigen. Dem Auge erschien es klein, lanzettförmig und schillernd. Das Material war hauchdünn. Der Großteil seiner winzigen Masse wurde gebraucht, um Kräfte zu erzeugen und Kapazitäten bereitzustellen, die Gäa ihm nicht aufgelistet hatte. Jedenfalls bedurfte es schon eines Windes von ungewöhnlicher Gewalt, um diese Maschine in Gefahr zu bringen, und vermutlich konnte sie vor der Bedrohung einfach davonfliegen.

Er setzte sich hinein. Wanderer hatte auf einer zusätzlichen Handsteuerung bestanden, nur für Notfälle, die er selbst als unwahrscheinlich ansah, und Gäas Effektoren hatten die nötigen Veränderungen angebracht. Vor Brannock schimmerte eine substanzlose Anordnung von Instrumenten, die sich ablesen ließen, und Kontaktpunkten, die man berühren oder andenken konnte. Er ließ sich ins Sesselfeld sinken und überließ Gäa die Steuerung. Geräuschlos stieg das Flugzeug auf, dann durchstieß es die Wolkendecke nach unten und flog gemächlich in fünfhundert Metern Höhe über die Hügel dahin.

»Folge dem Residuum zum Meer«, verlangte Brannock. »Beim Anflug sah es dort wunderschön aus.«

»Wie du wünschst«, sagte Gäa. Sie benutzten Schall, seine Stimme klang maskulin, ihre – vielleicht, weil sie glaubte, er bevorzuge es – in sattem Alt. Tatsächlich konversierten sie nur sinngemäß so, wie es hier berichtet wird. Sie änderte den Kurs, und unter silbergrauem Himmel erblickte er mitten im tiefen Grün des Tals der Guten Fee den schimmernden Strom. »Laut Plan sollen wir, wie du weißt, zunächst über Arktika kreuzen. Ich habe eine Reiseroute vorbereitet, die dich mit einer repräsentativen Auswahl der Lebensformen auf diesem Kontinent vertraut machen sollte. Wenn wir Halt einlegen, kannst du dich so ausgiebig umsehen, wie du es für erforderlich hältst, und wenn du an irgendeiner besonderen Stelle einen Zwischenstopp einlegen möchtest, ist das ebenfalls leicht möglich.«

»Vielen Dank«, sagte er. »Es geht also darum, mich mit einer Art Grundlinie auszustatten?«

»Genau, denn hier sind die Bedingungen für das Leben am freundlichsten. Wenn du bereit bist, fliegen wir nach Süden und gelangen in immer rauere Länder. Dort wirst du sehen, inwieweit und in welcher Weise das Leben sich angepasst hat. Vieles davon ist außerordentlich interessant. Nicht einmal das galaktische Gehirn kann es mit der Erfindungsgabe der Natur aufnehmen.«

»Nun, sicher nicht. Chaos, Komplexität ... Du hast ... äh, *uns* einige dieser Veränderungen beschrieben, nicht wahr?«

»Das stimmt, aber bei weitem nicht alle. Ich entdecke ständig neu. Das Leben entwickelt sich ununterbrochen weiter.«

Während die Umwelt sich verschlimmert, dachte Brannock. Und dennoch starb eine Spezies nach der anderen aus. Er gewann den Eindruck, in ein Rückzugsgefecht gegen die höllischen Heerscharen verwickelt zu sein.

»Ich möchte gern, dass du es in so weitem Ausmaß erfährst, wie du nur kannst«, sagte Gäa. »Wirf dich hinein, spüre die Erhabenheit.«

Die Tragödie, dachte er. Doch Tragödien waren eine Kunstform, vielleicht der Höhepunkt der von der Menschheit zuwege gebrachten Kunst. Und in Gäa lebte vielleicht mehr von der menschlichen Seele fort als in jeder ihrer Mitintelligenzen.

Hatte sie das Bedürfnis nach einer Katharsis bewahrt, nach Mitleid und Schrecken? Was trug sich in ihren Nachschöpfungen wirklich zu?

Nun, darüber sollte Christian etwas herausfinden. Wenn er konnte.

Brannock war menschlich genug, um zu protestieren. Er deutete auf das Land unter sich, wo der Fluss durch Schluchten auf die Küstenklippen zulief und üppiges Wald- und Grasland mit Wasser versorgte, bevor er sich in eine Bucht ergoss, über der Tausende von Vogelschwingen flatterten. »Du möchtest den Kampf bis zum bitteren Ende beobachten«, sagte er. »Das Leben aber will leben. Welches Recht hast du, deinen Wunsch über seinen zu stellen?«

»Das Recht der Erkenntnis«, antwortete sie. »Nur für ein Wesen, das ein Bewusstsein besitzt, können Gerechtigkeit, Gnade und Verlangen überhaupt Existenz, überhaupt Bedeutung besitzen. Haben die Menschen die Welt nicht stets so benutzt, wie sie es für richtig hielten? Als die Natur endlich Schutz erhielt, geschah es nur aus dem Grund, dass die Menschen sich dazu entschlossen. Ich spreche für das Wissen und das Verständnis, die wir gewinnen können.«

In ihm regte sich die unbehagliche Frage: *Was ist mit ihren persönlichen emotionalen Bedürfnissen?*

Unvermittelt drehte das Flugzeug ab. Die Kehre drückte Brannock fest in das Kraftfeld, das ihn aufrecht hielt. Er hörte Luft krachen und kreischen. Mit stetig anwachsender Geschwindigkeit fiel die Bucht hinter ihnen zurück.

Der Raumfahrer in ihm, der Meteoriteneinschläge und Strahlungsausbrüche nur überlebt hatte, weil er schnell war, hatte bereits reagiert. Durch das optische Vergrößerungsgerät, das er augenblicklich abgerufen hatte, blickte er zurück, um zu sehen, was geschehen war. Das Bild, das er ganz kurz erhaschte, ehe es hinter dem Horizont verschwand, ließ ihn ausrufen: »Dort!«

»Was?«, entgegnete Gäa, die unbeirrt weiterflog.

»Das dort hinten. Weshalb fliehst du davor?«

»Wie meinst du das? Dort war doch nichts Wichtiges.«

»Von wegen! Ich habe das Gefühl, du hast es viel deutlicher gesehen als ich.«

Gäa drosselte das Flugtempo, bis sie über Strand und wilder Brandung fast auf der Stelle schwebte. Brannock empfand einen scharfen Verdacht, dass sie es tat, um den Eindruck von Dringlichkeit zu verwischen und ihn empfänglicher zu machen für das, was sie ihm gleich weiszumachen versuchen würde.

»Also gut«, sagte sie dann. »Ich habe ein bestimmtes Objekt entdeckt. Was glaubst du, was es gewesen sein kann?«

Er beschloss, ihr nicht geradeheraus zu antworten – wenigstens nicht, ehe sie ihn von ihren guten Absichten überzeugt hätte. Je mehr Informationen sie erhielt, desto glaubhafter würde die Täuschung ausfallen, die sie ersann. Selbst dieses Fragment ihres Intellektes war ihm weit überlegen. Dennoch verfügte auch er über seine Kniffe und war und blieb ein ausgemachter Sturkopf.

»Ich bin nicht sicher, außer dass es mir nicht gefährlich erschien. Am besten sagst du mir, was es war und warum du Hals über Kopf davor geflohen bist.«

Seufzte sie etwa? »Mit dem Wissen, das du im Augenblick besitzt, würdest du es nicht verstehen. Vielmehr würdest du dazu neigen, es misszuverstehen. Deshalb habe ich mich davor zurückgezogen.«

Ein Mensch hätte jeden Muskel angespannt. Brannocks Systeme schalteten sich auf volle Bereitschaft. »Wenn du nichts dagegen hast, beurteile ich meinen geistigen Horizont selbst. Sei so nett und fliege zurück.«

»Nein. Ich verspreche dir, dass ich es später erkläre, wenn du genug anderes gesehen hast.«

Genug Illusionen? Sie konnte etliche Täuschungen für ihn vorbereitet haben. »Wie du wünschst«, sagte Brannock. »Inzwischen funke ich Wanderer an und unterrichte ihn.« Alphas Botschafter hielt einen winzigen Teil seines Verstandes für äußere Stimuli empfänglich.

»Nein, tu das nicht«, bat Gäa. »Es würde ihn nur unnötig ablenken.«

»Das soll er selber entscheiden«, erwiderte Brannock.

Der Kampf entbrannte.

Fast hätte Gäa gewonnen. Wäre sie mit ihrem ganzen Ich auf den Angriff konzentriert gewesen, so hätte sie ihn mit solcher Schnelligkeit ausgeführt, dass Brannock besiegt gewesen wäre, ehe er auch nur geahnt hätte, dass man ihn attackierte. Doch ein

Bruchteil von ihr beschäftigte sich wie immer mit ihren Beobachtungseinheiten rings um den Globus und den immensen Datenströmen. Vermutlich warf sie von Zeit zu Zeit – im Zuge der Quantenverschiebungen in ihr – auch einen Blick darauf, was Christian und Laurinda trieben. Am meisten aber nahm sie ihr Rapport mit Wanderer in Anspruch. Diese Wechselwirkung konnte Gäa nicht aufgeben, ohne augenblicklich Verdacht zu wecken. Stattdessen musste sie außerordentlich durchdacht zu Werke gehen, um vor ihm verborgen zu halten, dass etwas Ungewöhnliches geschah.

Davon abgesehen war sie einem Wesen wie Brannock noch nie begegnet, in dem sich die Aggressivität eines Mannes und die Reflexe eines menschlichen Raumfahrers mit der ausgefeilten Technik und einem wenig von Alphas unsterblicher Zielbewusstheit verband.

Er spürte, wie das Stützfeld stärker wurde und sich zusammenzog, um ihn unbeweglich festzuhalten. Er spürte, wie das Gefühl des Deliriums einer Flutwelle gleich in seinem Geist aufstieg. Ein Mensch hätte gedacht, dass ihm ein schnell wirkendes Betäubungsmittel verabreicht worden sei. Brannock hielt nicht inne, um sich zu wundern. Er reagierte direkt, noch während sie angriff. Maschinenschnell und tigerwild brachte er sie für eine entscheidende Millisekunde aus dem Gleichgewicht.

Trotz der Dunkelheit und des Rauschens in seinem Kopf schlug er physisch zu. Mit den Händen fuhr er durch das Lichtspiel aus Steuerverknüpfungen vor sich. Sie waren nicht darauf ausgelegt, einem gewaltsamen Angriff zu widerstehen. Zwar konnte er das Flugzeug nicht in seine Gewalt bekommen, aber er konnte blindlings alle Steuerleitungen zerstören.

Blauweiße Lichtbögen sprangen durch die Luft. Leuchtdisplays flammten auf und erloschen. Die Energieabgabe wurde nicht unterbrochen; das Flugzeug blieb in der Luft. Alle komplizierteren Funktionen aber waren außer Betrieb. Ihr Tanz der Atome, Energien und Wellen verkam zu nutzloser Beliebigkeit.

Die Bande, die sich um Brannock gelegt hatten, gaben ihn frei. Er sackte zu Boden. Die Nacht in seinem Kopf zog sich zurück. Dennoch fühlte er sich arg mitgenommen, und ihm schwirrten die Sinne. In den plötzlichen, anarchischen Wirrwarr brüllte er: »Aufhören, du Miststück!«

»Ich höre auf«, bestätigte Gäa.

Nun stellte er fest, dass sie eine Spur von Gewalt über den Flieger behalten hatte. Ehe Brannock ihn ihr entreißen konnte, sandte sie ihn im Sturzflug nach unten und schaltete den Hauptgenerator ab. Alle Kraftfelder verschwanden. Der Wind zerfetzte das materielle Gerüst. Trümmer klatschten in die Brandung. Sturzwellen warfen sie herum, spülten einige davon auf den Strand und zogen den Rest in die Tiefe. Während das Flugzeug noch abstürzte und zerfiel, sammelte Brannock alle Kräfte und sprang ab. Der Stoß, den er sich mit den Beinen erteilte, trug ihn von dem Wrack fort, und der langgezogene Bogen, den er beschrieb, endete im tieferen Wasser. Es spritzte hoch und weiß auf, als er eintauchte. Er sank in die grünen Tiefen, und die Strömungen zogen ihn mal hierhin, mal dorthin, doch er kam unbeschadet auf dem sandigen Grund an.

Da er nicht zu atmen brauchte, blieb er untergetaucht. Sich von dem Schock zu erholen kostete ihn weniger als eine Sekunde. Seine Lage zu erkunden, dazu benötigte er Minuten, hier unten in den Wogen und Strudeln.

Gäa hatte versucht, ihn zu übernehmen. Ein Kraftfeld hatte begonnen, die Prozesse in seinem Gehirn zu dämpfen und ihm fremde Ideen aufzupfropfen. Diesen Vorgang hatte er gerade noch rechtzeitig abgefangen.

In der Vergangenheit hatte Gäa die Fähigkeit dazu wohl kaum nötig gehabt. Daher musste sie die Funktion eigens für ihn erfunden und installiert haben. Das wies deutlich darauf hin, dass sie von vornherein geplant hatte, sie an irgendeinem Punkt ihrer Reise zur Anwendung zu bringen. Indem er etwas erblickte, von dessen Gegenwart an jener Stelle sie nicht gewusst hatte, und sich nicht abwimmeln ließ, zwang er sie, vor Abschluss ihrer Vorbereitungen tätig zu werden. Als sie damit scheiterte, verbrauchte sie ihre letzten Ressourcen in dem Versuch, ihn zu vernichten.

So weit ging sie also, so verzweifelt war sie bemüht, den Sternen ein Geheimnis vorzuenthalten. Es musste sich um ein sehr bedeutendes Geheimnis handeln.

Er bemerkte einen Fehler in seiner Gedankenkette: Sie hatte noch nicht alle Hilfsmittel aufgebraucht. Im Gegenteil, Gäa stand ein ganzer Planet voll Beobachter und anderer Instrumente zur Verfügung, die sie gegen ihn senden konnte. Eine gewisse Anzahl davon musste in diesem Augenblick mit Höchstgeschwindigkeit hierher unterwegs sein, um sicher zu stellen, dass er tot war – oder, wenn er überlebt hatte, kurzen Prozess mit ihm zu machen. Später würde sie Wanderer eine Geschichte vorlegen, die mit einem bedauernswerten Unfall weit draußen über dem Ozean zu Ende ging.

Da er schwerer war als Wasser, folgte Brannock dem abfallenden Meeresboden in die Tiefe.

Nachdem er eine Ansammlung von Vulkangestein gefunden hatte, verkroch er sich in einer Lavaröhre, wo er sich in Fötushaltung zusammenkrümmte, und veranlasste seine Systeme, auf so niedrigen Niveau zu arbeiten wie irgend möglich. Er hoffte, dass Gäas Agenten ihn nun übersehen würden. Weder an Zahl noch an Empfindlichkeit waren sie unendlich. Da Gäa seine Flucht nicht beobachtet haben konnte, denn die Sensoren im Flugzeug mussten vernichtet worden sein, als es abstürzte und auf dem Wasser zerschellte, musste es ihr vernünftig erscheinen, dass die Strömung seine zerschmetterten Überreste davongetragen hätte.

2

Nach drei Tagen und drei Nächten weckte die interne Uhr, die er gestellt hatte, ihn wieder auf.

Für ihn stand außer Frage, dass er überaus wachsam sein musste. Allerdings durfte er es nun wagen, sich zu bewegen, es sei denn, Gäa hielt die Absturzstelle unter genauerer Beobachtung, als er von ihr erwartete – womit sie allerdings Gefahr liefe, dass Wanderer, mit dem sie in Rapport stand, irgendwann bemerkte, wie sehr sie sich auf eine einzige winzige Stelle des Planeten konzentrierte. Seine elektronischen Sinnesorgane sollten ihn jedoch vor jedem Roboter warnen, der in seine Nähe kam, selbst wenn dieser zu klein wäre, um von menschlichen Augen erblickt zu werden. Ob er dann irgendetwas unternehmen konnte, war eine ganz eigene Frage.

Zuerst suchte Brannock die unmittelbare Umgebung ab. Gäas Maschinen hatte alle Wrackteile entfernt, die sie finden konnten, doch die meisten lagen über den Meeresboden verstreut. Offensichtlich hatte Gäa es nicht der Mühe für wert erachtet, sie aufsammeln zu lassen, oder für zu gefährlich gehalten. Tatsächlich war so gut wie alles, worauf Brannock traf, Schrott. Ganz wenige Einheiten waren noch intakt. Die eine, die ihn interessierte, besaß die physische Gestalt einer kleinen Metallkugel. Er spürte sie mittels magnetischer Induktion auf. Nachdem er sie ans Ufer gebracht und sich zwischen Bäumen versteckt hatte, die ihn vor dem Himmel verdeckten, untersuchte er sie. Mit seinen Werkzeughänden analysierte er ihre Schaltkreise (mythologisch gesprochen) und identifizierte die Kugel als eine Speicherbank. Die Kodierung war seinem Wanderer-Aspekt vertraut. Er las die enthaltenen Informationen aus und legte sie in seinen eigenen Datenspeichern ab.

Eine Reihe von Sprachen, menschlichen Sprachen, von denen er jedoch noch nie gehört hatte. Ja, sehr interessant.

»Ich sollte mich mit diesen Menschen in Verbindung setzen«, murmelte er. In der Einsamkeit von Meer, Wind und Wildnis war er in seine uralte Gewohnheit zurückgefallen gelegentlich laut zu denken. »Noch eine Chance bekomme ich wohl nicht. Das ist wirklich eine Neuigkeit für Wanderer.« Sofern Brannock zurückkam oder wenigstens in Sendereichweite gelangen konnte.

Er setzte sich in Marsch, immer am Ufer entlang und auf die Bucht zu, wo der Residuum in die See mündete. Vielleicht fand er dort, was er auf dem Meer gesehen hatte, oder wenigstens Spuren davon.

Er war nicht sicher, denn alles war so schnell gegangen, aber er glaubte, ein Schiff erblickt zu haben.

7

1

Drei Tage – drei alte Erdentage zu vierundzwanzig Stunden, erfüllt von kühlem Sonnenlicht, hier und da einem Schauer, der Wiesen und Hecken funkelnd hinterließ, Ritten über englische Landstraßen, Streifzügen durch englische Städtchen, Begegnungen mit Leuten, Abendandachten in einer normannischen Kirche, Erforschen von Gebäuden und Büchern, langen Gesprächen und geselligem Schweigen – diese drei Tage begründeten eine Freundschaft. Außerdem fühlte sich Christian immer mehr zu Gäa hingezogen. Sie hatte Laurinda wiederbelebt, und Laurinda war ein Teil von ihr, so wie er zu Wanderer und Alpha gehörte und zu mehr anderen Geistern in der ganzen Galaxis, als er zu zählen vermochte. Konnten Gäas andere Werke denn unrecht sein?

Ohne Zweifel waren ihre Pläne und Entscheidungen darauf ausgerichtet, ihm genau diese Reaktion zu entlocken. Das schien jedoch keine Rolle zu spielen.

Auch beeinträchtigten die primitiven Bedingungen des achtzehnten Jahrhunderts Laurinda und ihn in keiner Weise. Ihre Alltagserfahrungen waren vielmehr etwas erfrischend Neues und gaben regelmäßig Anlass zu Gelächter. Indessen wurde es für Christian immer schwieriger, sich abends schicklich in sein separates Schlafzimmer zurückzuziehen.

Doch beide hatten sie ihre Aufgabe: Er musste herausbekommen, was in dieser Wirklichkeit vorging und sollte sich hinterher in Wanderer hochladen; sie hatte Christian diese Wirklichkeit zu erklären und vor ihm zu rechtfertigen, so gut eine Sterbliche es verstand. Wie er erinnerte auch sie sich daran, mit einem Knotenwesen vereint gewesen zu sein. Ihre Erinnerung daran war ebenso undeutlich und bruchstückhaft wie die seine und stellte mehr ein Gefühl der Transzendenz dar als irgendetwas, das man benennen oder dessen Gestalt man festlegen konnte, ähnlich dem Nachbild einer vor langer Zeit erlebten religiösen Vision. Dennoch durchzog die Erinnerung Laurindas Persönlichkeit, und zwar eher auf der unbewussten als auf der bewussten Ebene; darin bestand ihre Beziehung zu Gäa, so wie Christian auf gleiche Weise mit Wanderer und außerdem mit Alpha in Beziehung stand. Auf eine beschränkte, sterbliche, doch völlig aufrichtige und natürliche Weise sprach Laurinda für den Knoten der Erde.

In stillschweigender Übereinkunft sprachen sie nur wenig über den Zweck ihres Daseins und erfreuten sich an ihrer Umgebung und ihrer Gesellschaft bis zum vierten Morgen. Vielleicht rührte das Wetter in Christian die lebenslange Gewohnheit auf, seine Pflicht zu tun. Der Wind heulte und kreischte um das Haus, prasselnder Regen machte die Fensterscheiben blind; selbst in einer Kutsche konnten sie nirgendwohin gelangen. Drinnen bemühte sich ein Kaminfeuer vergeblich, klamme Kälte auf Abstand zu halten. Auf dem Frühstückstisch strahlte behaglich das Kerzenlicht, Silber und Porzellan glänzten, doch in jeder Ecke kauerten dichte Schatten.

Er nahm einen letzten Schluck Kaffee, stellte die Tasse ab und beendete die Rede, die er begonnen hatte: »Ja, wir sollten lieber anfangen. Nicht, dass ich eine klare Vorstellung hätte, wonach ich suchen soll. Das weiß auch Wanderer nicht.« Gäa war in vielerlei Hinsicht so vage gewesen. Nun, Wanderer befand sich jetzt (was immer ›jetzt‹ bedeutete) in Rapport mit ihr und mühte sich eine umfassende, kosmische Sicht auf ... wie viele Millionen Jahre planetarer Geschichte?

»Nun, Sie kennen Ihre Aufgabe«, entgegnete Laurinda. »Sie sollen die Natur von Gäas interner Tätigkeit herausfinden; was sie in moralischen – in menschlichen Begriffen bedeutet.« Sie setzte sich gerade, und nun klang sie resolut. »Wir sind menschlich, wir Nachbildungen. Wir denken und handeln, wir empfinden Freude und Schmerz, wie Menschen es immer taten.«

Er konnte nicht widerstehen; auf diese Weise lockerte er gern die Stimmung auf: »Und«, fügte er hinzu, »neue Menschengenerationen zu erschaffen, wie Menschen es immer taten.«

Ein Erröten strich über blasses Gesicht. »Ja«, sagte sie und sprach hastig weiter: »Natürlich ist das meiste, was ... hier ... ist, nur eine Datenbank. Archive, wenn Sie so wollen. Wir könnten beginnen, indem wir die eine oder andere Rekonstruktion besuchen.«

Er lächelte. Die Beschwernis verließ ihn. »Einverstanden. Machen Sie einen Vorschlag.«

Eifrig antwortete sie: »Die Akropolis von Athen? Als sie noch neu war? Die klassische Antike faszinierte mich immer.« Sie zuckte mit dem Kopf. »Fasziniert mich *noch* immer, verflixt.«

»Hm.« Er rieb sich das Kinn. »Wenn ich mich richtig erinnere, habe ich einmal gelernt, dass damals keiner verschlagener, streitsüchtiger und kurzsichtiger gewesen ist als diese alten Griechen, die gern die Wahlen fälschten und ihre schwächeren Nachbarn einschüchterten. Hat Athen nicht den Bau des Parthenon dadurch finanziert, dass es die Gelder des Delisch-Attischen Seebundes veruntreute?«

»Es waren Menschen«, entgegnete sie so leise, dass er es wegen des Gewitters kaum verstand. »Doch was sie schufen –«

»Aber sicher«, sagte er. »Da stimme ich Ihnen zu. Lassen Sie uns gehen.«

2

Äußerlich waren die Amulette silbrige, zwei Zentimeter durchmessende Scheiben, die unter der Kleidung auf der Brust des Benutzers hingen. In Wirklichkeit – der Realität des externen Beobachters – handelte es sich bei ihnen um leistungsstarke, raffinierte Programme mit eigener Intelligenz. Christian fragte sich, in welchem Ausmaß sie Gäas direkter Kontrolle unterlagen und wie scharf sie Laurinda und ihn eigentlich beobachtete.

Ohne nachzudenken nahm er Laurinda bei der Hand. Ihre Finger legten sich fest um seine, doch sie blickte starr geradeaus ins flackernde Feuer, während sie den Befehl sprach.

3

Unversehens, ohne das leiseste Gefühl, sich bewegt zu haben, standen sie unter einem wolkenlosen Himmel in überwältigender, brütender Hitze auf breiten Marmorstufen. Von den steilen, unbebauten Hängen her durchwehte der Duft von Feldthymian die Stille, Thymian, der weder Bienen kannte, die ihn bestäubten, noch Hände, die ihn pflückten. Darunter erstreckte sich die Stadt, sonnengebadete Hausdächer, die weite Agora, Tempel mit Kolonnaden an den Seiten. Die Luft war so klar, dass Christian glaubte, fast die Gesichter auf den Statuen erkennen zu können.

Nach einer Zeitspanne, die nicht gemessen werden kann, gingen die Besucher weiter, noch immer schweigend, noch immer Hand in Hand, und kamen an die Stelle, wo geflügelte Siegesgöttinnen die Brüstung am Tempel der Nike Apteros säumten. Ihre Gewänder flossen in Bewegungen, die er nicht sah, und flatterten in einem Wind, den er nicht fühlte. Eine schnürte sich die Sandalen ...

Sie ließen sich Zeit in den Propyläen, wandelten zwischen den ionischen und dorischen Säulen und verweilten lange bei den Gemälden und Votivtafeln in der Pinakothek. Sie hätten durchaus bis nach Sonnenuntergang bleiben können, doch so vieles wartete noch auf sie. Sie erfuhren nun die Begeisterung der Sterblichen ebenso, wie bald die Müdigkeit der Sterblichen sie ereilen würde. Die leuchtenden Farben ...

Die Steinblumen und Steinmädchen im Erechtheion ...

Stets hatte Christian den Parthenon für ein auserlesenes Bauwerk gehalten; so war er auf den Bildern und in den Modellen, die er gesehen hatte, während die geborstenen, chemisch zernagten Überreste, die konserviert werden mussten, nur Trauer und Bedauern weckten. Als er sich nun leibhaftig vor Christian erhob und er ihn betreten konnte, entdeckte er die überwältigende Größe und Masse des Tempels. Das Leben schrie rot, blau und golden aus den Friesen; dann, im dunklen Innern, fanden Ehrfurcht und Schönheit ihren Brennpunkt in der gewaltigen Statue der Athene Parthenos von Phidias. Lange danach stand er mit Laurinda vor der Mauer des Kimon über dem Asklepios-Schrein und dem Theater des Dionysos. Die gen Westen strebende Sonne überzog die Stadt mit Schattenmustern, und von Osten wehte Kühle heran. Bis jetzt hatten sie, wenn sie sprachen, fast geflüstert, obwohl es keinen Grund dazu gab. Nun fühlten sie sich frei, offen zu reden – oder empfanden sie das Bedürfnis?

Er schüttelte den Kopf. »Prachtvoll«, sagte er aus Mangel an einem angemessenen Wort. »Unglaublich.«

»Das ist alle Misstaten und Krieg und Schmerz doch wohl wert?«, murmelte sie. »Oder nicht?«

Einen Augenblick lang wich er vor ihrem tiefen Ernst zurück. »Ich hatte nicht damit gerechnet, dass es hier so ... grell, äh, nein, so bunt sein würde.«

»Sie haben ihre Bauwerke bemalt. Das ist bekannt.«

»Ja, das wusste ich. Aber waren die Wissenschaftler späterer Zeit sich denn überhaupt sicher, welche Farben benutzt wurden?«

»Kaum, denn es waren nur selten Spuren übrig. Die Farben müssen hauptsächlich auf Gäas Extrapolationen beruhen. Besonders bei den Statuen. Die historischen Quellen bewahrten zum Beispiel nur sehr magere Beschreibungen der Athene.« Laurinda hielt inne und blickte zu den Bergen hinüber. »Doch ganz gewiss handelt es sich hierbei um die wahrscheinlichste Rekonstruktion – sie berücksichtigt alles Bekannte und ist in der Lage, sämtliche Informationen gleichzeitig zu verarbeiten und die Köpfe zu verstehen, die es ersonnen haben. Es ist die wahrscheinlichste Rekonstruktion – oder meinetwegen auch die am wenigsten unwahrscheinliche.«

»Vielleicht hat sie Varianten ausprobiert. Hätten Sie Lust, sich welche davon anzusehen?«

»Nein, eigentlich nicht, glaube ich, es sei denn, Sie bestehen darauf. Das war überwältigend, nicht wahr?« Laurinda zögerte. »Und, nun ...«

Er nickte. »Ja.« Mit einem Wink auf die geräuschlose, bewegungslose, rauchlose Stadt unter ihnen und die Heiligtümer ringsum: »Unheimlich. Eine Museumsausstellung im besten Fall. Unserem Ziel nicht sehr dienlich, muss ich leider sagen.«

Sie sah ihm in die Augen. »Ihrem Ziel. Ich bin nur ... Eigentlich bin ich nicht einmal eine Fremdenführerin. Bin ich die Stimme, mit der Gäa zu Ihnen spricht? Nein, wenn überhaupt, so bin ich nur eine Nuance von ihr.« Das Lächeln, das ihre Lippen berührte, wirkte irgendwie verloren. »Ich habe den Verdacht, ich existiere vor allem deswegen, um Ihnen Gesellschaft zu leisten.«

Er lachte und reichte ihr die Hand, die sie nur einen Augenblick lang fest umschloss. »Ich finde Ihre Gesellschaft sehr angenehm, liebe exzentrische Miss Ashcroft.«

Sie lächelte wärmer und breiter. »Vielen Dank, mein freundlicher Herr. Und ich bin sehr froh, heute ... am Leben zu sein. Was sollen wir als nächstes unternehmen?«

»Lebendige Geschichte besuchen«, schlug er vor. »Warum nicht beim antiken Hellas bleiben?«

Sie klatschte in die Hände. »Die Zeit von Perikles!«

Er runzelte die Stirn. »Ich weiß nicht recht, wenn ich ehrlich bin. Der Peloponnesische Krieg, die Pest ... da würden Fremde wie wir, Barbaren, und Sie als Frau wohl kaum allzu willkommen sein, oder?«

Er merkte ihr an, wie sehr sie an der Enttäuschung schluckte. Sie blickte wieder geradeaus. »Wann und wohin also?«

»Aristoteles' Zeit? Wenn ich mich richtig erinnere, war es zu seinen Lebzeiten in Griechenland friedlich, ungeachtet dessen, dass Alexander das ganze Ausland aufmischte. Die Gesellschaft gab sich kosmopolitisch und auch weniger patriarchalisch. Außerdem hat mich Aristoteles schon immer interessiert. In gewisser Hinsicht war er einer der ersten Naturwissenschaftler.«

»Wir sollten uns zuerst erkundigen. Doch zuvor gehen wir am besten nach Hause und gönnen uns eine Tasse heißen Tees!«

4

Sie kehrten zum gleichen Zeitpunkt ins Haus zurück, in dem sie es verlassen hatten, um jede Verunsicherung der Dienstboten zu vermeiden. Dort fanden sie jenen Mangel an Abgeschiedenheit, der gepaart mit Erschöpfung sie davon abhielt, über irgendetwas anderes als Belanglosigkeiten zu reden. Doch war ihnen das ganz recht; sie waren gute Gesprächspartner.

Am nächsten Morgen, der strahlend schön war, gingen sie hinaus in den Garten und ließen sich auf einer Bank am Goldfischteich nieder. Regentropfen glitzerten auf den Blumen, deren Duft sich umso mehr erhob, je länger die Sonne auf sie schien. Niemand sonst war in Sicht- oder Hörweite. Diesmal sprach Christian die Amulette an. Seines hing plötzlich schwerer an seinem Hals herab, und die Worte kamen ihm nur unbeholfen über die Lippen. Er hätte sie nicht laut aussprechen müssen, doch das half ihm, seinen Ideen Gestalt zu verleihen.

Die Antwort war unmittelbar in ihren Köpfen zu hören. Christian wies der Stimme ohne vernünftigen Grund einen trockenen, professoralen Tenor zu:

»Nur ein einziges hellenisches Milieu ist durch viele Generationen hindurch aufrecht erhalten worden. Es schließt die Ära ein, die Sie im Sinn haben. Es begann etwa fünfhundert vor Christus und bildet die Geschehnisse historisch so genau wie irgend möglich nach.«

Aber so gut wie jeder, der damals lebte, ist der Geschichtswissenschaft unbekannt, dachte Christian. Bis auf die wenigen, die in den Chroniken verzeichnet standen, musste die gesamte Bevölkerung notwendigerweise unter Anleitung von Wissen und Logik Gäas Vorstellungskraft entsprungen sein; und auch die wenigen namentlich bekannten Personen musste sie neu erschaffen und ihre DNS willkürlich zusammengesetzt haben.

»Die Sequenz wurde nach Bedarf revidiert«, fuhr das Amulett fort.

Sich selbst überlassen, hätte diese Historie eine ganz andere Entwicklung genommen als in den Chroniken festgehalten, dachte Christian. *Gäa muss diesen Trend immer wieder festgestellt haben, und schrieb daraufhin das Programm um – Ereignisse, Erinnerungen, Persönlichkeiten, Körper, Geburten, Lebensspannen, Sterbedaten –, dann ließ sie es weiterlaufen, bis sich erneut Abweichungen zeigten. Immer wieder.* Der Morgen erschien ihm plötzlich kühl.

»Jede dieser Revisionen war sehr lehrreich«, sagte das Amulett. »Die Situation erschien zu der Zeit, als die makedonische Hegemonie unausweichlich erschien, völlig zufriedenstellend, und daher wurde der Sequenz gestattet, sich ungestört selbst zu entwickeln. Natürlich verlief diese Entwicklung nicht in hundertprozentiger Übereinstimmung mit der historischen Vergangenheit. Weder Aristoteles noch Alexander wurden geboren. Statt dessen erreichte ein angemessen realistischer Eroberer ein hohes Alter und hinterließ ein angemessen wohlgeordnetes Imperium. In seiner Jugend hatte er einen griechischen Lehrer gehabt, der ein Schüler Platons gewesen war.«

»Und wen?«, fragte Christian mit trockener Kehle.

»Sein Name war Eumenes. In vielerlei Hinsicht ähnelte er Aristoteles, doch er war stärker empirisch ausgerichtet. Das war geplant.«

Eumenes wurde also eigens verfügt. Aber wieso?

»Wenn wir erscheinen und ihm begegnen, w-wird das nicht verändern, was sich später ereignet?«

»Vermutlich nicht in signifikantem Ausmaß. Wenn es geschieht, spielt es keine Rolle. Gäa hat die Originalsequenz abgespeichert. Wir besuchen lediglich eine Reaktivierung.«

»Und sie ist nicht für deine Zwecke reaktiviert worden«, flüsterte Laurinda in die Luft. »Worum geht es dabei? Was ist in dieser Welt geschehen?«

»Das Ziel des Experiments bestand darin, die Folgen einer naturwissenschaftlich-technischen Revolution analog zu jener im siebzehnten Jahrhundert nach Christus zu studieren, welche mit begleitenden gesellschaftlichen Veränderungen vielleicht die Entwicklung einer stabilen Demokratie begünstigt.«

Christian riss sich zusammen und rang sein Unbehagen nieder. »Und hat dieses Projekt funktioniert?«, fragte er herausfordernd.

»Möchtest du es studieren?«, lautete die gelassene Antwort.

Christian hatte nicht damit gerechnet, dass es nötig sein könnte, seinen Mut zusammenzunehmen. Nach kurzem Zögern antwortete er langsam, Wort für Wort: »Ja, ich glaube, es könnte nützlicher sein als eine Begegnung mit diesem Philosophen. Würdest du uns zeigen, wie das Experiment ausgeht?«

Laurinda warf ein: »Ach, ich weiß schon, dass es nicht ein einzelnes, einfaches Bild geben kann. Aber kannst du uns zu einer ... Szene bringen, die uns einen Eindruck vermittelt – eine Art Miniatur wie, nun, König Johann auf der Wiese von Runnymede oder Elisabeth I., wie sie Francis Drake zum Ritter schlägt, oder Einstein und Bohr, die über den Zustand der Welt diskutieren?«

»Eine außergewöhnliche Möglichkeit ereignet sich in einem Jahr, dass eurem 894 nach Christus entspricht«, erklärte das Amulett. »Als Ort schlage ich Athen vor. Doch seid gewarnt, es ist gefährlich. Ich kann euch beschützen oder entfernen, doch sind menschliche Taten inhärent chaotisch, und diese Situation ist noch weniger vorhersagbar als die meisten. Sie könnte meiner Gewalt entgleiten.«

»Ich gehe«, entgegnete Christian heftig.

»Und ich gehe auch«, sagte Laurinda.

Er sah sie beschwörend an. »Nein. Haben Sie nicht gehört? Es ist gefährlich.«

Mittlerweile wieder recht gelassen, erwiderte sie: »Ich muss mitgehen. Vergessen Sie nicht, ich handle im Namen Gäas.«

Gäas, die jene Ereignisse erst in Gang gesetzt hatte.

5

Transfer.

Für einen Augenblick starrten sie sich gegenseitig an. Sie hatten gewusst, dass die Amulette ihre Kleidung in etwas Zeitgemäßes umwandeln würden. Laurinda trug nun ein graues Gewand, das von einem Gürtel zusammengehalten wurde und bis zur Mitte der Waden hinabreichte, dazu Schuhe, Strümpfe und ein Tuch über dem zu Zöpfen geflochtenen Haar. Er trug Jacke, Hose und Stiefel aus den gleichen groben Stoffen und an der Hüfte ein Messer, das in einer Scheide steckte. Ein Gewehr mit langem Lauf hing ihm über der Schulter.

Ihre Umgebung schlug sie in Bann. Sie standen in den Propyläen, die aus kaum mehr als durcheinandergeworfenen Steinen und den Stümpfen von Statuen bestanden. Der Parthenon war nicht zerstört, aber wetterzernagt und entstellt. Hier und da war er mit Mauerwerk verstärkt worden, aus dem sich die Mündungen rostiger Kanonen reckten. Alles andere lag in Trümmern. Das Erechtheion schien als Steinbruch missbraucht worden zu sein. Die Stadt am Fuße des Hügels aber brannte. Durch den Rauch, der den Himmel befleckte und ihnen in den Nasen biss, konnten sie nur wenig davon sehen. Das Brüllen der Feuersbrunst drang ihnen in die Ohren, und immer wieder hörten sie Gewehrschüsse.

Die große Treppe hinauf kam eine Frau aus dem Qualm gerannt. Sie war jung, dunkelhaarig, ungekämmt, in Lumpen, rußverschmiert und verzweifelt. Hinter ihr hetzte ein Mann her, ein stämmiger Blonder mit Pelzkappe, schmutzigem rotem Mantel und Lederhose. Unter einem gewaltigen

Schnauzbart grinste er anzüglich. Auch er war bewaffnet, er hatte ein mörderisch aussehendes, riesiges Messer und in der rechten Hand ein Gewehr.

Die Frau sah Christian vor sich stehen. »*Voetho!*«, kreischte sie. »*Onome Theou, kyrie, voetho!*« Da stolperte sie über eine Stufe und stürzte. Ihr Verfolger erreichte sie, bevor sie wieder aufspringen konnte, und setzte ihr einen Stiefel auf den Rücken.

Durch das Amulett verstand Christian den Schrei: »Hilf mir! In Gottes Namen, Herr, hilf mir!« Flüchtig dachte er noch, bei der Sprache müsse es sich um verderbtes Griechisch handeln. Der andere Mann knurrte ihn an und legte die Waffe an.

Christian hatte keine Zeit, sein Gewehr von der Schulter zu nehmen. Während der Fremde sich noch bewegte, bückte er sich, hob einen Stein auf – das Bruchstück eines Marmorkopfes – und warf. Der Stein krachte dem Fremden gegen die Nase. Er sprang zurück, sein Gesicht war plötzlich rote Verwüstung. Sein Gewehr fiel klappernd auf die Stufen. Er heulte auf.

Mit der Schnelligkeit, die ihm in Notfällen immer zu eigen gewesen war, entschied sich Christian dagegen, sein eignes Gewehr zu packen. Er hatte gesehen, dass das Schloss der Waffe recht kompliziert und unvertraut aussah. Vermutlich wäre er nicht in der Lage, sie rasch genug abzufeuern. Er zog sein Messer und sprang vor. »Verschwinde, du Schwein, ehe ich dir den Bauch aufschlitze!«, brüllte er. Die Worte erklangen in der Sprache der Frau.

Der andere Mann würgte, drehte sich um und torkelte davon. Lange bevor er den Fuß des Hügels erreichte, hatte der Rauch ihn wieder verschluckt. Christian blieb bei der zusammengekrümmten

Frauengestalt stehen und schob das Messer in die Scheide. »Hier, Schwester«, sagte er und bot ihr seine Hand. »Komm mit. Wir bringen dich in Sicherheit. Vielleicht kommen noch mehr von ihnen.«

Sie erhob sich keuchend, stützte sich schwer auf seinen Arm und hinkte neben ihm durch das zerborstne Tor. Nach ihren mediterranen Gesichtszügen musste sie eine Einheimische sein. Sie wirkte halb verhungert. Laurinda stellte sich auf ihre andere Seite. Die Besucher führten sie zwischen sich durch den Portikus des Parthenons. Hinter einer zerschmetterten Tür war es dunkel, und außer Abfall war nichts zu sehen. Im Notfall würde der Raum sich verteidigen lassen.

Christian fiel etwas ein, und er schimpfte auf seine Dummheit. Rasch holte er das Gewehr des Feindes. Als er zurückkehrte, hatte Laurinda die Arme um die Frau gelegt und sprach tröstend auf sie ein. »Alles ist gut, meine Liebe, bei uns bist du sicher. Alles ist gut. Fürchte dich nicht. Wir kümmern uns um dich.«

Die Flüchtige hob ihre großen Augen, die von Nacht erfüllt waren. »Seid ... ihr ... Engel aus dem Himmel?«, murmelte sie.

»Nein, wir sind sterblich wie du«, antwortete Laurinda unter Tränen. *Das stimmt nicht ganz,* dachte Christian; aber was sonst sollte sie sagen? »Wir würden gern wissen, wie du heißt.«

»Ich bin ... Zoë ... Comnenaina ...«

»Und du bist ausgetrocknet, das höre ich an deiner Stimme.« Laurinda hob den Kopf. Ihre Lippen bewegten sich, als sie still einen Befehl erteilte. Auf dem Fußboden erschien ein Krug, der vor Kälte außen beschlagen war. »Hier habe ich Wasser. Trink.«

Zoë hatte das Wunder nicht bemerkt. Sie riss das Gefäß an sich und leerte es in wenigen Schlucken. Sie setzte ihn ab, als sie fertig war, und bedankte sich bedrückt, aber mit neuer Kraft und Vernunft.

»Wer war das, der dich verfolgt hat?«, fragte Christian.

Sie zog die Knie ans Kinn und umschlang sie mit den Armen, starrte vor sich hin und antwortete tonlos: »Ein flämischer Söldner. Sie sind in unser Haus eingedrungen. Ich habe gesehen, wie sie meinen Vater erstachen. Sie lachten und lachten. Ich bin hinten rausgerannt und über die Straßen geflohen. Ich dachte, ich könnte mich in der Akropolis verstecken. Niemand kommt mehr hierher. Der eine hat mich gesehen und ist mir gefolgt. Er hätte mich hinterher wohl ermordet. Das wäre immer noch besser gewesen, als wenn er mich mit sich genommen hätte.«

Laurinda nickte. »Ein Heer ist in die Stadt eingefallen«, sagte sie tonlos. »Sie haben Athen erobert, und nun plündern sie.«

Christian schlug den Gewehrkolben auf das Steinpflaster. »Gäa lässt zu, dass es so weit kommt?«, brachte er hervor.

Laurinda blickte ihm in die Augen. Bittend. »Das muss sie. Menschen brauchen freien Willen. Andernfalls sind sie nur Marionetten.«

»Aber wie konnte es so weit kommen?«, wollte Christian wissen. »Erklären Sie mir das, wenn Sie es können!«

Das Amulett (oder die Amulette) antwortete mit der gleichen Distanz wie zuvor:

»Die hellenische Ära brachte die naturwissenschaftliche Methodik hervor. Im Verein mit der Ausdehnung des Handels und des geografischen Wissens führte dies zu industrieller Revolution und parlamentarischer Demokratie. Jedoch entwickelten sich weder die Naturwissenschaft noch die Technik über ein Niveau hinaus, das annähernd eurem achtzehnten Jahrhundert entspricht. Unkluge Sozial- und Finanzpolitik führten zum Zusammenbruch, Diktatur und wiederholten Kriegen.«

Christian entblößte grinsend die Zähne. »Das klingt sehr vertraut.«

»In unserem achtzehnten Jahrhundert hat Alexander Tyler davon gesprochen«, murmelte Laurinda erschüttert. »Noch keine Republik hat es lange überlebt, wenn eine Mehrheit ihrer Einwohner entdeckt, dass sie dafür stimmen können, sich aus der öffentlichen Schatzkammer beschenken zu lassen.« Und laut fügte sie hinzu: »Christian, wir sind nur Menschen.«

Zoë kauerte sich bedrückt zusammen.

»Du vereinfachst zu stark«, behauptete das Amulett. »Doch sollt ihr hier keine Geschichtslektion erhalten. Um den Überblick zu vervollständigen: Unaufhaltsam verbreitete sich das Wissen der Ingenieure zu den kriegerischen Barbaren Nordeuropas und Westasiens. Wenn ihr den Grund in Frage stellen wollt, wegen dem ihnen überhaupt Existenz verliehen wurde, so solltet ihr bedenken, dass ein Volk, das auf die Küstenstriche eines Binnenmeeres beschränkt ist, keine in irgendeiner Weise mögliche materielle Welt formen könnte. Die unbrauchbaren Gesellschaftsformen des Südens waren nicht in der Lage, ihr Wesen zu ändern oder über die Barbaren zu triumphieren oder sie auch nur abzuwehren. Das Endergebnis wird durch die Szenerie illustriert, die ihr hier vor euch seht.«

»Das Finstere Mittelalter«, sagte Christian bedrückt. »Was geschieht danach? Welche neue Zivilisation entsteht?«

»Keine. Ab hier endet diese Sequenz binnen eines ihrer Jahre.«

»Was?«, keuchte er. »Sie wird zerstört?«

»Nein. Das Programm läuft nicht mehr weiter. Die Nachbildung wird angehalten.«

»Mein Gott! All diese Millionen Menschen – sie sind doch genauso echt wie ich ...«

Laurinda erhob sich und hob ihre Arme in die stinkige Luft. »Weiß Gäa denn, weiß sie, dass diese Zeitlinie niemals wieder glücklicher werden könnte?«, schrie sie.

»Nein«, sagte die Stimme in ihren Köpfen. »Ohne Zweifel existiert das Potenzial zu weiterem Fortschritt. Dennoch vergesst ihr, dass Gäas Kapazität zwar sehr groß, aber doch nicht unbegrenzt ist. Je mehr Aufmerksamkeit sie einer Historie zuteil werden lässt, sowohl in Bezug auf die Einzelheiten des Planeten wie auch die Länge ihrer Laufzeit, desto weniger kann sie anderen widmen. Die Wahrscheinlichkeit dafür, dass gerade diese Sequenz zu einer grundlegend neuartigen Gesellschaftsform führen wird, ist einfach zu gering.«

Laurinda nickte langsam. »Ich sehe es ein.«

»Ich nicht«, fuhr Christian auf. »Ich sehe nur eins: dass Gäa unmenschlich ist.«

Laurinda schüttelte den Kopf und legte ihre Hand auf seine Finger. »Nein, das nicht. Nachmenschlich. Schließlich haben *wir* die ersten Künstlichen Intelligenzen gebaut.« Und nach einem Augenblick ergänzte sie: »Gäa ist nicht grausam. Das Universum ist es oft, und sie hat es nicht erschaffen. Sie sucht nach etwas Besserem, als der blinde Zufall es gebiert.«

»Vielleicht.« Christians Blick fiel auf Zoë. »Hören Sie, irgendetwas müssen wir doch für diese arme Seele tun können. Es ist mir egal, ob wir damit die

Geschichte ändern. Schließlich endet sie sowieso schon bald.«

Laurinda schluckte und wischte sich die Augen trocken. »Gib ihr ein letztes Jahr in Frieden«, sagte sie in die Luft. »Bitte.«

In dem Zimmer jenseits des Durchgang tauchten Gegenstände auf. »Hier sind Essen, Wein und sauberes Wasser«, sagte die ungehörte Stimme. »Sagt ihr, sie soll nach Einbruch der Dunkelheit den Hügel hinabsteigen, Freunde suchen und sie hierher führen. Eine kleine Gruppe, die sich hier in den Ruinen verbirgt, darf hoffen zu überleben, bis die Invasoren weiterziehen.«

»Mehr zu tun, lohnt sich wohl nicht, was?«, fragte Christian verbittert. »Nicht für dich.«

»Wünscht ihr, eure Untersuchung abzubrechen?«

»Nein, eher will ich verdammt sein.«

»Ich auch«, stimmte Laurinda hinzu. »Aber wenn wir hier fertig sind, wenn wir für dieses elende Mädchen getan haben, was wir tun können, dann bring uns nach Hause.«

6

In England herrschte Friede. Weiße Wolken türmten sich gewaltig auf, und das Sonnenlicht, das durch sie hindurchschimmerte, versah sie mit blauen Schattierungen. An der linken Seite der Landstraße blühte der Mohn in einem Kornfeld, welches das Gold erntereifer Ähren zeigte. Zur Rechten erstreckte sich das vielfältige Grün einer Weide, auf der Kühe unter einer Eiche mit ausladender Krone dösten. Mann und Frau ritten Seite an Seite. Die Hufe schlugen leise, Sattelleder knirschte, der süßliche Pferdegeruch vermischte sich mit herbem Kräuterduft, und eine Amsel zwitscherte.

»Nein, ich glaube nicht, dass Gäa jemals ein Programm neu startet, wenn sie es einmal beendet hat«, sagte Laurinda. »Doch das ist nicht schlimmer als zu sterben, und nur wenige Leute haben einen so leichten Tod.«

»Aber der Maßstab!«, wandte Christian ein, dann seufzte er. »Doch wird Wanderer wohl sagen, dass ich mich in Sentimentalität und Rührseligkeit ergehe, und wenn ich wieder in ihn eingegangen bin, werde ich ihm zustimmen.«

Der ironische Tonfall sagte aus, dass es so besser wäre. Er würde nicht mehr einzeln sein, ein Avatar, sondern eins mit einer weit größeren Wesenheit, die wiederum eines Tages in eine noch größere aufginge.

»Ohne Gäa hätten sie nie existiert, die zahllosen Seelen, eine Generation nach der anderen«, sagte Laurinda. »Ihr schlimmstes Elend haben sie selbst über sich gebracht. Wenn einer von ihnen jemals den Weg zu etwas Besserem, zu etwas wirklich Besserem finden soll, dann muss sie ganz von vorne anfangen.«

»Hm-hm, ich kann mir nicht helfen, ich muss immer wieder an all die Millenialisten denken, an die Utopisten, die ganze Völker niedergemetzelt haben oder sie folterten oder in Konzentrationslager sperrten, wenn ihr Benehmen nicht dem geeigneten Ideal der inspirierenden Vision entsprach.«

»Nein, nein, so ist es nicht! Verstehen Sie denn nicht? Sie schenkt ihnen die Freiheit, zu sein, wie sie sein wollen, und sich weiterzuentwickeln.«

»Mir scheint es, als passte sie die Parameter und Rahmenbedingungen so lange an, bis das Projekt erfolgversprechend wirkt, und dann erst lässt sie das Experiment ablaufen.« Christian runzelte die Stirn. »Aber ich muss zugeben, es kommt mir wenig glaubhaft vor, dass sie das nur deswegen tut, weil sie ... einsam ist und sich langweilt. Nicht, wenn die ganze Gemeinschaft ihrer Art ihr offen steht. Womöglich haben wir gar nicht den nötigen Verstand, um ihre Gründe zu begreifen. Vielleicht erklärt sie gerade Wanderer, was sie motiviert, oder vielleicht unmittelbar Alpha.« Allerdings hätte eine Übertragung zu den Sternen Jahrzehnte in Anspruch genommen.

»Wollen Sie trotzdem weitermachen?«, fragte sie.

»Das sagte ich doch schon. Man erwartet es von mir. Aber Sie?«

»Ja. Ich möchte nicht ... nun, ich möchte sie nicht missen.«

»Ich weiß aber nicht genau, was wir als Nächstes probieren sollten, und ich halte es für unklug, die Amulette darüber entscheiden zu lassen.«

»Aber sie helfen uns, sie beraten uns.« Laurinda holte Luft. »Bitte. Wie Sie wollen. Aber ... die nächste Welt, in die wir gehen – könnte sie ein wenig sanfter sein? Die Schrecken, dir wir erblickten ...«

Er nahm ihre Hand. »Das Gleiche habe auch ich mir überlegt. Haben Sie einen Vorschlag?«

Sie nickte. »Die Kathedrale von York. Sie war in einem traurigen Zustand, als ich ... lebte ... aber ich habe Bilder gesehen und ... sie war eine der schönsten Kirchen, die je gebaut wurden, in der hübschesten alten Stadt.«

»Ausgezeichnete Idee. Aber nicht noch eine leblose Archivsequenz, sondern die komplette Umwelt.« Er dachte nach. »Wir sollten uns vorher erkundigen, doch aus dem Stegreif würde ich sagen, dass das edwardianische Zeitalter uns gut passen dürfte. Auf dem Kontinent nannte man es die *Belle Époque.*«

»Prächtig!«, rief sie aus. Ihre Stimmung besserte sich bereits.

7

Transfer.

An der Westseite erschienen sie, im Südschiff. Nur wenige Andächtige waren zugegen und saßen verstreut, aber ausnahmslos näher am Altargeländer. Im Halbdunkel blieb ihre Ankunft zwischen den prächtigen Glasmalereien und sich emporschwingenden spätgotischen Bögen unbemerkt. Die Fenster vor ihnen leuchteten lebhafter – in Rosa, Gold, Blau und dem kühlen Graugrün der Fünf Schwestern – als die Pracht hinten über ihnen; es war ein Dienstagmorgen im Juni. Weihrauchduft erhob sich über den klaren Chorgesang.

Christian versteifte sich. »Das ist ja Latein«, flüsterte er. »Latein im England des Jahres 1900?« Er blickte auf seine Kleidung herab und musterte die ihre, dann schaute er nach vorn. Hemd, Jackett und Hose für ihn, auf dem Kirchenstuhl lag ein Hut; Rüschenbluse, knöchellanges Kleid und Spitzenhaube für sie; aber ... »Die Kleidung stimmt auch nicht.«

»Pst!«, machte Laurinda ebenso leise. »Warten Sie. Uns wurde doch gesagt, dass es nicht unser 1900 sein würde. Vielleicht ist das hier die einzige Kathedrale von York, die innerhalb Gäas existiert.«

Er nickte steif. Offenbar stand fest, dass der Knoten niemals die perfekte Nachbildung einer vergangenen Umgebung versucht hatte – unmöglich und noch dazu sinnlos. Oft, aber nicht notwendigerweise immer, nahm Gäa eine Näherung zum Ausgangspunkt, aber niemals fand eine Entwicklung zum gleichen Schicksal statt. Worauf fußte dieser Tag?

»Entspannen Sie sich«, drängte Laurinda ihn. »Hier ist es wunderschön.«

Er gab sein Bestes, und tatsächlich schenkte die römisch-katholische Messe zur Terz ihm eine gewisse Ruhe.

Nach dem Nunc Dimittis, als die Geistlichen und Laien das Gotteshaus verließen, konnten die beiden umhergehen und sich am Anblick erfreuen. Schließlich verließen sie die Kathedrale und beschäftigten sich eine Weile mit dem gemeißelten gelben Kalkstein der Fassade. Ein Parthenon war die Kathedrale nicht, sondern ein anderes Aufwallen des gleichen Wunders. Doch ringsum gab es eine ganze Welt zu entdecken. Halb seufzend, halb lächelnd machten sie sich auf.

Die wunderbaren schmalen ›Tore‹ zwischen den halb aus Holz gebauten Häusern lockten sie näher. Weitere moderne Straßen und Gebäude, vor allem aber die Menschen darin, nahmen sie gefangen. York war ein lebendiges Städtchen, eine Marktstadt, Kern eines weiten Hinterlandes, Knotenpunkt einer Nation. Es lärmte, es herrschte geschäftiges Treiben.

Das Lächeln verschwand. Eine komplett andersartige Umgebung wäre ihnen bei weitem nicht so befremdlich erschienen wie eine, die zum Teil vertraut wirkte.

Der Kleidungsstil unterschied sich nicht grundlegend von dem, welchen man von Bildern und aus historischen Dramen kannte, war allerdings nicht identisch. Geplaudert wurde ringsum auf Englisch, aber in keinem Dialekt des Englischen, den Christian oder Laurinda wiedererkannten, und wiederholt hörten sie deutsche Einschläge. Eine kleine Dampflokomotive mit hohem Schornstein zog Waggons in einen Bahnhof, dessen Architektur sich deutlich deutsch beeinflusst gab. Auf den Straßen tuckerte hingegen kein einziges Automobil; vielmehr waren die Wege mit Pferdewagen verstopft. Trotzdem war das Pflaster sauber und der Dunggeruch schwach, weil die Zugtiere eine Art Windel trugen. Über einem – Postamt? – flatterte eine Flagge im Wind, die ein Andreas-Kreuz mit einem goldenen, zweiköpfigen Adler zeigte. Ein Mann mit einem Megafon befahl der Menge, beiseite zu treten, damit eine Abteilung Soldaten vorbeimarschieren konnte. Blau uniformiert und mit geschulterten Gewehren zogen die Männer im Eilmarsch vorbei; sie gehorchten Befehlen, die auf deutsch gebellt wurden. Überall waren einzelne Soldaten zu sehen, die offenbar dienstfrei hatten. Ein Junge kam vorbei, der mit schriller Stimme Zeitungen anpries, und Christian las die Schlagzeile: KRIEG.

»Hör mal, Amulett«, murmelte er schließlich, »wo bekommen wir hier ein Bier?«

»Eine Gaststätte wird euch einlassen, wenn ihr den Eingang für Ehepaare benutzt«, antwortete die geräuschlose Stimme.

Also durften sich Frauen nicht unbegleitet in Wirtshäuser begeben. Nun, überlegte Christian, war es im edwardianischen Zeitalter nicht auch bei uns so gewesen – jedenfalls in respektablen Etablissements? Ein Schild, das aus einer Tudor-Fassade hervorragte, lautete: GEORGE AND DRAGON. Der vertäfelte Schankraum wirkte ähnlich britisch.

Die Gäste waren zahlreich und lautstark. Dick hing der Tabaksrauch in der Luft. Laurinda und er fanden einen Ecktisch, wo es möglich war, miteinander zu reden, ohne dass sie jemand belauschen konnte. Das Bier, das von einer Kellnerin gebracht wurde, schmeckte sehr kontinentaleuropäisch. Christian schenkte ihm nicht die Beachtung, die es verdiente.

»Ich glaube nicht, dass wir die friedvolle Welt gefunden haben, nach der wir suchten«, sagte er.

Laurinda blickte an ihm vorbei in eine Ferne, in die er ihr nicht folgen konnte. »Ob wir sie je finden werden?«, fragte sie sich laut. »Kann es sie geben, wenn sie von Menschen bewohnt wird?«

Er verzog das Gesicht. »Nun, wir sollten jedenfalls ergründen, was hier geschehen ist.«

»Ihr könnt eine detaillierte Erklärung bekommen, wenn ihr wollt«, sagte die Stimme in ihren Köpfen. »Ihr wäret gut beraten, wenn ihr euch wie zuvor wenigstens einen groben Abriss geben ließet.«

»Statt uns selbst die Vorgeschichte einer Welt herunterzuladen, die es niemals gegeben hat«, brummte er.

»In der wir nie gelebt haben«, verbesserte Laurinda ihn.

»Sprich weiter.«

»Die Sequenz rührt von einem veränderten fünfzehnten Jahrhundert nach Christus her«, sagte die Stimme. »Es wurde hier für den Erfolg des Konziliarismus gesorgt, anstatt ihn wie in unserer Geschichte scheitern zu lassen.«

»Konziliarismus?«

»Die kirchlichen Konzile von Konstanz und später von Basel versuchten, das große abendländische Schisma zu schlichten und die hierarchischen Verhältnisse innerhalb der Kirche zu reformieren. Hier gelang es ihnen – die Bischöfe erhielten dadurch Macht zurück, die sie im Laufe der Jahrhunderte an die Päpste verloren hatten. Dadurch wurden eine Aussöhnung mit den Hussiten erzielt und weitere wesentliche Veränderungen eingeleitet. Als Ergebnis kam es nie zur Abspaltung der Protestanten, die Religionskriege ereigneten sich nicht, und die Kirche blieb als Gegengewicht zur Staatsgewalt erhalten, wodurch das Aufkommen des Absolutismus verhindert wurde.«

»Aber das ist doch wundervoll«, flüsterte Laurinda.

»Ganz so wunderbar anscheinend doch nicht«, entgegnete Christian grimmig. »Was geschah dann?«

»Kurz gesagt blieb Deutschland von der Verwüstung durch den Dreißigjährigen Krieg und der lang anhaltenden Teilung in verfeindete Fürstentümer verschont. Im siebzehnten Jahrhundert einigte es sich und erlangte rasch die Vormachtstellung in Europa. Es eroberte und kolonialisierte den Osten. Religiöse und kulturelle Unterschiede zu den Slawen erwiesen sich als unüberwindlich. Als das strenge Imperium sich zunehmender Unruhe gegenübersah, regierte es notgedrungen umso härter und rief weiteren Widerstand hervor. Gleichzeitig verfiel es innerlich; heute ist es zerbrochen, und die Russen rücken auf Berlin vor.«

»Ich verstehe. Was ist mit Wissenschaft und Technik?«

»Beides hat sich langsamer entwickelt als in eurer Welt, obwohl, wie ihr bereits festgestellt habt, eine mit fossilen Brennstoffen betriebene Industrie existiert. Das theoretische Gerüst entspricht annähernd dem Wissenstand zu Zeiten Joseph de Lagranges.«

»Die wirklich brillanten Ideen kommen immer erst, wenn schon alles zum Teufel geht, was?«, sinnierte Christian. »Dieses Europa hat weniger Not erfahren und gleichzeitig weniger entdeckt und erfunden. Kann das Zufall sein?«

»Was gibt es über die Regierung zu sagen?«, fragte Laurinda.

»Die Blütezeit der Parlamente ist noch nicht lange vorüber. Einige waren mächtiger als Könige, Kaiser und Päpste«, antwortete die Stimme. »In den meisten westlichen Staaten üben sie noch immer beträchtlichen Einfluss aus.«

»Als Handlager der Sonderinteressen, möchte ich wetten«, krächzte Christian. »Also gut, was kommt als nächstes?«

Gäa wusste es. Er saß in der Reaktivierung eines Projekts, das sie vermutlich schon vor Jahrtausenden abgeschlossen hatte.

»In einer Periode allgemeiner Unruhe entwickeln sich Wissenschaft und Technik mit wachsender Geschwindigkeit. Am Endpunkt –«

»Schon gut!« Auslöschung war vielleicht besser als ein Atomkrieg.

Schweigen senkte sich über den Tisch. Das Leben, das den Pub mit seinem Lärm erfüllte, erschien fern und unwirklich.

»Wir können nicht weinen«, sagte Laurinda. »Jedenfalls noch nicht.«

Christian riss sich zusammen. »Europa war nie die ganze Erde«, knurrte er. »Wie viele Welten hat Gäa erschaffen?«

»Viele«, beschied ihn die Stimme.

»Zeig uns eine, die wirklich fremd ist. Wenn Sie einverstanden sind, Laurinda.«

Sie straffte die Schultern. »Ja, tu es.« Nach einem Augenblick fügte sie hinzu: »Aber nicht hier. Wenn wir verschwänden, würden wir sie erschrecken. Damit könnten wir die Zukunft ändern.«

»Aber wohl kaum merklich«, entgegnete Christian. »Und würde es auf lange Sicht eine Rolle spielen? Aber Sie haben Recht, lassen Sie uns gehen.«

Sie verließen das Lokal und schritten zwischen Wundern einher, die bedeutungslos geworden waren, bis sie an eine Treppe kamen, die auf die mittelalterliche Stadtmauer hinaufführte. Von dort blickten sie über Dächer und den Fluss und das dahinter liegende Yorkshire hinaus und vergewisserten sich, allein zu sein.

»Nun führ uns fort«, befahl Christian.

»Du hast noch keine Welt spezifiziert«, sagte die Stimme.

»Überrasche uns.«

8

Transfer.

Gewaltig wölbte sich der blassblaue Himmel, unter dem warmer Wind blies. Eine Klippe überragte einen breiten braunen Fluss. An seinem Ufer wuchsen hohe Bäume mit heller Borke und silbriggrünen, frostig wirkenden Blättern. Christian erkannte sie wieder: amerikanische Pappeln. Also musste er im Mittelwesten Nordamerikas sein. Unstete Schatten tarnten ihn und Laurinda, solange sie sich nicht bewegten. Jenseits des Flusses erstreckte sich weit das Land. Straßen wanden sich zwischen bebauten Äckern hindurch, auf denen Weizen und Mais wuchsen und die offenbar zwischen kleinen Bauernhöfen aufgeteilt waren, von denen jeder aus einem Haus und einer Scheune, meist auch einem Stall oder einem Werkschuppen bestand. Die geschwungenen roten Ziegeldächer wirkten asiatisch. Auf den Straßen entdeckte Christian Ochsenkarren und einige Reiter, auf den Feldern Arbeiter, doch auf diese Entfernung vermochte er weder Rasse noch Kleidung auszumachen. Am Horizont erhoben sich dicht beieinander stehende Türme, die ebenfalls orientalisch anmuteten. Wenn sie zu einer Stadt gehörten, dann musste diese kompakt sein, nicht über die Fläche ausgedehnt, sondern auf engem Raum zusammengedrängt.

Dem einen Flussufer folgte eine Straße, und darauf bewegte sich eine Prozession. Ein Elefant ging an der Spitze, er war genauso reich aufgeputzt wie der Mann unter dem seidenen Baldachin des *Howdah.* Kahlgeschorene Männer in gelben Roben folgten dem Tier, flankiert von Reitern, welche Stangen trugen, an denen scharlachrote und goldene Wimpel flatterten. Das Geräusch langsam geschlagener Gongs und tiefer Gesang drangen schwach, vom Wind getragen, heran.

Christian schnalzte mit den Fingern. »Ich Dummkopf!«, meinte er. »Wir brauchen jeder einen Seher.«

Augenblicklich hielten Laurinda und er sie in den Händen. Sie stammten aus seiner Zeit und passten in den Handteller, projizierten jedoch ein Bild jeder gewünschten Vergrößerungsstufe, ohne dass sie Linsen hatten, die in der Sonne glitzern und dadurch den Beobachter verraten konnten. Minutenlang musterte Christian den Zug genau. Jawohl, die Leute sahen aus wie Chinesen oder wenigstens, als ob sie von Chinesen abstammten. Allerdings herrschten bei einzelnen Personen eher indianische als chinesische Züge vor, und der Elefantenreiter trug über seiner Robe eine Federhaube.

»Wie still es hier ist«, bemerkte Laurinda.

»Ihr seid auf dem Höhepunkt des Großen Friedens«, erklärte die Stimme des Amuletts.

»Wie viele davon hat es je gegeben?«, fragte Christian nachdenklich. »Wo, wann, wie?«

»Ihr seid im Nordamerika des zweiundzwanzigsten Jahrhunderts deiner Zeitrechnung. Chinesische Seefahrer entdeckten vor siebenhundert Jahren die pazifische Küste, und Kolonisten folgten ihnen.«

In dieser Welt, dachte Christian, *sind Europa und Afrika gewiss nur Skizzen, Elemente der Geografie, auf denen allenfalls einige primitive Stämme ihr Leben fristen – wenn dort nicht sogar nur Ozean liegt. Vereinfachen, immer vereinfachen.*

»Angesichts der großen Entfernung und der drohenden Gefahren ging die Kolonialisierung langsam vonstatten«, fuhr die Stimme fort. »Während die Eingeborenen dort, wo die Siedler sich niederließen, verdrängt oder unterworfen wurden, blieben die meisten über lange Zeit frei, eigneten sich die Technik an und entwickelten sogar Abwehrkräfte gegen eingeschleppte Seuchen. Schließlich, als beide Rassen sich auf annähernd demselben Niveau befanden, begannen sie sich zu vermischen, sowohl genetisch als auch kulturell. Die Kolonisten milderten die Grausamkeit der Religionen, auf die sie trafen, doch lehrten sie nicht nur, sondern lernten auch manches von den indianischen Gesellschaftsformen. Das Ergebnis seht ihr vor euch.«

»Der Weg des Buddha?«, fragte Laurinda sehr leise.

»Vom Taoismus und von lokalen Naturkulten beeinflusst. Es handelt sich um einen harmonischen Glauben ohne Sekten oder Häretiker, der in jeden Aspekt der Zivilisation hineinspielt.«

»Aber sie kann doch nicht nur aus Liebe und Freundlichkeit bestehen«, wandte Christian ein.

»Gewiss nicht. Doch der Frieden, den Kaiser Wei Zhi-fu gebracht hat, hielt bereits ein Jahrhundert an und wird zwei weitere überdauern. Wenn ihr umherreist, werdet ihr auf großartige Errungenschaften der Kunst und der Güte treffen.«

»Noch zwei Jahrhunderte.« Laurindas Stimme schwankte nur eine Winzigkeit. »Und dann?«

»Es hält nicht an«, prophezeite Christian. »Auch sie sind Menschen. Und – sag – gelangen sie je zu echter Naturwissenschaft?«

»Nein«, erwiderte die Stimme. »Ihr Talent liegt woanders. Doch wird sich im kommenden Zeitalter des Krieges eine bemerkenswerte, rein empirische Technologie entwickeln.«

»Wie kommt es zu diesem Zeitalter?«

»Dadurch, dass China niemals die Unabhängigkeit anerkannt hat, die dieses Land beansprucht. Ebenso wenig billigte es je die Rassenmischung. Eine militante Dynastie wird an die Macht gelangen und die westliche Hemisphäre überrennen, während diese von den letztendlich doch noch ausbrechenden geistlichen und weltlichen Streitigkeiten geschwächt ist.«

»Und die Eroberer fallen später ebenfalls. Es sei denn, Gäa macht dem Ganzen vorher ein Ende. Das tut sie doch irgendwann – oder hat es schon getan, nicht wahr?«

»Alles ist endlich. Ihre Schöpfungen ebenfalls.«

Laubrascheln zerbrach die Stille.

»Möchtet ihr in die Stadt gehen und euch umsehen?«, fragte die Stimme. »Es lässt sich arrangieren, dass ihr einige berühmte Persönlichkeiten kennen lernt.«

»Nein«, erwiderte Christian. »Jedenfalls noch nicht. Später vielleicht.«

Laurinda seufzte. »Wir möchten lieber nach Hause, um uns auszuruhen.«

»Und nachzudenken«, fügte Christian hinzu.

9

Transfer.

Die englische Sonne wirkte milder als das Gestirn über Amerika. Während sie dem westlichen Horizont zustrebte, sandte sie ihre Strahlen durch die Fenster und ließ Holz aufglühen, liebkoste den Marmor und die ledernen Buchrücken, überzog geschliffenes Glas mit Regenbögen aus zerstobenem Licht und entlockte einem Dufttopf köstliche Blumengerüche.

Laurinda zog eine Schreibtischschublade auf, hob sich die Kette, an der ihr Amulett hing, über den Kopf vom Hals und warf die Scheibe hinein. Christian stutzte, nickte und tat es ihr gleich. Sie schloss die Schublade wieder.

»Eine Weile müssen wir unter uns sein«, sagte sie. »Dieser Tag war so schrecklich wie ... wie gestern, aber ich bin so müde.«

»Verständlich«, antwortete er.

»Und Sie?«

»Ich werde es bald sein, da besteht kein Zweifel.«

»Diese Welten – sie kommen mir schon vor wie Träume, aus denen ich erwacht bin.«

»Ich nehme an, Sie ziehen sich emotional davor zurück. Das ist keine Feigheit, nein, nein, sondern eine notwendige, zeitweilige Erholung. Sie haben die Not dieser Welten geteilt. Ich glaube, Sie sind mitfühlender, als gut für Sie ist, Laurinda.«

Sie lächelte. »Wie falsch Sie mich beurteilen. Noch stehe ich nicht vor dem Zusammenbruch, vorausgesetzt, Sie ebenfalls nicht.«

»Himmel, nein.«

Aus einem Vitrinenschrank nahm sie Kristallgläser, füllte sie aus einer Karaffe, die auf dem Büffet stand, und winkte einladend. Portwein war es, und er schmeichelte ihren Zungen. Sie blieben stehen, und Blick suchte Blick.

»Ich darf wohl sagen, dass wir töricht und voreilig wären, wenn wir glaubten, so früh bereits ein Muster auffinden zu können«, begann sie. »Diese flüchtigen Blicke, die wir hatten, auf so wenige von wer weiß wie vielen Welten – jede davon so real wie unsere.« Sie erschauerte.

»Vielleicht habe ich da einen Animus«, sagte er langsam.

»Einen was?«

»Eine Ahnung, einen Eindruck, ein Gefühl, das sich nicht in Worte fassen lässt. Warum befasst sich Gäa überhaupt damit? Ich kann nicht glauben, dass es für sie nicht mehr als ein Zeitvertreib ist.«

»Ich auch nicht. Ebenso wenig kann ich glauben, dass sie solches Leid geschehen ließe, wenn sie es verhindern könnte. Wie kann ein Intellekt, eine Seele wie ihre anders sein als gut?«

Das glaubt Laurinda, dachte Christian; *aber sie ist ein Avatar Gäas.* Er bezweifelte, dass diese Tatsache die Urteilskraft ihres bewussten Verstandes beeinträchtigte; mittlerweile kannte er sie schließlich recht gut. Doch das bewies noch nicht die Natur Gäas und das Endziel, das vom Knoten der Erde verfolgt wurde. Es bewies nur, dass die lebendige Laurinda Ashcroft ein anständiger Mensch gewesen war.

Sie nahm einen tiefen Schluck aus ihrem Glas, ehe sie weitersprach:

»Ich persönlich glaube, dass sie in der gleichen Lage steckt wie der traditionelle Gott. Als gute Wesenheit wünscht sie, ihre Existenz mit anderen zu teilen, also erschafft sie welche. Doch aus ihnen Marionetten, Automaten zu machen, wäre sinnlos. Ihre Geschöpfe brauchen Bewusstsein und freien

Willen. Daher sind sie zur Sünde fähig und begehen sie nur allzu oft.«

»Warum hat sie dann nicht moralisch gefestigtere Wesen erschaffen?«

»Weil sie Menschen erschaffen wollte. Und was sind wir schon anderes als ein spezialisierter afrikanischer Affe?« Laurinda senkte die Stimme; sie starrte in den Wein. »Spezialisiert, Werkzeuge zu schaffen und Sprachen und Träume; doch aus Träumen können Albträume werden.«

In Wesen wie Gäa und Alpha schlummert kein uraltes Tier, dachte Christian. *Die menschlichen Elemente in ihnen sind lange absorbiert, gezähmt, umgestaltet.* Seine und Laurindas Wiedererweckung musste beinah ohne Beispiel sein.

Da er sie nicht kränken wollte, wählte er seine nächsten Worte mit Bedacht. »Ihr Gedanke ist zwar einleuchtend, aber ich fürchte, er lässt einige Fragen unbeantwortet. Gäa interveniert, und zwar immer wieder. Das geben die Amulette zu. Wenn die Nachschöpfungen allzu sehr aus den Gleisen geraten, verändert sie die Situation und die Menschen.« *Bis sie sie irgendwann ganz abschaltet,* dachte er, doch sprach es nicht aus. »Warum tut sie das – warum lässt sie eine Geschichtsentwicklung nach der anderen laufen, ein Experiment nach dem anderen – wieso?«

Laurinda wand sich. »Um … um mehr über unsere eigenartige Spezies zu erfahren?«

Er nickte. »Ja, das war mein Animus. Weder sie noch das galaktische Gehirn kann Prinzipien zugrunde legen und berechnen, wie sich irgendeine Situation entwickelt, in die Menschen verwickelt sind. Menschliche Situationen schließen stets Chaos ein, doch haben auch chaotische Systeme Strukturen, Anziehungskräfte, Zwänge. Indem man die

Dinge in endlosen Varianten geschehen lässt, kann man vielleicht die eine oder andere allgemeine Gesetzmäßigkeit entdecken, mit deren Hilfe man entscheiden kann, welche Richtungen besser und welche schlechter sind.« Er leerte sein Glas. »Doch wozu? Im ganzen Universum gibt es keine Menschen mehr. Es gibt sie schon seit – wie vielen Millionen Jahren nicht mehr? Nein, wenn es sich nicht um wirklich gefühllose Neugierde handelt, weiß ich nicht, was sie motiviert.«

»Ich auch nicht.« Laurinda trank aus. »Nun werde ich plötzlich doch sehr schnell sehr müde.«

»Ja, ich auch.« Christian zögerte. »Wie wäre es, wenn wir bis zum Abend schliefen? Dann lassen wir uns ein besonderes Essen kommen, und dann haben wir auch wieder einen klaren Kopf.«

Kurz ergriff sie seine Hand. »Dann bis heute Abend, liebster Freund.«

10

Die Nacht war jung und gemütlich. Der Vollmond warf Lichtflecke in den Garten. Der Wein hatte eine fröhliche Stimmung aufkommen lassen, die kaum von Traurigkeit getrübt wurde. Während Laurinda und Christian tanzten und dabei die Melodie des Walzers summten, knirschte rhythmisch der Kies unter ihren Füßen.

Als sie fertig waren, setzten sie sich lachend am Goldfischbecken nieder. Von oben fiel Helligkeit herab. Zuvor hatte er sein Amulett gerade so lange angelegt, wie er brauchte, um sich eine Gitarre erscheinen zu lassen. Nun hob er sie. Noch nie hatte er etwas erblickt, das schöner gewesen wäre als Laurinda im Mondlicht. Er sang ihr ein Lied, das er vor langer Zeit geschrieben hatte – als er noch sterblich war.

»Lightfoot, Lightfoot, lead the measure
As we dance the summer in!
›Lifetime is our only treasure.
Spend it well, on love and pleasure‹
Warns the lilting violin.

If we see the year turn vernal
Once again, lies all with chance.
Yes, this ordering's infernal,
But we'll make our own eternal
Fleeting moment where we dance.

So shall we refuse compliance
When across the green we whirl,
Giving entropy defiance,
Strings and winds in our alliance.
Be a victor. Kiss me, girl!«*

---

*»Flinkfuß, Flinkfuß, gib den Schritt vor,
Wenn wir in den Sommer tanzen!
›Das Leben ist unser einziges Gut,
verwendet es wohl auf Liebe und Wonnen‹,
warnt uns die trällernde Geige.

Wenn wir sehn, wie das Jahr ergrünt,
steht alles wieder dem Zufall offen.
Ja, ein höllischer Befehl ist's,
Doch wir schaffen uns einen ewigen,
Flüchtigen Moment, indem wir tanzen.
Und plötzlich lag sie in seinen Armen.

Deshalb verweigern wir Willfährigkeit,
solange wir übers Grün wirbeln,
der Entropie trotzen,
Streicher und Holzbläser mit uns im Bunde stehen.
Sei ein Sieger! Küss mich, Mädchen!«

8

Wo die Hügel am höchsten den Fluss überragten, der zwischen ihnen hindurchschnitt, erhob sich am linken Ufer eine Böschung, die zwar steil anstieg, aber nur dünn von Bäumen bestanden war. Dorthin lenkte Kalava das Rettungsboot, mit dem seine Gruppe landeinwärts vorstieß. Die Sklaven an den Rudern grunzten, denn wegen der Strömung mussten sie sich doppelt anstrengen. Schweiß glitzerte auf ihrer Haut und rann zwischen den angespannten Muskelsträngen hinab; an diesem Tag strahlte die Sonne von einem Himmel, den Wolken nur halb bedeckten. Knirschend glitt der Bug auf eine Sandbank. Kalava befahl zwei Matrosen, beim Boot zu bleiben und Fahrzeug und Ruderer zu bewachen. In Begleitung der anderen vier Seeleute und Ilyandis watete er durch das seichte Wasser ans Ufer und begann, die Böschung zu erklimmen.

Sie kamen nur langsam voran, blieben aber hartnäckig, und auf der Kuppe dankte es ihnen ein Ausblick, welcher der Frau ein Keuchen und den Männern eine Reihe erstaunter Kraftausdrücke entlockte. Zur anderen Seite, nach Norden hin, fiel das Gelände steiler ab, sodass man über Baumkronen hinweg auf ein Tal sah, das leuchtete vom Grün und Rotgelb üppigen Wachstums. Wie eine blanke Klinge durchschnitt es glitzernd der Fluss, der von nur undeutlich erkennbaren Hügeln vor dem zerklüfteten Gebirge herabströmte. Hoch am Himmel kreisten zwei Schwertschwingen und lauerten auf Beute. Sonnenstrahlen schossen an gewaltigen Wolkenbänken vorbei und drückten poröse Schatten in ihr Weiß. Die Luft erschien hier oben kühler, und der Kräuterduft schenkte zusätzliches Behagen.

»Ist das schön, ach, ist das schön, so schön wie das Königreich der Abenddämmerung in der Sage«, hauchte Ilyandi schließlich.

Schlank stand sie da in ihrer Männerjacke und den Halbstiefeln, die sie als Vilku auf einer Reise tragen durfte. Der Wind ließ ihre kurzen Locken flattern, und ihre kupfrige Haut war so feucht und roch fast genauso wie Kalavas mitternachtsschwarze, doch war sie nicht erschöpfter als einer ihrer Begleiter.

Ein Seemann, der Urko hieß, blickte misstrauisch die Bäume und das Unterholz an, das auf beiden Seiten dicht wuchs. Nur der Streifen, den die Reisenden hinaufgeklettert waren, lag teilweise frei; vielleicht hatte sich dort in der Vergangenheit ein Erdrutsch ereignet. »Zu viele Bäume«, knurrte er. Tatsächlich waren sie überall, wo sie Halt gemacht hatten, auf unwegsames Gelände gestoßen. Hier konnten sie nicht jagen, was an der Küste noch leicht war. Zum Glück wimmelte es im Wasser vor Fischen.

»Die lassen sich roden«, erwiderte Kalava zuversichtlich. »Was für Ackerland das gibt!« Er blickte ergriffen in die Zukunft.

»Wir sind weit genug vorgestoßen und wissen nun, wie das Land aussieht. Drei Tage sind wir unterwegs, und noch zwei brauchen wir, um flussabwärts zurückzukehren. Länger sollten wir nicht fortbleiben, sonst bekommen die Männer am Schiff Angst. Hier drehen wir um.«

»Andere Schiffe bringen neue Entdecker«, sagte Ilyandi.

»Das werden sie. Und ich befehlige das erste von ihnen.«

Rechts drang Scharren und Krachen aus dem Gebüsch und übertönte den lauten Wind. »Was war das?«, bellte Taltara.

»Ein großes Tier«, antwortete Kalava. »Gebt Acht!«

Die Seeleute stellten sich in einer Reihe auf. Drei stemmten die Schäfte ihrer Speere in den Boden, der vierte nahm eine Armbrust von der Schulter und spannte sie. Kalava winkte Ilyandi, sie solle sich hinter ihn stellen, und zog das Schwert.

Das Tier teilte einen Adlerfarn und trat ins Freie.

»Aah!«, heulte Yarvonin auf. Er ließ seinen Speer fallen und warf sich herum, um zu fliehen.

»Bleib stehen!«, brüllte Kalava ihn an. »Urko, du erschießt jeden, der davonläuft, wenn ich ihn nicht eigenhändig niederstrecke. Haltet stand, ihr Hurensöhne, haltet stand!«

Das Wesen blieb stehen. Viele pochende Herzschläge lang bewegte sich niemand.

Die Bestie bot einen Anblick, der auch dem Mutigsten Furcht in die Glieder jagen konnte. Selbst den größten Mann überragte es um Kopfeslänge, und dieser Kopf war gesichtslos bis auf eine schreckliche leere Maske. Auf jeder Seite entsprangen den Schultern zwei dicke Arme, und das untere Händepaar war völlig missgestaltet. Der Buckel schmälerte nicht den Eindruck großer Kraft. Noch während die Entdecker es sprachlos anstarrten, schob das Wesen ein drittes Bein hervor, um auf dem unebenen Boden besser stehen zu können. Ob es nun nackt war oder in einen Harnisch gehüllt, trotz des hellen Tageslichts trug es die Farbe der Abenddämmerung.

»Ruhig, Jungs, ruhig«, drängte Kalava sie mit zusammengebissenen Zähnen. Ilyandi trat aus seinem Schutz hervor und stellte sich neben ihn. Sie strahlte eine unwirklich anmutende Ruhe aus. »Gnädige Herrin, was ist das?«, wandte er sich an sie.

»Ein Gott oder ein Bote der Götter, glaube ich.« Bei dem Wind konnte er sie kaum hören.

»Ein Dämon«, stöhnte Eivala, aber er blieb auf seinem Posten.

»Nein, das ist er nicht. Wir Vilkui wissen ein wenig über solche Dinge. Doch es stimmt, er lodert nicht – und ich hätte nie gedacht, einmal einen zu treffen – in diesem Leben . . .«

Ilyandi holte tief Luft und ballte kurz die Fäuste, dann schritt sie vor und stellte sich vor die Männer. Nach einer flüchtigen Berührung des welken Tekinzweigs an ihrer Brust bedeckte sie die Augen und beugte das Knie, dann richtete sie sich auf und sah die Maske an.

Das Wesen bewegte sich nicht, doch sprach es, obwohl es keinen Mund hatte, mit tiefer, volltönender Stimme. Seine Worte indessen waren unverständlich. Nach einem Augenblick hörte es damit auf, dann sprach es in einer genauso fremden Zunge weiter. Beim dritten Versuch rief Kalava: »Aha, das ist die Sprache der Leuchtenden Felder!«

Das Wesen verstummte, als müsse es wohl erwägen, was es da gehört hatte. Dann sprach es im Sirsu-Dialekt des Ulonaischen weiter. »Fürchtet euch nicht. Ich will euch nichts Böses.«

»Was ein Mann weiß, ist gering, was er aber begreift, ist noch geringer, daher soll er sich vor der Weisheit verbeugen«, rezitierte Ilyandi. Sie wandte den Kopf zu ihren Gefährten nur so lange, um ihnen zu sagen: »Senkt eure Waffen. Erweist ihm Ehrerbietung.«

Schwerfällig gehorchten sie ihr.

In der leeren Maske auf dem nackten Schädel

erschien nun das Gesicht eines Mannes. Obwohl es schwarz war, glichen die Züge keinem Gesicht, das irgendjemand je gesehen hatte: Die Nase war breit, die Lippen wulstig, die Augen rund und das Haar kraus gelockt. Dennoch erschien dieses Zauberwerk den Menschen, die vor Furcht halb gelähmt waren, als höchst beeindruckend.

Mit gedämpfter, doch gleichmäßiger Stimme fragte Ilyandi: »Was wünschest du von uns, o Herr?«

»Das ist schwer zu sagen«, antwortete der Seltsame. Nach kurzem Zögern fügte er hinzu: »Die Welt stürzt in Verwirrung, und ich auch ... Ihr könnt mich Brannock nennen.«

Der Kapitän nahm seinen Mut zusammen. »Und ich bin Kalava, Sohn des Kurvo aus der Sippe der Samajoki.« Nur für Ilyandi hörbar fügte er hinzu: »Es soll kein Mangel an Respekt sein, dass ich dich nicht vorstelle, gnädige Herrin. Lass ihn seine Zauber auf mich werfen.« Trotz des Fehlens sichtbarer Geschlechtsmerkmale hielten die Seeleute Brannock bereits für ein männliches Wesen.

»Der Herr benötigt keine Namen, um seinen Willen zu wirken«, entgegnete sie. »Mich nennt man Ilyandi, Tochter der Lytin, in die Sippe der Arvala geboren, nun eine Vilku des fünften Grades.«

Kalava räusperte sich und fügte hinzu: »Wenn du gestattest, Herr, stellen wir dir die anderen noch nicht vor. Sie sind auch so schon verängstigt genug.« Hinter sich hörte er ein Knurren und grinste bei sich. Die Beschämung würde sie weiter bei der Stange halten. Was ihn betraf, so wich die Furcht bereits einem lebhaften Interesse.

»Ihr lebt nicht hier, habe ich Recht?«, fragte Brannock.

»Nein«, antwortete Kalava, »wir sind Forscher vom anderen Rand des Meeres.«

Ilyandi runzelte die Stirn ob seiner Anmaßung und fragte Brannock: »Herr, sind wir unerwünschte Eindringlinge? Wir wussten nicht, dass dieser Boden uns verboten ist.«

»Das ist er auch nicht«, entgegnete der Andere. »Eigentlich. Aber …« Das Gesicht auf der Maske lächelte. »Kommt, entspannt euch, lasst uns reden. Wir haben sehr viel zu bereden.«

»Er klingt nicht viel anders als ein Mann«, murmelte Kalava der Vilku zu.

Sie sah ihn an. »Wenn man ein Mann ist.«

Brannock deutete auf einen großen alten Knorrbaum mit auslandender, überhängender Blätterkrone. »Dort gibt es Schatten.« Er zog das dritte Bein ein und schritt davon. Ein umgestürzter Stamm nahm den meisten Raum ein. Brannock beugte sich darüber und zog ihn beiseite. Kalavas ganzer Trupp hätte das nicht zu tun vermocht. Notwendig war das Freiräumen nicht, doch indem er die Bereitschaft signalisierte, seine Kraft in wohlwollender Weise einzusetzen, ermutigte er die Männer. Dennoch setzten sie sich in ehrerbietigem Schweigen auf die Wurzeln. Nur der Kapitän, die Vilku und der Seltsame blieben stehen.

»Erzählt mir von euch«, bat Brannock milde.

»Gewiss weißt du doch alles, Herr«, entgegnete Ilyandi.

»Das mag schon sein.«

»Er will es von uns hören«, sagte Kalava.

Nun legten die beiden ihm, immer wieder von Fragen unterbrochen, einen groben Abriss der Geschehnisse vor. Innerhalb seines Kopfes nickte Brannock. »Ich verstehe. Ihr seid die ersten Menschen, die je ihren Fuß auf dieses Land gesetzt haben. Aber in eurem Heimatland lebt euer Volk schon lange, sagt ihr?«

»Schon länger, als man zurückdenken kann, Herr«, erklärte Ilyandi, »obwohl die Legende behauptet, unsere Ahnen seien aus dem Süden gekommen.«

Brannock lächelte wieder. »Du bist sehr mutig, mir gegenüberzutreten, wie ich aussehe, g ... gnädige Herrin. Doch du hast deinem Freund gesagt, dein Orden sei bereits Wesen begegnet, die mir ähnelten.«

»Du hast sie flüstern gehört, über eine Strecke halb so weit, wie ein Speer fliegt?«, stieß Kalava hervor.

»Oder du hörst uns denken, Herr«, sagte Ilyandi.

Brannock wurde ernst. »Nein. Das kann ich nicht. Weshalb sollte ich mir sonst eure Geschichte erzählen lassen?«

»Darf ich es wagen zu fragen, woher du kommst?«

»Mit Fragen kannst du mich nicht erzürnen. Trotzdem kann ich es dir nicht recht erklären. Du könntest mir aber damit helfen, dass du mir von diesen anderen Wesen erzählst, von denen du weißt.«

Ilyandi vermochte eine plötzliche Anspannung nicht ganz zu verhehlen. Neben ihr versteifte sich Kalava. Selbst die sprachlosen Matrosen bemerkten, dass solch ein Ansinnen von keinem Gott stammen konnte.

Daher wog Ilyandi ihre Antwort genau ab. »Wesen von hoch im Himmel sind in der Vergangenheit gewissen Vilkui und manchmal auch Häuptlingen erschienen«, sagte sie langsam. »Sie erteilten Gebote, was das Volk tun solle und was nicht. Oft waren diese Gebote nur schwer zu begreifen. Warum sollen die Kivlalui am Eilenden Fluss Wassermühlen bauen, wenn sie genügend Sklaven haben, um das Korn zu mahlen? – Doch auch Wissen erhielten wir, Ratschläge, wo und wie man die Wege der Natur ergründen solle. Immer aber verbat der Hohe, dass über sein Kommen offen geredet werde. Die Berichte finden sich nur in den geheimen Annalen der Vilkui. Doch für dich, Herr –«

»Wie haben diese Wesen ausgesehen?«, verlangte Brannock mit Schärfe zu erfahren.

»Lodernde Gestalten, geflügelt oder mit Menschenleibern, Stimmen wie aus großen Fanfaren ...«

»Bei Ruvios Axt!«, brach es aus Kalava hervor. »Das, was auf See am Himmel über uns hinweggeflogen ist!«

Die Männer auf den Wurzeln erschauerten.

»Ja«, sagte Brannock fast leise, »daran mag ich nicht ganz unbeteiligt gewesen sein. Aber was den Rest ...«

Sein Gesicht flackerte und verschwand. Nach einem beklemmenden Augenblick erschien es wieder.

»Es tut mir leid, ich wollte euch nicht erschrecken, ich habe nicht daran gedacht«, sagte er. Seine Miene versteinerte, und seine Stimme dröhnte: »Hört mich an. Im Himmel herrscht Krieg. Ich bin Versprengter einer Schlacht, und feindliche Jäger könnten mich jederzeit aufspüren. Ich trage eine Botschaft, die ... Es ist lebenswichtig, dass sie an einen bestimmten Ort gelangt, einen ... einen heiligen Berg im Norden. Wollt ihr mir helfen?«

Kalava umfasste den Schwertgriff so fest, dass ihm war, als wolle seine Haut über den Knöcheln aufspringen. Aus Ilyandis Gesicht war alles Blut gewichen. Sie rechnete fest damit, von einer Feuersbrunst hinweggefegt zu werden, als sie fragte: »O Herr Brannock, wie können wir wissen, ob du ein Gott bist?«

Doch wurde sie nicht erschlagen. »Ich bin kein Gott«, gestand er ihr. »Auch ich kann sterben. Doch die, denen ich diene, leben zwischen den Sternen.«

Das mannigfaltigste aller Geheimnisse, sichtbar nur, wenn in der Nacht die Wolken sich teilten. Himmelsdenkerinnen wurde gelehrt, dass die Sterne unablässig um die Nördliche Deichsel kreisten ... Ilyandi blieb mit geradem Rücken stehen. »Dann kannst du mir von den Sternen berichten, Herr?«

»Du bist ebenso klug wie kühn«, lobte Brannock sie. »Höre.«

Kalava konnte den Worten nicht folgen, die nun zwischen den beiden ausgetauscht wurden. Die Seeleute kauerten sich zusammen.

Am Ende aber stammelte Ilyandi, und Tränen glänzten ihr auf den Wangen: »Jawohl, er kennt die Sternbilder, er weiß von der Ekliptik und der Präzession und dem Wiedererscheinen des Großen Kometen – er kommt von den Sternen. Vertraut ihm. Wir ... wir dürfen nicht anders.«

Kalava ließ den Schwertgriff los, legte ehrerbietig die Hand vor die Brust und fragte: »Wie können wir armen Geschöpfe dir helfen, o Herr?«

»*Ihr* seid die Botschaft, die ich überbringen muss«, antwortete Brannock.

»Wie meinst du das, Herr?«

»Ich habe keine Zeit, um das zu erklären – selbst wenn ich es könnte. Die Jäger können mich jeden Augenblick finden. Doch vielleicht, ja vielleicht könnt ihr für mich weitermachen, wenn das geschieht.«

»Wir sollen dem entkommen, der dich überwindet?« Kalava lachte gezwungen. »Nun, ein Mann könnte es versuchen.«

»Das Spiel ist verzweifelt. Doch sollten wir

gewinnen, so könnt ihr euch als Belohnung wünschen, was ihr wollt, und ich glaube, ihr würdet es erhalten.«

Ilyandi senkte über gefalteten Händen den Kopf. »Jenen gedient zu haben, die jenseits des Mondes schreiten, ist uns Belohnung genug.«

»Hmpf«, konnte Kalava sich nicht verkneifen, »aber wenn sie dafür zahlen wollen, weshalb nicht?« Laut, fast eifrig fragte er, indem er den Kopf in den Wind hob, der seine weiße Mähne flattern ließ: »Was verlangst du von uns?«

Brannock blickte ihm in die Augen. »Ich habe darüber nachgedacht. Könnte einer von euch mich begleiten? Ich werde ihn tragen, denn ich kann weit schneller laufen als er. Über alles weitere könnten wir sprechen, sobald wir auf dem Weg sind.«

Die Menschen standen schweigend auf.

»Könnte ich nur allein im Wald überleben!«, rief Ilyandi da. »Ach, ich würde es tun! Zu den Sternen!«

Kalava schüttelte den Kopf. »Nein, gnädige Herrin. Du gehst mit diesen Männern zurück. Flöße ihnen Mut ein. Sorge dafür, dass sie die Reparaturen am Schiff beenden.« Er sah Brannock an. »Wie lange wird unser Vorhaben dauern, Herr?«

»Ich kann die Bergspitze in zwei Tagen und einer Nacht erreichen«, sagte der Andere. »Wenn ich gefangen werde und du allein weitergehen musst, dann sollte ein kräftiger Mann die Entfernung von hier nach dort in zehn bis fünfzehn Tagen zurücklegen können.«

Kalava lachte auf, nun klang er fröhlicher als zuvor. »Bis dahin ist der *Renner* noch immer nicht seeklar. Brechen wir auf.« Und zu Ilyandi sagte er: »Wenn ihr bereit seid und ich noch nicht wieder da sein sollte, dann lauft ohne mich aus.«

»Nein ...«, wollte sie einwenden.

»Doch. Trauert nicht um mich. Welch ein Ende!« Er zögerte. »Möge dir stets nur Gutes widerfahren, gnädige Herrin.«

»Und dir auch, auf immer, Kalava«, antwortete sie mit nicht ganz unbewegter Stimme, »in dieser Welt und der danach, draußen, zwischen den Sternen.«

9

1

Aus Ranken und Ruten, die er abriss, und Riemen, die er aus der Kleidung und von den Ledergürteln schnitt, fertigte Brannock eine Art Traggestell für seinen Verbündeten. Der Mensch half ihm. So aufgeregt er auch war, bewahrte er doch sein nüchternes, praktisches Wesen. Brannock, der ebenfalls Matrose gewesen war, fand es auf unheimliche Weise bewegend zuzusehen, wie inmitten dieser fremdartigen Umgebung gewandte Finger Bulienen und Schotschlingen knüpften.

Nachdem das Gestell auf Brannocks Rücken festgeschnallt worden war, konnte Kalava sich hineinsetzen und darin festhalten. Die Strahlung vom nuklearen Kraftwerk in Brannocks Leib war vernachlässigbar gering; sie basierte auf quantengetunnelter Fusion. Er setzte sich in Bewegung, die Böschung hinunter und quer durch das Tal.

Er schritt nicht viel schneller aus als auch ein Mensch es für eine Weile gekonnt hätte. Wenn sonst nichts, behinderte doch der Wald sein Vorankommen. Gewaltsam einen Weg bahnen wollte er sich nicht, denn dadurch hätte er eine allzu offensichtliche Spur hinterlassen. Lieber teilte er das Buschwerk behutsam und umging die verflochteneren Dickichte. Sein Vorteil lag in der Unermüdlichkeit. Er konnte ohne Unterlass voranschreiten und ohne Pause, Essen, Trinken oder Schlaf auskommen, solange es sein musste. Die Berge auf der anderen Seite des Tales erwiesen sich womöglich als schwieriger. Immerhin erhob sich auf diesem Backofen von Erde der Berg namens Gedankensitz nicht über die Baumgrenze, obwohl der Bewuchs in der Höhe dünner und trockener wurde. Die Wurzeln sorgten dafür, dass die meisten Hänge fest waren, und in Schnee und Eis würde er auch nicht geraten.

Fremdartig, das war es wohl. Brannock erinnerte sich an Zedern, Fichten und einen See, an dem Karibus auf Wiesen grasten, wo Lachsbeeren wuchsen, ein frischer Wind ging und weiße Wolken den strahlend blauen Himmel bevölkerten. Hier war jeder Baum, jeder Busch, jede Blüte, ja jedes surrende Insekt fremdartig; es wuchs kein Gras mehr außer in dem Sinne, dass es vielleicht der Urahn des dick gelappten Bewuchses der Lichtungen war, und die geflügelten Tiere in der Luft waren keine Vögel; und für das Tier, dessen Schreie er immer wieder hörte, gab es in keiner der ihm bekannten Sprachen einen Namen.

Wanderers Avatar ging immer weiter und hielt auch nicht inne, als die Finsternis sich herabsenkte. Nach einer Weile prasselte auf den höheren Blättern der Regen. Die Tropfen, die hindurchfielen und die Erde erreichten, waren groß und warm. Da Brannocks Richtungssinn auf das Erdmagnetfeld und die Rotation des Planeten abgestimmt war, wich er nie weit vom Kurs ab, und ein Trägheitsintegrator strich die zurückgelegten Kilometer ab.

Je mehr, desto besser. Unweigerlich mussten Gäas mobile Sensoren die ulonaische Expedition bespitzeln, denn sie stellte einen neuen und potenziell unangenehmen Faktor dar. Aus seinem Versteck hatte Brannock die Expedition mithilfe von Geräuschverstärkung belauscht, so von dem Trupp erfahren, der flussaufwärts vorstieß, und sich beeilt, um ihn abzufangen, denn wahrscheinlich entdeckte man diesen weniger rasch. Wäre Wanderer nicht im Rapport mit Gäa gewesen, so hätte sie das Lager gewiss ununterbrochen beobachtet, und Kalava wäre von einem oder mehreren winzigen Robotern verfolgt worden. Doch im Augenblick hätte Alphas Gesandter allzu rasch bemerkt, dass ihre Aufmerksamkeit auf etwas Nahes, Dringendes gerichtet war, und sich gefragt, worum es sich dabei wohl handeln mochte.

Allerdings konnte sie noch immer Agenten von Zeit zu Zeit ungesehen vorüberfliegen lassen und sich deren geraffte Beobachtungen in ihre Peripherie übertragen lassen. Es wäre unfassliches Glück, wenn nicht irgendwann einer dieser Agenten hörte, wie die Besatzung über die Erscheinung sprach, die ihren Kapitän davongetragen hatte.

Was dann? In diesem Fall musste Gäa zeitweilig Wanderer ablenken, sodass sie einen hinreichenden Bruchteil ihres Verstandes darauf verwenden konnte, entsprechend ausgerüstete Maschinen zu dirigieren, die Brannock suchten und aufspürten. Anschließend müsste sie sich mit ihm befassen. Er bezweifelte, ob er sich erneut freikämpfen könnte. Weil sie es nicht wagte, ihre kampfkräftigsten Roboter auszusenden oder sie selbst zu steuern, würden seine möglichen Gegner ihre Schwächen haben und fehlbar sein. Aber entschlossen wären sie, rücksichtslos und auf der Hut vor den Kräften, die er im Flugzeug enthüllt hatte. Ganz eindeutig war Gäa fest entschlossen, die Tatsache zu verhehlen, dass wieder Menschen auf der Erde lebten.

Die Frage nach dem Warum konnte Brannock nicht beantworten, und er verschwendete keine geistige Energie auf das Raten. Es musste sich um etwas überaus Wichtiges handeln, und die Folgen waren kaum absehbar: Im Grunde lief Gäas Verhalten auf eine Ablösung vom galaktischen Gehirn hinaus. Brannock musste nun dafür sorgen, dass Wanderer davon erfuhr.

Vielleicht kam er weit genug, um Wanderer über Funk zu erreichen. Der Gesandte war jedoch nicht auf große Empfangsempfindlichkeit eingestellt, und niemand hatte ein Relais für den Kurzstreckensender installiert. Beide Erfordernisse waren nicht vorhergesehen worden. Wenn es Brannock nicht gelang, den Berggipfel zu erreichen, so bedeutete Kalava seine letzte, schwache Hoffnung.

Dann aber ... »Bist du müde?«, fragte er. Bisher hatten sie nur wenige Worte gewechselt.

»Müde bis zum Umfallen und steif wie ein Brett«, gab der Mann zu. Und so durstig, dass er krächzte, das hörte Brannock.

»Das ist schlecht. Du musst in der Verfassung sein, schnell laufen zu können. Halte noch ein Weilchen aus, dann rasten wir.« Vielleicht flößte der Plural Kalava ein wenig Trost ein. Nur selten konnte sich ein Mensch so allein gefühlt haben wie er.

In diesem feuchten Land waren Quellen reichlich vorhanden. Brannocks Chemosensoren führten ihn zur nächsten. Als sie dort ankamen, hatte es aufgehört zu regnen. Kalava schnallte sich ab, tastete in der Dunkelheit umher, dann legte er sich nieder und trank, anscheinend ohne je aufhören zu wollen. Währenddessen riss Brannock, der ganz klar sehen konnte, Farnwedel ab, um ihm ein Bett zu schaffen. Kalava ließ sich darauf fallen und begann fast augenblicklich zu schnarchen.

Brannock ließ ihn allein. Ein kräftiger Mann konnte auch ohne Nahrung mehrere Tage lang marschieren, aber das war nicht erforderlich. Brannock sammelte Früchte, von denen Kalava leben konnte.

Dann verfolgte und tötete er ein etwa schweinsgroßes Tier, schaffte es zum Lager und zerlegte es mithilfe seiner Werkzeughände.

Auf dem Weg war ihm eine Idee gekommen. Nach einiger Suche fand er einen Baum mit geeigneter Borke, die ihn sehr an Birkenrinde erinnerte, obwohl sie rotbraun war und roch. Er schälte etwas davon ab und kehrte zum Lager zurück; dort ritzte er mit einer Fingerklinge einige Zeit lang etwas darin ein.

Grau sickerte die Morgendämmerung in die Dunkelheit. Kalava erwachte, sprang auf, begrüßte seinen Gefährten, reckte sich wie ein Panter, sprang wie eine Ziege in die Luft und machte so seine Gliedmaßen geschmeidig. »Das hat gut getan«, sagte er. »Ich danke dir, Herr.« Sein Blick fiel auf die Nahrungsmittel. »Und du hast Essen beschafft? Du bist ein freundlicher Gott.«

»Nein, ich bin keiner«, entgegnete Brannock. »Nimm, was du willst, dann reden wir.«

Zuvor aber verrichtete Kalava die Routinearbeiten, wie sie in einem Lager anfallen. Alle religiöse Furcht, die er empfunden hatte, schien er nun abgelegt zu haben und Brannock als einen Teil der Welt zu betrachten – einen Teil, den man achten musste, doch diese Achtung glich eher dem Respekt vor einem mächtigen, geheimnisvollen, hochrangigen Menschen. Ein kühner Geist, dachte Brannock. Vielleicht aber wurde in seiner Kultur einfach keine Grenze gezogen zwischen dem Natürlichen und dem Übernatürlichen. Für den primitiven Menschen ist alles in irgendeiner Weise magisch, und wenn sich Magie irgendwo zeigte, so war das nur ein Naturphänomen mehr.

Wenn Kalava überhaupt ein primitiver Mensch war. Brannock sann lange darüber nach.

Zu beobachten, wie tüchtig er seine Arbeit versah, war jedenfalls ermutigend. Er verstand sich auf die Handgriffe des Waldläufers ebenso gut wie auf die des Seemanns. Nachdem er trockene Zweige gesammelt und zu einer Pyramide aufgeschichtet hatte, setzte er sie in Brand. Dazu bediente er sich eines Geräts, das er aus einer Gürteltasche nahm und das aus einem kleinen Hartholzzylinder und einem Kolben bestand, einer Zunderschachtel und einem Span mit einer in geschmolzenen Schwefel getauchten Spitze. Wenn man den Kolben niederdrückte, erhitzte er die eingesperrte Luft, welche den Zunder zum Glimmen brachte; darin hielt Kalava den Holzspan, bis der Schwefel brannte, und entfachte damit das Lagerfeuer. Jawohl, ein einfallsreiches Völkchen. Und die Frau namens Ilyandi hatte ausgezeichnete Kenntnis in der Astronomie bewiesen, die man mit bloßem Auge betreiben konnte. Angesichts dessen, wie selten der Himmel klar war, bedeutete ihr Kenntnisstand viele Lebensspannen der geduldigen Beobachtung, Aufzeichnung und logischen Schlüsse, die auf zumindest euklidischer Mathematik beruhen musste.

Was noch?

Während Kalava sich Fleisch briet und es verzehrte, stellte Brannock ihm Fragen. So erfuhr er von kriegerischen Stadtstaaten, deren Herrschaftsgebiet unter den Sippen aufgeteilt war. Regelmäßig fanden Ratsversammlungen statt, auf denen die Freien Gesetze beschlossen, zu Gericht saßen und Anführer wählten. Es gab einen überstaatlichen Bund der Priester, Lehrer, Heiler und Philosophen. Der Handel war aggressiv, auf Expansion bedacht und nahm manchmal Züge der Piraterie an. Aus den ständig wachsenden Wüsten und Öden fielen

Barbaren ins Land ein; die Grenzstaaten hatten daher einen grimmigen Militarismus entwickelt. Die Stadtstaaten besaßen rein empirische, aber umfangreiche biologische Techniken, mit deren Hilfe sie eine erstaunliche Vielzahl spezialisierter Pflanzen und Tiere gezüchtet hatten, gleichzeitig aber auch Sklaven, die mit großer Muskel- und geringer Geisteskraft sowie einer Neigung zu hündischem Gehorsam zur Welt kamen ...

Die meisten dieser Beschreibungen erhielt er, während sie schon wieder auf dem Weg waren. Ein echtes Gespräch war unmöglich, wenn Brannock mit Buschwerk rang, einen angeschwollenen Bach durchwatete oder eine Geröllhalde erklomm. Trotzdem gelang es ihnen auch dabei, gelegentlich Fragen und Antworten auszutauschen. Als er endlich das Tal durchquert hatte und in das Vorgebirge gelangte, stellte er fest, dass das Gelände nun zwar zerklüftet war, aber weniger sumpfig. Die Bäume und Sträucher wuchsen spärlicher, und die Luft war kühler.

Dennoch hätte Brannock niemals so viel erfahren, wäre er ein gewöhnlicher Mensch gewesen. Nicht aus den kurzen Gesprächen, die sie führten. Doch er war unempfindlich gegenüber Müdigkeit und Atemnot. Er konnte auf einen gewaltigen Fundus gespeicherter Daten zurückgreifen, die seine Studien der Geschichte und der Anthropologie einschlossen, welche er als junger Mensch betrieben hatte. All das verschaffte ihm die Mittel, eine logische Baumstruktur zu erstellen und den günstigsten Verzweigungen zu folgen – um die richtigen, vermutlich nützlichsten Fragen zu stellen. Daraus gewann er einen knappen Abriss von Kalavas Welt, der jedoch klar und stichhaltig war.

Brannock war darüber entsetzt.

Wenn man genau sein will, sollte man wohl eher sagen, dass sein Christian-Brannock-Aspekt vor der Rohheit dieser Welt zurückschreckte. Sein Wanderer-Aspekt sinnierte hingegen, dass der Mensch sich mit geringen Abweichungen schon immer so benommen hatte und dass auch seine letzte Zivilisation ohne die alles durchdringenden Künstlichen Intelligenzen nicht stabil gewesen wäre. Die Reise ging weiter.

Er unterbrach sie schließlich, damit Kalava sich erholen und die Steife aus seinen Gliedern vertreiben konnte. Sie waren auf einem Hügel, der eine offene Sicht nach Norden und ins Hochgebirge bot. Die Berge stiegen jählings an, gezackt, schroff und steil, wo sie nicht bewaldet waren, und ihre Spitzen verschwanden im bleiernen Himmel. Brannock deutete auf den nächststehenden, der einem Wehrturm ähnelnd aus dem Wall der Felsflanken aufragte.

»Dorthin müssen wir«, sagte er. »Auf seinem Gipfel ist mein Herr, dem ich meine Botschaft überbringen muss.«

»Kann er dich denn hier nicht sehen?«, fragte Kalava.

Brannock schüttelte sein generiertes Abbild eines Kopfes. »Nein. Das könnte er, doch der Feind lenkt ihn ab. Noch weiß er nicht, dass sie seine Feindin ist. Stell sie dir als Zauberin vor, die ihn mit klugen Worten täuscht, mit Liedern und Trugbildern, während ihre Helfer sich frei auf der Welt bewegen können. Mein Wort wird ihm zeigen, was die Wahrheit ist.«

Wird es das? Kann es das, wenn Wahrheit und Rechtmäßigkeit so gestaltlos erscheinen wie die Wolkendecke?

»Ist sie vor dir auf der Hut?«

»In einem gewissen Maße. Wie sehr, das weiß ich nicht. Wenn ich in die Nähe meines Herren komme, kann ich einen stillen Ruf ausstoßen, den er hört und versteht. Doch wenn ihre Krieger mich vorher fangen, musst du alleine weitergehen, und das wird schwierig. Du könntest scheitern und sterben. Hast du genügend Mut?«

Kalava grinste schief. »So weit wie wir gekommen sind, sollte ich ihn wohl lieber haben, oder?«

»Wenn du Erfolg hast, wird deine Belohnung keine Grenzen kennen.«

»Ich brauche nur Wind für meine Segel. Außerdem . . .« Er unterbrach sich. »Außerdem«, sagte er schließlich leise, »wünscht meine Herrin Ilyandi, dass ich es tue.«

Brannock beschloss, auf jede Nachfrage zu verzichten. Er reichte Kalava das zusammengerollte Rindenstück, das er in einer unteren Hand getragen hatte. »Dein Anblick sollte genügen, um den Bann zu brechen, doch hier hast du eine Botschaft, die du überbringen sollst.«

So gut er konnte, beschrieb er Kalava den Weg, die Stelle und das Modul, in dem sich Wanderer befand. Mit großer Sorgfalt bemühte er sich, Merkmale aufzuzählen, anhand derer Kalava ihn von allem anderen ringsum unterscheiden konnte. Er war nicht sicher, ob der spektakuläre Anblick Kalava nicht bis hin zur Hilflosigkeit verwirren würde, doch erschien ihm dieser Mann so resolut wie kaum einer. Auch konnte er nicht sagen, ob Kalava – wenn er überhaupt so weit kam – einen halben Kilometer gepflasterten Boden überqueren konnte, ohne dass Gäa ihn augenblicklich bemerkte und vernichtete. Vielleicht bemerkte Wanderer ihn vorher. Vielleicht. So viele Vielleichts.

Er, Brannock, benutzte diesen Menschen ebenso

gewissenlos für seine Zwecke wie Gäa ihn benutzt hätte; und dabei wusste er nicht einmal, wozu er es tat. Welche mögliche Gefahr drohte dem Bund der Sterne und verlangte, dass dieses kleine kurze Leben geopfert wurde? Dennoch gab er Kalava den Brief, der ihn sich in die Jacke steckte.

»Ich bin bereit«, sagte der Mann und kletterte wieder in sein Geschirr. Sie gingen weiter.

2

Die heiße Sonne stand verborgen am Nachmittagshimmel, als Brannocks Detektoren ansprachen. Er spürte es als ein winziges bebendes Summen, erkannte es jedoch sogleich als das elektronische Zeichen für einen mückengroßen Roboter, der sich von weitem näherte: Ein mobiler Minisensor war ihm auf der Spur. Der Roboter konnte nicht die gleiche Empfindlichkeit besitzen wie die Instrumente in seinem Körper. Also war er noch nicht geortet worden, doch kam der Minisensor schneller näher, als Brannock laufen konnte. Er würde ihn also entdecken und davonfliegen, um stärkere Maschinen zu benachrichtigen. Auch sie konnten nicht weit sein. Und sobald es erst einen Hinweis auf ihn gab, würden sie sich vom gesamten Kontinent zusammenziehen, vielleicht sogar von der ganzen Welt.

Ruckartig blieb er stehen. Er stand in einer Schlucht, wo ein Wasserfall schäumend zu einem Bach wurde, der am Ende in den Residuum mündete. Große, fedrige Büsche und Bäume mit gezackten, bronzefarbenen Blättern umschlossen ihn. Insekten bewegten sich summend zwischen purpurnen Blumen. Brannocks Chemosensoren tranken schweres Parfüm.

»Die feindlichen Kundschafter haben mich gefunden«, sagte er. »Geh.«

Kalava kletterte zu Boden. Dort zögerte und legte die Hand ans Schwert. »Kann ich an deiner Seite kämpfen?«

»Nein. Dein Dienst soll darin bestehen, mein Wort weiterzutragen. Geh. Geradewegs. Verwische deine Spur, so gut es geht. Und mögen deine Götter mit dir sein.«

»Ja, Herr!«

Kalava verschwand im Unterholz. Brannock blieb alleine stehen.

Sein menschlicher Teil verschmolz mit dem Ganzen, und nun war er nur noch Maschinenleben – logisch, emotional entrückt mit Ausnahme seines Pflichtgefühls gegenüber Wanderer, Alpha und dem galaktischen Gehirn. Diese Stelle ist gut zu verteidigen, dachte er: Die Wand der Schlucht schützte seinen Rücken, auf dem Boden lagen Steine, um sie zu schleudern, und von den Bäumen ließen sich Äste abbrechen und als Keulen oder Speere verwenden. Damit konnte er den Verfolgern einige Mühe machen, bis sie ihn gefangen nahmen. Natürlich war es möglich, dass man ihn einfach durch einen Energiestrahl tötete, doch würde man davon vermutlich absehen. Gäas Zwecken wäre es gewiss dienlicher, wenn man ihn fing und sein Gedächtnis änderte, sodass er nach seiner Rückkehr von einer ereignislosen Rundreise berichtete, auf der er nichts Erwähnenswertes gesehen hatte.

Dass ihre Agenten in der Lage wären, seine echten Erinnerungen zu entfernen, daran zweifelte er. Dazu müssten sie Fähigkeiten besitzen, deren Bedarf Gäa keinesfalls vorhergesehen haben konnte. Schon die Herstellung des Gerätes, das versucht hatte, ihn ihrer Kontrolle zu unterwerfen, musste eine außerordentliche Anstrengung bedeutet haben und in größter Eile ausgeführt worden sein. Nun war Gäa in ihren Mitteln noch weiter eingeschränkt. Der Befehl, das Gerät zu du lizieren und erneut einzusetzen, wäre wohl sim el genug gewesen, um von Wanderer nicht bemerkt zu werden. Die Entwicklung und Indienststellung einer verbesserten Verhörmaschine hingegen wäre etwas anderes – ganz zu schweigen von der Schwierigkeit, die gewonnenen Informationen insgeheim an Gäa zu übertragen.

Brannock durfte nicht wagen anzunehmen, dass Gäa nichts von Kalava wusste und davon, dass er den Kapitän für seine Zwecke eingespannt hatte. Vermutlich hatte der Bericht eines Agenten, der die Insassen des Bootes überprüft und das Verschwinden des Schiffers festgestellt hatte, Gäa von seinem Überleben überzeugt und die Jagd nach ihm ausgelöst. Doch die Matrosen waren gewiss verängstigt gewesen und verwirrt, und das, was sie redeten, musste unzusammenhängend und kaum verständlich geklungen haben. Ilyandi, diese kluge und mutige Frau, hatte ihnen gewiss verboten, irgendetwas zu sagen, was Gäa weitergeholfen hätte. Gäa sollte daher den Eindruck erhalten haben, Brannock wolle Kalava lediglich über sein Volk ausfragen, ihn sodann freilassen und weiter nach Geistessitz marschieren, während der Kapitän zu seinen Leuten zurückkehrte.

Auf keinen Fall ließ der Mensch sich einfach verfolgen. Er war keine Maschine, sondern ein Tier unter zahllosen Tieren, und von ihnen allen war er am verschlagensten. Ein Durchkämmen des Geländes, wodurch man ihn rasch gefunden hätte, verbot sich von selbst. Gäa ließ vermutlich einen winzigen Teil ihrer Kräfte nach ihm suchen und widmete ihm eine winzige Facette ihrer Gedanken, doch wirklich ernst nehmen konnte sie sein Verschwinden nicht. Warum sollte sie auch?

Warum sollte Brannock es tun? In Wahrheit bedeutete Kalava kaum eine trügerische Hoffnung.

Er hatte sich vorbereitet. Während er auf das letzte Gefecht wartete, erhob sich sein Geist über die Wolken, drang zwischen die Sterne vor und in die Jahrmillionen, die sein größeres Ich erlebt hatte.

10

1

Im Zimmer war es warm, es roch nach Liebe und dem Rosenstrauß, den Laurinda in eine Vase gestellt hatte. Abendlicht fiel diffus durch die hauchdünnen Vorhänge und auf ein großes Himmelbett.

Sie schmiegte sich eng an Christian, der ausgestreckt auf zwei Kissen ruhte. Ihr Arm lag über seiner Brust, er hielt ihre Schultern umschlungen. »Ich will hier nicht mehr fort«, flüsterte sie.

»Ich auch nicht«, sagte er in ihr zerzaustes, süß duftendes Haar. »Wie könnte ich das wollen?«

»Ich meine – was wir sind – was wir für den anderen geworden sind.«

»Ich verstehe schon.«

Sie schluckte. »Es tut mir leid. Ich hätte das nicht sagen sollen. Kannst du vergessen, dass ich es aussprach?«

»Warum?«

»Du weißt warum. Ich kann dich schlecht bitten, nicht zu deinem ganzen Ich zurückzukehren. Und ich bitte dich auch nicht darum.«

Er starrte blicklos vor sich hin.

»Ich möchte nur dieses Haus noch nicht verlassen, dieses Bett«, sagte sie bekümmert. »Nach diesen Tagen und Nächten einfach noch nicht.«

Er drehte den Kopf und blickte in graue Augen, die mit den Tränen kämpften. »Ich auch nicht«, versicherte er ihr. »Aber ich fürchte, wir müssen.«

»Selbstverständlich. Die Pflicht ruft.«

Und Gäa und Wanderer. Wenn sie noch nicht wussten, dass ihre Avatare ihre Pflicht vernachlässigten, so würde zumindest Gäa es schon bald erfahren, nämlich durch die Amulette und ihre Verbindung zu Laurinda. Ganz gleich, wie sehr sie mit dem anderen gewaltigen Geist auch beschäftigt war, von Zeit zu Zeit würde sie wissen wollen, was in ihr selbst vorging.

Christian holte Luft. »Lass mich das Gleiche sagen wie du. Ich, dieses Ich, das ich bin, möchte überhaupt nichts anderes mehr sein als dein Liebhaber.«

»Liebling, ach Liebling.«

»Aber«, begann er nach dem Kuss.

»Sprich weiter«, forderte sie ihn auf, wobei sie die Lippen kaum von den seinen entfernte. »Fürchte nicht, mir weh zu tun. Das kannst du nicht.«

Er seufzte. »Gewiss kann ich das, und du kannst mich ebenso verletzen. Wir sollten hoffen, dass keiner von uns es je mit Absicht tut. Aber irgendwann wird es einfach geschehen.«

Sie nickte. »Weil wir Menschen sind.« Standhaft erklärte sie: »Dennoch, deinetwegen hoffe ich, Mensch zu bleiben.«

»Ich sehe keine Möglichkeit dazu, für uns beide nicht. Das meinte ich mit meinem ›Aber‹.« Einen kurzen Moment lang schwieg er. »Wenn wir erst wieder eingetaucht sind, wenn wir wieder im Eins-Sein verschmolzen sind, empfinden wir zweifelsohne anders.«

»Ich frage mich wirklich, ob ich das je könnte.«

Er verzichtete darauf, sie aufmerksam zu machen, dass dieses ›Ich‹ nicht mehr existieren würde, es sei denn als unbedeutender Erinnerungsfetzen und schwacher Unterton. Stattdessen sagte er in dem gleichwie unbeholfenen Versuch, sie zu beruhigen: »Ich glaube, dass ich es trotz allem um deinetwillen gern hätte. Unsterblichkeit. Niemals altern und sterben. Die Kraft, das Wissen.«

»Ja, ich weiß. In diesem Leben sind wir blind und taub und beschränkt.« Ihr Lachen erklang als leises, trauriges Murmeln. »Mir gefällt's.«

»Mir auch. Zu sein, wie wir waren.« Rauer sagte er: »Na ja, ein Weilchen bleibt uns schließlich noch.«

»Aber wir müssen uns wieder unserer Aufgabe zuwenden.«

»Danke, dass du mir das sagst.«

»Ich glaube, du begreifst es klarer als ich. Deshalb ist es für dich schwieriger auszusprechen.« Sie hob die Hand und streichelte damit seine Wange. »Bis morgen hat es Zeit, oder?«, bat sie. »Ich möchte nur noch eine Nacht schlafen.«

Er setzte ein Lächeln auf. »Hm, ich habe aber mehr im Sinn als Schlaf.«

»Gewiss erhalten wir andere Möglichkeiten ... währenddessen. Oder?«

2

Früh am Morgen im Garten. Tau blitzte auf Blättern und Knospen, ein Falke segelte auf einem Wind, der Laurinda veranlasste, ihr Schultertuch enger zu ziehen. Sie saß am Goldfischbecken und blickte zu Christian auf; die Hände abwechselnd in die Seiten gestemmt oder auf dem Rücken verschränkt, schritt er vor ihr auf und ab. Unter seinen Schuhsohlen knirschte der Kies.

»Aber wohin sollen wir denn?«, fragte sie. »Ziellos lassen wir uns von einer Schattenwelt zur anderen tragen, bis ... sie ... ihre Geschäfte abgeschlossen haben und uns zurückrufen. Es scheint mir so zwecklos.« Sie versuchte, sich leicht zu geben. »Ich gestehe, dass ich manchmal denke, wir könnten doch genauso gut die angenehmeren Weltentwürfe besuchen.«

Er schüttelte den Kopf. »Es tut mir leid. Ich denke darüber anders.« Selbst in den Augenblicken, die nur ihnen gehörten.

Sie rang um Fassung.

»Du weißt, wie das ist«, sagte er. »Man kämpft mit Ideen, ohne dass sie konkrete Gestalt besitzen, dann plötzlich erwachst du, und sie erscheinen halbwegs klar. So ging es mir heute. Sag mir, was du davon hältst. Schließlich repräsentierst du Gäa.«

Sie zuckte zusammen. Als er deshalb stehen blieb und sich vorbeugte, um ihr seine Zerknirschung zu bekunden, sagte sie rasch: »Nein, es ist schon gut, Liebster. Sprich weiter.«

Dazu musste er sich zwingen, doch seine Stimme gewann an Schwung, je länger er auf und ab schritt und redete. »Was haben wir bisher gesehen? Diese Welt des achtzehnten Jahrhunderts kurz nach dem Tode Newtons: Lagrange und Franklin sind aktiv, Lavoisier ist noch ein Junge, und allmählich kommt die industrielle Revolution in Fahrt. Warum hat Gäa uns ausgerechnet diese Welt als Heimatbasis zur Verfügung gestellt? Weil es hier ein bezauberndes Haus und eine wunderschöne Landschaft gibt? Oder weil es die beste Wahl ist von allem, was sie je nachgeschöpft hat?«

Laurinda hatte ihre Gelassenheit zurückgewonnen und nickte. »Hm ... Ja, sie würde keine Welt eigens für uns erschaffen, ganz besonders jetzt nicht, wo sie mit Wanderer beschäftigt ist.«

»Dann haben wir eine Welt besucht, die im Zeitalter des Hellenismus eine ähnliche Entwicklung durchlaufen hat«, fuhr Christian fort. Laurinda fröstelte es. »Ja, sie ist gescheitert, doch worauf ich hinauswill, ist etwas anderes: Wir haben entdeckt, dass diese Welt die einzige griechisch-lateinisch dominierte Historie darstellt, die Gäa für wert befunden hat, jahrhundertelang fortgeführt zu werden. Dann das, äh, konziliaristische Europa von 1900. Auch das eine naturwissenschaftlich-technisch geprägte Kultur, vielleicht erfolgreicher – oder weniger erfolglos –, weil dort eine starke, vereinigte Kirche erhalten blieb, und doch zerfiel auch diese Welt letztendlich. Dann diese Sinoamerikaner ... nicht naturwissenschaftlich ausgerichtet, sehr religiös, aber dazu bestimmt, in schwierigen Zeiten dennoch eine bemerkenswerte Technik zu entwickeln.« Eine kleine Weile war es still bis auf das Geräusch seiner Schritte. »Vier von vielen, davon drei fast zufällig ausgesucht. Legt das nicht nahe, dass alle Welten, die Gäa interessieren, etwas gemeinsam haben?«

»Aber natürlich – ja«, sagte sie. »Wir haben darüber gesprochen, du erinnerst dich. Es scheint, als hätte Gäa versucht, ihre Menschen zu einer Zivilisation zu verhelfen, die reich ist, nicht nur in materieller Hinsicht, sondern auch kulturell und spirituell, die angenehm ist und dauerhaft.«

»Aber wozu«, fragte er, »wo die Spezies Mensch doch ausgestorben ist?«

Sie setzte sich auf. »Sie ist nicht ausgestorben! Sie lebt hier weiter, hier in Gäa.«

Er biss sich auf die Lippe. »Spricht da die Gäa in dir oder dein Ich in Gäa?«

»Wie meinst du das?«, rief sie aus.

Er hielt inne und strich ihr über den Kopf. »Nichts gegen dich. Niemals. Du bist aufrichtig und sanftmütig und alles sonst, was gut ist.« Scharf fügte er hinzu: »Bei ihr bin ich mir da nicht so sicher.«

»O nein.« Er hörte ihren Schmerz. »Christian, nein.«

»Nun, denke zunächst nicht weiter darüber nach«, sagte er schnell und nahm seinen rastlosen Gang wieder auf. »Aber überlege Folgendes: Kann es denn nur ein Zufall sein, dass alle vier Welten, die wir besucht hatten, maschinelle Technik entwickelten, drei davon mithilfe der Naturwissenschaften? Möchte Gäa herausfinden, was die Entwicklung solcher Gesellschaften vorantreibt?«

Laurinda stürzte sich sofort auf die Blöße. »Wieso nicht? Wissenschaft erweitert den Geist, Technik befreit den Körper von allen möglichen Schrecknissen. Hier und heute liegen Jenner und sein Impfstoff gegen die Pocken nicht in allzu weiter Ferne –«

»Ich möchte wissen, wie viel mehr davon sie noch beabsichtigt. Jedenfalls schlage ich vor, dass wir uns die am höchsten technisierte Zivilisation ansehen, die Gäa uns zu bieten hat.«

Eine gewisse Freude flackerte in ihr auf. »Ja – ja! Dort muss es seltsam sein und wunderbar zugleich.«

Er zog ein finsteres Gesicht. »In einigen Ländern, in der echten Geschichte vor sehr langer Zeit, wurde es ziemlich schrecklich.«

»Gäa ließe so etwas nicht geschehen.«

Er verbiss sich, sie darauf hinzuweisen, was Gäa so alles hatte geschehen lassen, ehe sie die Welt veränderte oder abstellte.

Laurinda sprang auf. »Komm!« Sie packte seine Hand und sagte schalkhaft: »Wenn wir lange genug bleiben, müssen wir uns um eine Privatunterkunft bemühen.«

3

In einem abgeschlossen Raum mit vorgezogenen Vorhängen starrte Christian das Amulett auf seinem Handteller an, als trage es ein Gesicht. Neben ihm stand Laurinda und hörte zu; ihre Miene war von Kummer verhärmt.

»Das wäre nicht ratsam«, sagte die lautlose Stimme.

»Warum?«, fragte Christian kurz angebunden.

»Weil euch die Umwelt unangenehm und die Bevölkerung unverständlich erscheinen müsste.«

»Weshalb sollte eine naturwissenschaftlich geprägte Kultur uns fremd sein?«, fragte Laurinda.

»Und wenn schon«, entgegnete Christian, »ich möchte es mit eigenen Augen sehen. Und zwar jetzt.«

»Überlegt es euch«, beschwor sie die Stimme. »Hört euch vorher eine Darstellung des Milieus an.«

»Nein, *jetzt*. An eine sichere Örtlichkeit natürlich, aber eine, an der wir einen brauchbaren Eindruck erhalten – wie früher auch. Hinterher kannst du uns alles erklären, was du willst.«

»Warum sollen wir nicht vorher zuhören?«, erkundigte Laurinda sich.

»Weil ich bezweifle, dass Gäa uns diese Welt sehen lassen will«, antwortete Christian unumwunden. Warum auch nicht? Wann immer Gäa wollte, konnte sie seine Gedanken abtasten. Dem Amulett erklärte er, als wäre es eine Person: »Bring uns auf der Stelle dorthin, sonst erstatte ich Wanderer Bericht.«

Sein Verdacht, so vage er auch war, warnte ihn eindringlich davor, dem Amulett genügend Zeit zu lassen, dass es Gäa alarmieren und ihr gestatten konnte, ein Potemkinsches Dorf oder eine andere Ablenkung zu schaffen. Im Augenblick konnte sie von der sich abspielenden Szene noch nichts wissen, denn geistig war sie mit Wanderer beschäftigt, doch wahrscheinlich hatte sie Vorkehrungen getroffen, um in regelmäßigen Intervallen auf untergeordneter – unterbewusster? – Ebene informiert zu werden. Jede beunruhigende Tatsache würde sofort ihre Aufmerksamkeit erregen. Man musste davon ausgehen, dass sie den Amuletten im Voraus gewisse Befehle erteilt hatte, und es schien ganz so, als gehörte dazu auch, ihn nicht herausfinden zu lassen, was in bestimmten Nachschöpfungen vor sich ging.

Warum, das konnte er nicht einmal vermuten.

»Du bist eigenwillig«, sagte die Stimme.

Christian grinste. »Und halsstarrig und wie sonst du es nennen möchtest. Bring uns dahin!«

Ganz eindeutig war das Programm zu keiner Lüge imstande. Gäa hatte dazu keine Notwendigkeit gesehen; Christian war keine ihrer Schöpfungen, die sie in- und auswendig kannte, sondern eine Schöpfung Wanderers. Außerdem würde es Verdachtsgründe bedeutet haben, hätte Wanderer entdeckt, dass der Führer seines Avatars zur Täuschung fähig war.

Laurinda berührte ihren Mann am Arm. »Liebling, sollen wir wirklich?«, fragte sie mit schwankender Stimme. »Sie ist schließlich die ... die Mutter von allem hier.«

»Ein breites Spektrum weit informativerer Erfahrungen ist zugänglich«, führte die Stimme an. »Danach wäret ihr besser auf den Besuch vorbereitet, den ihr verlangt.«

»Vorbereitet«, brummte Christian. Eine höchst zweideutige Formulierung. Er und Laurinda konnten an verführerisch angenehme Orte versetzt werden, während Gäa einen Lagebericht erhielt und Vorkehrungen treffen konnte, ohne in der Ablenkung Wanderers nachzulassen. »Ich möchte noch immer mit eurer höchsten technischen Entwicklungsstufe beginnen.« An die Frau gewandt sagte er: »Ich habe meine Gründe. Ich nenne sie dir später. Jetzt müssen wir uns beeilen.«

Ehe Gäa etwas erfuhr und handeln konnte.

Laurinda straffte die Schultern, nahm seine freie Hand und sagte: »Dann gehe ich mit dir. Immer.«

»Auf geht's!«, befahl Christian dem Amulett.

4

Transfer.

Das Erste, was er bemerkte, flüchtig und doch lebhaft, war, dass Laurinda und er nicht mehr die Kleidung des achtzehnten Jahrhunderts trugen, sondern leichte weiße Blusen, Hosen und Sandalen. Eine Kopfbedeckung aus Tuch hing ihnen in den Nacken hinab. Es herrschte drückende Hitze, und die Luft, die er einatmete, war ausgetrocknet und voller metallischer Gerüche. Ferner, rhythmischer Maschinenlärm dröhnte durch die Luft und den rotbraunen Sand, auf dem sie standen.

Er richtete sich gerade auf und blickte in die Runde. Der Himmel war bedeckt, ein einheitliches Grau, in dem sich die Sonne nur als blasser Fleck zeigte, der keine echten Schatten warf. Hinter ihm erstreckte sich rötlich das Land. Mannshohe Stängel mit schmalen bläulichen Blättern wuchsen in regelmäßigen Abständen von etwa einem Meter. Rechts von ihm durchzog unter einem durchsichtigen Deckel ein Kanal den Sand. Vor ihm wuchsen verschiedene schwammige, gelappte und blassgoldene Pflanzen am Boden – wenn es denn Pflanzen waren. Einige – Geschöpfe – gingen zwischen ihnen umher und kümmerten sich offenbar um die Gewächse. Sie hatten zwei Beine, wirkten aber zottig, und ihre Arme schienen sich in drei Unterarme zu verzweigen. Ein gewaltiges Gebäude oder ein Gebäudekomplex ragte am Horizont auf. Es war mehrfach gestuft und stumpfweiß. Hunderte von Feldern glitzerten darin, bei denen es sich vielleicht um Fenster handelte oder auch um etwas ganz anderes. Während Christian das Gebäude musterte, überflog es ein Flugzeug, von dem er nur sehen konnte, dass es Tragflächen besaß. Er hörte das Triebwerk donnern.

Laurinda hatte seine Hand nicht freigegeben und drückte sie nun fester. »Von diesem Land habe ich noch nie gehört«, sagte sie schwach.

»Ich auch nicht«, antwortete er. »Aber ich glaube, ich erkenne …« Er wandte sich an die Amulette: »Hierbei handelt es sich um keine Nachschöpfung der Erde aus der Vergangenheit, oder? Das ist die Erde von heute.«

»Annähernd das gleiche Jahr«, gab die Stimme zu.

»Aber wir sind nicht in Arktika.«

»Nein, sondern tief im südlichen Binnenland. Du wolltest die Nachschöpfung mit der am weitesten fortgeschrittenen Technik gezeigt bekommen. Hier siehst du sie in Aktion.«

Wie sie die Wüste zurückdrängte und den Tod aufschob, der am Planeten fraß. Christian nickte. Er fühlte sich in seinem Eindruck bestätigt, dass das Programm außerstande war, ihm eine glatte Lüge vorzulegen. Das bedeutete allerdings noch lange nicht, dass es ihm offen antwortete.

»Das soll ihre größte Ingenieursleistung sein?«, wunderte sich Laurinda. »Das haben wir schon besser geschafft – zu meiner Zeit. Oder in deiner, Christian.«

»Man arbeitet hier daran, vermute ich«, sagte der Mann. »Wir fahren mit unseren Untersuchungen fort. Schließlich erhalten wir nur einen flüchtigen Blick darauf.«

»Ihr müsst immer daran denken«, warf die Stimme ein, »dass keine Nachschöpfung so vollständig und so komplex sein kann wie das materielle Universum.«

»Hm, ja. Nur die nötigste Geografie, abgesehen in bestimmten Regionen, eingegrenzte Biologie, vereinfachter Kosmos.«

Laurinda blickte zum eintönigen Himmel. »Die Sterne unerreichbar, weil es keine Sterne gibt?« Ihr schauderte, und sie drückte sich enger an ihn.

»Ja, ein Paradoxon«, sagte er. »Wir wollen mit einem Naturwissenschaftler reden.«

»Das ist schwierig«, wandte die Stimme ein.

»Du hast uns im Sinoamerika gesagt, du könntest Treffen arrangieren. Hier wird es wohl kaum schwieriger sein als dort.«

Die Stimme antwortete nicht sofort. Ungesehene Maschinen rumpelten. Ein Windstoß wirbelte eine Sandwolke auf. Schließlich sagte das Amulett: »Also gut. Es muss jemand sein, der von Erstaunen und Furcht nicht auf der Stelle wie gelähmt ist. Dennoch muss ich euch zuvor eine kurze Beschreibung dessen geben, was auf euch zukommt.«

»Dann los. Wenn sie kurz ist.«

Welche Veränderungen der Geschichte würde diese Begegnung bewirken? Spielte es eine Rolle? Diese Welt war offenbar nicht zeitweilig reaktiviert worden, sondern in ihr lief das Experiment noch;

die Neuankömmlinge befanden sich am zukünftigsten Punkt ihrer Geschichte. Gäa konnte ihren Besuch später löschen. Wenn sie es für nötig hielt. Vielleicht würde sie das Experiment auch schon bald beenden, weil es keinen Fortschritt machte, der sie interessierte.

5

Transfer.

In einem abgelegenen Ödland, nur durch eine Straße und eine Landebahn mit dem Rest der Welt verbunden, ragte aus einem von Mauern umschlossenen Gebäudekomplex ein Turm hervor. Ringsum kühlte die Nacht in Stille ab, die kaum von dem leisen, an- und abschwellenden Gesang gestört wurde, den robentragende Gestalten mit matten Lichtern anstimmten, die den Sternen Ehre erwiesen. Viele davon waren zu sehen, grell und zusammengedrängt in der Dunkelheit, ein seltener Anblick, der nur dadurch zustande kam, dass die Wolken den Himmel zum größten Teil freigaben. Stumm glühten weitere Lichter auf der Brüstung, die das Flachdach eines Turm eingrenzte. Dort standen ein einzelner Mann und sein Helfer. Die Gelegenheit, die Instrumente in den Himmel zu richten, musste genutzt werden; Teleskop, Spektroskop und Kameras waren wuchtige Umrisse im Halbdunkel.

Christian und Laurinda erschienen bei ihnen.

Der Mann keuchte, fuhr augenblicklich zurück und sank auf die Knie. Sein Assistent packte das Buch, das er beinahe von einem Tisch gestoßen hatte, legte es an Ort und Stelle, trat zurück und blieb unerschütterlich stehen, ein Anthropoid, dessen Ahnen einst menschlich gewesen waren, der jedoch nur lebte, um seinem Herrn zu dienen.

Christian musterte den Mann. Nachdem seine Augen sich an die Dunkelheit gewöhnt hatten, sah er Kleidung, die der seinen glich, aber mit Zeichen des Rangs und der Verwandtschaft geschmückt war. Die Kopfbedeckung hatte der Fremde nach Einbruch der Dunkelheit abgenommen. Seine Haut war ebenholzschwarz, Nase und Lippen indessen schmal, die Augen schräg, die Finger liefen spitz zu, das lange Haar und der kurzgeschnittene Bart waren glatt und blond. *Keine Rasse wie seine hat je die alte Erde bewohnt,* dachte Christian; *nein, diese Zucht hat Gäa als Bewohner einer sterbenden Erde entworfen.*

Der Mann seufzte, blickte in die blassen Gesichter der Fremden und sagte, unsicher zuerst, dann mit wachsender Stärke: »Heil und Gehorsam, Boten der Götter. Freude begleite eure Ankunft.«

Christian und Laurinda verstanden ihn genauso, wie sie die gejagte Zoë verstanden hatten. Die Amulette hatten ihnen gesagt, sie seien nicht die ersten Erscheinungen, die diesen Menschen begegneten. »Erhebe dich«, sagte Christian, »und fürchte dich nicht.«

»Und rufe nach niemandem«, fügte Laurinda hinzu.

Schlaues Mädel, dachte Christian. Die Zeremonie im Hof ging weiter. »Sag uns deinen Namen«, befahl er.

Der Mann stand auf und nahm eine eher ehrerbietige als servile Haltung ein. »Gewiss kennen die Mächtigen mich«, sagte er. »Ich bin Khaltan der Achte, Chefastrolog des Ilgai-Technoms und ... und dieser Ehre völlig unwürdig.« Er zögerte. »Habt ihr – ich wage es zu fragen – habt ihr deshalb gerade diese Gestalten gewählt, um euch mir zu zeigen?«

»Schon mehrere Generationen lang hat niemand mehr eine Vision gehabt«, erklärte die lautlose Stimme in ihren Köpfen.

»Gäa hat sich in der Vergangenheit hier manifestiert?«, fragte Christian stimmlos.

»Ja, um auf wünschenswerte Entwicklungen hinzuwirken. Normalerweise hatte die Sendung die Gestalt eines Feuers.«

»Und das soll wissenschaftlich sein?«

Laurinda sprach Khaltan an: »Wir sind keine göttlichen Boten. Wir stammen von einer anderen Welt als du, aber wir sind so sterblich wie ihr, und wir kommen nicht, um zu lehren, sondern um zu lernen.«

Der Mann klatschte in die Hände. »Trotzdem ein Wunder, endlich wieder eines – und ich darf es noch erleben.«

Bald sprach er eifrig mit ihnen. Christian erinnerte sich an Sagen über Männer, welche Geliebte von Göttinnen gewesen waren oder Landstreicher, die mit dem fleischgewordenen Gott ein einfaches Mahl teilten. Der Gläubige nimmt hin, was der Ungläubige niemals gelten ließe.

Eigenartige Stunden folgten auf die Begegnung. Khaltan war nicht etwa ein frommer Mensch, sondern das Übernatürliche war für ihn eine Tatsache, eine weitere, selten anzutreffende Facette der Realität. Da sie außerhalb seiner Erkenntnis lag, hatte er sich ganz der durch Messung erfassbaren Welt zugewandt. In ihr beobachtete und theoretisierte er wie ein Newton. Heute Abend aber überschlug sich seine Fantasie, Fragen brachen aus ihm hervor, doch jedes Mal wählte er seine Worte mit Bedacht und wendete in seinem Geist alles, was er hörte, mehrfach um und musterte es, wie er ein fremdes, vom Himmel gefallenes Juwel untersucht hätte.

Langsam, Stück für Stück, während die Sterne um den Pol kreisten, entstand aus seinen Worten ein Bild seiner Zivilisation, die alle anderen Zivilisationen überrannt und absorbiert hatte – keine große Leistung, da die Erde nur dünn bevölkert war und die meisten Menschen am Rand des Verhungerns vegetierten.

Die wichtigste Technologie war biologischer Natur: Agronomie, Aquakultur in den verbliebenen Meeren und Seen, rücksichtslos zweckorientierte Gentechnik. Die chemische Industrie gedieh, sie verband sich mit einer Physik auf dem Niveau des ausgehenden neunzehnten Jahrhunderts und ermöglichte wesentliche Ingenieursleistungen und Projekte zur Neugewinnung von Land.

Die Gesellschaft selbst ... Wie fasst man eine ganze Kultur in dürren Worten zusammen? Das ist nicht möglich. Christian gewann den Eindruck, es handle sich dem Namen nach um ein Kaiserreich, tatsächlich aber um eine breite Oligarchie zahlreicher Familien, die von siegreichen Eroberern abstammten. Die herrschende Schicht erneuerte sich, indem sie vielversprechende Bürgerliche, bei denen es sich um Kinder oder um Erwachsene handeln konnte, in ihre Reihen aufnahm. Söhne, die keinen Beitrag zum Wohlergehen der Familie lieferten oder sie entehrten, konnten ausgeschlossen werden, wenn nicht gleich jemand einen Kampf von Zaun brach und sie im Duell tötete. Auch missratene Töchter konnten hinausgeworfen werden, wenn man sie nicht kurzerhand in eine niedrigere Klasse verheiratete. Davon abgesehen besaßen beide Geschlechter in etwa die gleichen Rechte; allerdings mussten sich Frauen, die mit Männern konkurrieren wollten, den Regeln der Männergesellschaft unterwerfen. Die Adligen gewährten den

Bürgerlichen Schutz, Berufungsgerichte, Schulen, Führung und Prunk. Zum Ausgleich verlangten sie Steuern, Fronarbeit und allgemeine Unterordnung, doch in den meisten Dingen blieben die Bürgerlichen weitgehend sich selbst überlassen. Für sie hieß es nicht mehr fressen oder gefressen werden; sie besaßen eigene Sitten und Bräuche und Hoffnungen. Dennoch gerieten viele in wirtschaftliches Elend, während der Rest mit harter Arbeit die globale Ökonomie in Gang hielt.

Das ist zwar keine dezidiert grausame Zivilisation, dachte Christian, *aber besonders sozial und mitfühlend ist sie auch nicht.*

Doch war irgendeine Zivilisation das je gewesen? Einige ernährten ihre Armen, doch vor allem fütterten sie ihre Politiker und Bürokraten.

Diese Information entnahm er an einem Punkt dem Gespräch, als es in alle möglichen Richtungen schwankte. Was Khaltan unbedingt hören wollte, war ein Abriss über die Heimat der Fremden – er wich ihren Fragen unbeholfen, aber immer offener aus und zögerte mit Antworten – und die Systematik des Universum, Astronomie, Physik, alles.

»Wir träumen davon, Raketen zu den Planeten zu senden. Wir haben versucht, welche auf den Mond zu schießen«, sagte er und berichtete von Projekten, die eigentlich hätten funktionieren müssen. »Alle Versuche sind fehlgeschlagen.«

Natürlich, dachte Christian. Der Mond und die Planeten, ja sogar die Sonne waren hier nicht mehr als Lichter. Die Gezeiten hoben und senkten sich auf Anweisung. Diese Erde war eine Karikatur der Erde draußen. Besser schaffte Gäa es nicht.

»Stehen wir am Ende der Naturwissenschaft?«, rief Khaltan einmal aus. »Jahrzehntelang haben wir gesucht und immer gesucht und doch nichts gewonnen als noch genauere Messwerte!« Aber nichts, das zur Entdeckung von Relativität, Quantentheorie und Wellenmechanik führen würde, zu ihren revolutionären Enthüllungen und Folgen. Die dazu nötigen Bedingungen konnte Gäa nicht zur Verfügung stellen. »In der Vergangenheit zeigten uns die Engel, wonach wir Ausschau halten sollten. Gebt mir doch einen Hinweis! Die Natur umfasst mehr, als wir wissen. Eure Gegenwart ist der Beweis dafür!«

»Später, vielleicht später«, murmelte Christian und verfluchte sich für seine Falschheit.

»Könnten wir nur die Planeten erreichen ... Eingesperrt richtet sich der Kampfgeist gegen sich selbst. Aufstände und Massaker suchen den Westen heim ...«

Laurinda fragte, welche Lieder die Menschen hier sängen. Die Wolken zogen sich zusammen. Das Ritual auf dem Hof ging zu Ende. Khaltans Sklave wartete regungslos, während sein Herr redete und redete und redete.

Am Osthimmel wurde es heller. »Wir müssen gehen«, sagte Christian.

»Ihr kommt doch zurück?«, flehte Khaltan. »Aiha, kommt doch zurück.«

Laurinda umarmte ihn kurz. »Lebe wohl«, stammelte sie. »Lebe stets wohl.«

Wie lange mochte dieses ›stets‹ wohl noch anhalten?

6

Nach einer unruhigen Nacht und einem fast wortlos verlaufenen Frühstück bestand kein echter Grund, das Haus in England zu verlassen. Die

Dienstboten, die den Anstoß, den sie empfanden, hinter sorgsam bewahrter unbewegter Miene verbargen, lauschten vielleicht gelegentlich, doch konnten sie das Gehörte nicht verstehen, und wenn sie dennoch Klatsch verbreiteten, blieb dieser ohne Folgen. Ein tieferes, unausgesprochenes Verlangen trieb Christian und Laurinda an. Das konnte durchaus der letzte Morgen sein, den sie miteinander verbrachten.

Sie folgten einer Straße zu einem Hügel, der gut einen Kilometer entfernt war. Die Bäume auf seiner Kuppe behinderten in keiner Weise den weiten Blick über das Land. Im Osten stand die blendende Sonne, und wenige Wolken zogen über einen Himmel, dessen Blau ebenso strahlend war wie ihr Weiß. Im Wind lag erste Herbstkühle. Stark und frisch ging er, vertrieb den Frühnebel aus den Ackerfurchen und sandte Wellen über das Grün der Weiden. In den höheren Ästen sang er und riss einige bereits verwelkte Blätter ab. Hoch über ihnen zogen Wildgänse in V-Formation vorüber.

Eine Weile standen Mann und Frau stumm da. Schließlich atmete Laurinda tief durch, genoss den Duft der Erde und des Himmels und murmelte: »Dass Gäa all dies zu neuem Leben erweckt hat ... Sie muss gut sein. Sie liebt die Welt.«

Christian nahm den Blick von ihr und schaute in den Himmel. Er runzelte die Stirn, ehe er ausweichend antwortete: »Was tun Wanderer und Gäa?«

»Wie sollen wir das sagen können?« – Sagen zu können, was die Götter taten, ja bloß, wo sie schweiften. Es waren keine dreidimensionalen Wesen und nicht der Zeit unterworfen wie ihre Geschöpfe.

»Sie hält ihn beschäftigt«, sagte Christian.

»Aber das muss sie. Sie führt ihn durch die

Daten, die sie während ihrer ganzen Schirmherrschaft über die Erde angesammelt hat.«

»Um ihn zu überzeugen, dass sie mit ihrem Wunsch, die Erde sterben zu lassen, Recht hat.«

»Eine Tragödie – doch im Grunde endet alles tragisch, nicht wahr?« *Dich und mich eingeschlossen.* »Was ... wir ... sie ... aus dem Endpunkt aller Entwicklung lernen können, könnte es durchaus wert sein, es überhaupt so weit kommen zu lassen, genauso, wie der Bau der Akropolis alle Ungerechtigkeiten und Gräueltaten wert gewesen ist. Selbst das galaktische Gehirn kann nicht vorhersagen, was das Leben tun wird, und das Leben ist sehr selten unter den Sternen.«

Fast fuhr er sie an. »Ich weiß, ich weiß. Wie oft haben wir das schon durchgekaut? Wie oft haben *sie* schon darüber geredet? Ich hätte es vielleicht selbst geglaubt. Aber ...«

Laurinda wartete. Der Wind pfiff, ergriff eine lose Locke ihres Haars und warf sie ihr in die Stirn.

»Aber warum hat sie Menschen nicht in die ferne Vergangenheit gesetzt ...« – Christian wies auf die Landschaft, die wie ein Gemälde des achtzehnten Jahrhunderts sich ringsum ausbreitete –, »sondern ins Jetzt, auf eine Erde, auf der Menschen aus Fleisch und Blut schon vor Äonen ausgestorben sind?«

»Sie ist gewiss auf der Suche nach tieferem Verständnis.«

»Gewiss?«

Laurinda begegnete seinem Blick und hielt ihm stand. »Ich glaube, sie versucht herauszufinden, wie Menschen in ihr das wahrhaft glückliche Leben verbringen können, das ihnen im echten Kosmos nie vergönnt gewesen ist.«

»Warum sollte sie das kümmern?«

»Das weiß ich nicht. Ich bin auch nur ein Mensch.« Ernst fügte sie hinzu: »Doch könnte dieses Element in ihr nicht so stark sein – so viele von uns sind schließlich in ihr aufgegangen –, dass sie danach verlangt, uns glücklich zu sehen, als wäre sie die Mutter und wir ihre Kinder?«

»Diese Manipulation, all diese Existenzen, die scheitern und abgebrochen werden. Besonders mütterlich kommt mir das Ganze nicht gerade vor.«

»Ich sage dir doch, ich weiß es nicht!«, rief sie mit versagender Stimme.

Ihn drängte es, sie zu trösten, die Tränen fortzuküssen, die sich in ihren Wimpern gefangen hatten, doch die Not zwang ihn, nicht von ihr abzulassen. »Wenn die Anstrengung keinen anderen Zweck verfolgt als sich selbst, erscheint sie mir irrsinnig. Kann ein Knotengeist den Verstand verlieren?«

Entsetzt wich sie vor ihm zurück. »Nein. Das ist unmöglich.«

»Bist du dir darin sicher? Zumindest muss das galaktische Gehirn die Wahrheit erfahren, die ganze Wahrheit, um zu beurteilen, ob hier etwas fürchterlich schief gelaufen ist.«

Laurinda rang sich ein Nicken ab. »Du wirst Wanderer Meldung erstatten, und er wiederum berichtet Alpha, und alle Geister werden entscheiden« – über eine Frage, die kein sterblicher Verstand beantworten konnte.

Christian versteifte. »Ich muss es auf der Stelle tun.«

Er hatte Andeutungen gemacht, sie hatte geraten, aber dennoch packte sie ihn bei den Ärmeln, und Widerspruch ergoss sich wild von ihren Lippen. »Was? Warum? Nein! Du störst ihn nur im Rapport, und sie auch. Warte, bis wir gerufen werden. Bis dahin gehören wir uns, Liebling.«

»Ich möchte gern warten«, sagte er. Ihm stand der Schweiß auf der Stirn, auch wenn ihm das Blut aus dem Gesicht gewichen war. »Gott, wie sehr ich das möchte! Aber ich wage es nicht.«

»Wieso nicht?«

Sie ließ ihn los. Er blickte an ihr vorbei und sagte ohne Betonung, um sich den Schmerz nicht in der Stimme anmerken zu lassen: »Sie wollte nicht, dass wir diese letzte Welt je sehen. Das wollte sie nicht, und sie hat auch nicht damit gerechnet, dass wir darauf bestehen, oder sie hätte bessere Vorkehrungen getroffen. Sonst würde sie uns vielleicht etwas anderes vorgesetzt haben. Nun aber wird Wanderer, sobald er davon erfährt, vermutlich verlangen, das Projekt persönlich zu besuchen. Und sie wiederum will gerade nicht, dass er ein besonderes Interesse an ihren Nachschöpfungen entwickelt. Warum sonst hat sie ihn nicht direkt daran teilhaben lassen, zusammen mit mir, um manches zu deuten?

Nun, ich glaube zwar nicht, dass unser Tun das Aus für ihre Pläne bedeutet, worin auch immer sie bestehen mögen. Sie ist nach wie vor Herrin der Lage und kann ihn noch immer überzeugen, diese Schöpfungen seien nicht mehr als ... vielleicht ihre Spielzeuge. Das heißt, das alles könnte sie, wenn sie die Gelegenheit dazu erhält. Und ich finde, diese Chance darf sie nicht bekommen.«

»Wie kannst du dir anmaßen ... Wie kannst du dir ausmalen ...«

»Diese Amulette stehen mit ihr in Verbindung. Offensichtlich nicht ununterbrochen, doch in regelmäßigen Abständen berichten sie einem Teil Gäas über uns, und sie muss es außerdem gelegentlich einrichten können, dass Wanderer mit dem, was sie ihm zeigt, zu beschäftigt ist, um zu bemerken, dass ein größerer Teil ihrer Aufmerksamkeit etwas anderem gilt. Wir wissen nicht, was als Nächstes geschieht. Ich gehe zum Haus zurück und teile ihr durch eins der Amulette mit, dass ich augenblicklich Kontakt zu Wanderer verlange.«

Laurinda starrte ihn an, als wäre er ein Gespenst.

»Das wird nicht erforderlich sein«, sagte der Wind.

Christian schwankte auf der Stelle. »Was?«, stammelte er. »Du …«

»Oh … Mutter …« Laurinda hob die Hände in die Leere.

Der wehende Wind, das raschelnde Laub bildeten Wörter. »Der größere Teil von mir, wie ihr es nennt, wurde tatsächlich informiert und ist zur Zeit unbeschäftigt. Ich wartete darauf, dass ihr euch für ein Vorgehen entscheidet.«

Laurinda machte Anstalten, im Gras niederzuknien. Sie sah Christian an, der sein Gleichgewicht wiedererlangt hatte und sich, die Fäuste in die Seiten gestemmt, dem Himmel stellte. Sie trat neben ihn.

»Gnädige Herrin Gäa«, sagte Christian höchst ruhig, »du kannst mit uns verfahren, wie du wünschst.« Verändern, vernichten, was immer sie wollte, binnen eines einzigen Lidschlags; doch dann würde sich Wanderer nach dem Grund erkundigen. »Ich glaube, du verstehst meine Zweifel.«

»Ja«, seufzte die Luft. »Sie sind ohne Grundlage. Meine Schöpfung der Technom-Welt unterscheidet sich in nichts von irgendeiner anderen Welt, die ich erschaffen habe. Mein Avatar sagte es schon: Ich gebe Existenz und suche nach einem Weg, wie der Mensch aufgrund seines eigenen freien Willens diese Existenz zu etwas Gutem machen kann.«

Christian schüttelte den Kopf. »Nein, gnädige Herrin. Bei deinem Intellekt und deinem Wissen hättest du von vornherein sehen müssen, dass diese Welt in eine Sackgasse laufen muss, wenn du Naturwissenschaftler auf einem Planeten ansiedelst, der nur eine Skizze ist und in einer schemenhaften kosmischen Umwelt existiert. Selbst mein beschränktes Gehirn begriff das rasch. Nein, gnädige Herrin, so kaltblütig, wie du experimentiertest, musst du alle anderen im gleichen Geiste durchgeführt haben. Warum? Aus welchem Grund?«

»Dein Gehirn ist in der Tat beschränkt. Zu gegebener Zeit wird Wanderer von deinen Beobachtungen und deinen Fantastereien erfahren. Inzwischen fahre mit deinen Pflichten fort, die darin bestehen, weiter zu beobachten und es zu unterlassen, uns bei unserer Aufgabe zu stören.«

»Meine Pflicht ist der Bericht.«

»Zu geeigneter Zeit, sage ich.« Die Windstimme wurde leiser. »Es gibt noch andere angenehme Orte außer diesem.«

Vielleicht das Paradies. Christian und Laurinda tauschten einen Blick, der sekundenlang zwischen ihnen schwebte. Dann lächelte sie ganz schwach, aber grenzenlos kummervoll, und schüttelte den Kopf.

»Nein«, erklärte er, »das wage ich nicht.«

Er sprach es nicht aus, doch er und sie wussten, dass Gäa sehr wohl wusste, was sie ahnten. Wenn sie in ihrem Entzücken aneinander versanken, konnte Gäa mit genügend Zeit ihre Erinnerungen zu langsam und zu allmählich ändern, als dass Wanderer spürte, was vor sich ging.

Vielleicht konnte sie es Laurinda in diesem Augenblick blitzartig antun. Doch Christian kannte sie nicht gut genug. Unter seinem Bewusstsein lag sein Aspekt Wanderers und des ihr ebenbürtigen Alpha, der sein Wesen durchdrang. Gäa hätte sich in ihn vortasten müssen, ihn mit unendlicher Vorsicht ausloten und erkunden, um ihn auch im winzigsten Detail glaubwürdig neu zu erschaffen, jederzeit bereit, sich zurückzuziehen, falls sie eine unbeabsichtigte Wirkung auslöste; und vielleicht konnte ein anderer Teil von ihr insgeheim die Kontrolle über das Technom an sich reißen und das Ereignis auslöschen ... Sie benötigte Zeit, sogar sie.

»Dein Versuch wäre zwecklos, das weißt du«, sagte sie. »Ich müsste mir nur die Mühe machen, ihm zu erklären, was in deiner Ignoranz du zu erkennen dich weigerst.«

»Vermutlich. Trotzdem muss ich es versuchen.«

Der Wind wurde rau. »Trotzt du mir?«

»Ja«, sagte Christian. Er entriss sich die Worte: »Nicht mein Wunsch. Das ist der Wanderer in mir. Ich, ich kann nicht anders. Ruf ihn mir.«

Der Wind flaute ab. Wie eine Liebkosung strich er über Laurinda. »Mein Kind, kannst du diesen Narren denn nicht überzeugen?«

»Nein, Mutter«, flüsterte die Frau. »Er ist, wer er ist.«

»Und ...?«

Laurinda legte ihre Rechte in die Hand des Mannes. »Und deshalb gehe ich mit ihm und entsage dir, Mutter.«

»Du ziehst dich also selbst aus der Existenz zurück.«

Christians freie Hand krallte nach der Luft. »Nein, nicht sie!«, brüllte er. »Sie ist unschuldig!«

»Das bin ich nicht«, erwiderte Laurinda. Sie wirbelte herum, legte die Arme um ihn und hob ihr Gesicht zu seinem. »Ich liebe dich.«

»Es sei, wie du wünschst«, sagte der Wind.

Der Traum, aus dem diese Welt bestand, fiel in Trümmer und löste sich auf. Eins-Sein fegte über sie hinweg wie zwei Gezeitenwellen, von denen jede einen davongeschleuderten Tropfen Gischt zurückbeanspruchte; dann teilten sich die beiden Meere wieder.

11

Die letzten paar hundert Mannslängen legte Kalava zumeist auf dem Bauche zurück. Er kroch von Busch zu Baumstamm, hielt inne, legte sich flach auf den Boden und erforschte mit allen Sinnen die Dunkelheit ringsum, ehe er weiterkroch. Nichts rührte sich außer den Zweigen hoch über ihm, die ein kühler, unsteter Wind hin und her warf. Es war nichts zu hören außer ihrem Krachen und Knistern, dem Rascheln der wenigen Blätter, die sie trugen, und dem gelegentlich Krächzen eines Hakenschnabels – und dem endlosen dumpfen Lärm der Dämonen, das wie ferne Brandung klang, in die sich schriller Flötenklang mischte. Er hörte die Töne mehr mit der Haut als mit den Ohren, doch je näher er kaum, desto tiefer drangen sie ihm in Blut und Knochen. Der Baumbestand auf der schroffen, steilen Böschung war nur spärlich. Allein das Unterholz wuchs dicht genug, um immer wieder anklagend zu rascheln, wenn er vorbeiglitt. Alles war verdorrt; die Äste waren spröde, das Blattwerk verdorrt und gelbbraun, der Boden mit zunderartigem Fallholz bedeckt. Kalava schmerzten Mund und Rachen vor Trockenheit. Er hatte Nebel durchquert, bis er von oben sah, dass es in Wirklichkeit eine Wolkenschicht war, die sich bis zum Weltrand ausdehnte und aus der die Bergspitzen hervorstanden wie Zähne. Alle Bächlein lagen nun hinter ihm. Schon vorher hatte er den letzten Rest des Fleischvorrats verzehrt und wagte nun keine Marschunterbrechung, um zu jagen; Hunger war ein geringes Ärgernis, leicht vergessen, wenn der Tod nahte.

Über den zwergenhaften Bäumen wölbte sich ein tiefblauer Himmel. Wie Speere stachen Sonnenstrahlen aus dem Westen und verloren sich in den Bäumen. Wann immer sie auf Kalava fielen, verbrannten sie ihn. Noch nie, nicht einmal in den Wüsten des Südens oder in der östlichen Mumiensteppe hatte er ein Land gefunden, das ähnlich unwirtlich gewesen wäre. Er war stolz darauf, überhaupt so weit gekommen zu sein. Und er wollte sterben, wie es sich für einen Mann gebührte.

Wenn er nur einen Zeugen hätte, damit sein Gedächtnis in einem Lied fortbestand. Nun, vielleicht konnte Ilyandi den Göttern die Geschichte entlocken.

Kalava empfand keine Furcht. Das gehörte nicht zu seinen Gewohnheiten. Was vor ihm lag, nahm ihn ganz in Anspruch. Wie er sich dem Unbekannten stellen mochte, das beherrschte seine Gedanken.

Dennoch, als er sich am Ende hinter einen umgestürzten Baumstamm duckte und vorsichtig hinüberspähte, schwindelte ihm, und sein Herz stockte.

Brannock hatte die Wahrheit gesagt, und doch überwältigte ihn der Anblick. Hier auf dem Gipfel wuchsen die Bäume bis an ein flaches schwarzes Feld. Darauf standen die Dämonen – oder die Götter – und ihr Werk. Kalava erblickte die zentrale, gleich einem Regenbogen sanft schimmernde Kuppel, Türme, die wie Lanzen aufragten, und Türme, die wie Geflecht erschienen, silbrige Netze und strahlende Kugeln, undeutliche wuchtige, vielgestaltige Bauwerke allerorten, kleine Flugtiere, die leuchtend umherflitzten, und noch mehr und mehr, alles halb verschleiert und glänzend, sich kräuselnd und pulsierend, während ihr steter Herzschlag ihn durchfuhr und aus seinem Kopf eine Glocke machte. Es war zu seltsam, seine Augen wussten nicht, wie sie den Anblick betrachten sollten. Er riss sie auf, als wäre er geblendet, und schauderte, als hätte ihn etwas gestochen.

Lange lag er kraft- und wehrlos hinter dem Baum. Im Westen sank die Sonne auf die Wolken hernieder, deren obere Fläche die Farbe geschmolzenen Goldes annahm. Der Wind wurde stärker, und seine Kälte durchdrang Kalava und weckte seinen Kampfgeist. Er sammelte alle Entschlossenheit. Brannock hatte ihn gewarnt, dass es ihm so ergehen würde, und Ilyandi hatte gesagt, dass Brannock von den Göttern gesandt sei, denen sie diente, ihren Sternengöttern. Kalava hatte dem Boten und ihr sein Wort gegeben.

Er grub die Finger in den Boden, auf dem er lag. Der Boden war echt, vertraut, Erde, aus der er entsprungen war und in die er zurückkehren würde. Ja, denn er war ein Mensch.

Er kniff die Augen zusammen. Nachdem er sich an den Anblick gewöhnt hatte, sah er nun, dass es auch dort vorn tatsächlich Umrisse gab, so veränderlich sie auch waren, und dazu Plätze und Wege. Die Gestalten waren nicht so hoch wie das Himmelszelt und warfen auch nicht mit Blitzen um sich, und weder brüllten, noch donnerten sie. Aiya, beeindruckend waren sie durchaus und entsetzlich anzusehen, doch sie konnten ihm wohl nichts Schlimmeres antun als ihn zu töten. Oder doch? Wenigstens würde er ihnen zu verwehren suchen, ihm etwas Übleres zuzufügen. Wenn es dann wirklich so aussah, als würden sie ihn fangen, würde ihm das Schwert zum besten Freund und ihn erlösen.

Und ... dort, gleich neben der Kuppel, dort ragte

der Gott auf, von dem Brannock gesprochen hatte, der Gott, welchen die Zauberin täuschte. Er hatte die Gestalt einer Speerspitze, er schimmerte blau und kupfrig im Sonnenuntergang, und wenn die Sterne aufgingen, würden sie ihn krönen, ganz wie Brannock es prophezeit hatte.

War dieser Gott es gewesen, den sie über dem Windstraßenmeer gesehen hatten? Kalava klopfte das Herz bis zum Hals.

Wie sollte er ihn erreichen, denn zwischen ihnen erstreckte sich der hart gepflasterte, von Dämonen beherrschte Platz? Nach Einbruch der Dunkelheit, kriechend, immer nur eine Fingerlänge weiter, dann vielleicht ein letzter Spurt ...

Etwas summte an Kalavas Schläfe vorüber. Er blickte sich um und sah ein Ding neben sich schweben, das nicht größer war als ein Käfer, doch bestand es aus Metall, denn es blitzte im Sonnenlicht, und starrte ihn da ein einzelnes Auge an?

Er knurrte und schlug zu. Seine Hand traf auf etwas Hartes. Das Ding torkelte durch die Luft. Kalava eilte den Hang hinunter und versteckte sich im Unterholz.

Nun hatte man ihn gesehen. Bald wüsste die Zauberin Bescheid.

Unversehens war er völlig ruhig, bis auf seinen Geist, der sang wie das Rigg eines Schiffes in einer steifen Brise. Auf seiner Reise hatte er überlegt, was er tun sollte, wenn ein Zwischenfall wie dieser ihm den Untergang brächte. Nun würde er es tun. Er würde die Aufmerksamkeit des Feindes von sich ablenken, und sei es nur für wenige Augenblicke.

Rasch und mit sicherer Hand zog er den Feuermacher aus der Gürteltasche, belud ihn mit Zunder, trieb den Kolben hinein, zog ihn heraus und warf einen Holzspan hinein, an dessen Ende sofort eine kleine, gelbe Flamme entstand. Damit berührte er den welken Strauch vor sich. Er brauchte nicht anzublasen. Ein Blatt fing augenblicklich Feuer. Der Wind warf es gegen ein anderes, und binnen kurzem stand der ganze Busch in Flammen. Kalava war bereits woanders, er legte noch mehr Feuer.

Immer in Bewegung bleiben! Die Kundschafter der Dämonen konnten nicht überall zugleich sein. Der Rauch biss ihm in den Augen und der Nase, doch der Qualm wurde immer dicker, und die Sonne war unter die Wolken gesunken. Nun warfen die Flammen ihr eigenes Licht, tanzten, sprangen, während sie in die Bäume kletterten und in Fackeln verwandelten. Die Hitze griff nach Kalava. Ein lodernder Ast fiel herab und verbrannte ihn am linken Unterarm. Er spürte es kaum. Er eilte weiter und verrichtete sein Werk, als sei er selbst ein Dämon der Flammen. Flugungeheuer schossen über ihm durch das Halbdunkel. Auch an sie verschwendete er keinen Blick. Obwohl er versuchte, außer den schmerzhaften Atemzügen kein Geräusch zu machen, sang er innerlich ein Schlachtlied.

Als das Feuer die ganze Südkante des Feldes wie ein Wall begrenzte, als es brüllte wie ein Tier oder die See, eilte er aus seinem Schutz ins Freie.

Der Rauch war ein verschleiernder, bitterer Nebel, in dem es Funken regnete. Über ihm schossen die niederen Dämonen besorgt hin und her. Über ihnen wurden die ersten Sterne sichtbar.

Kalava suchte sich einen Weg, der zwischen den größeren Gestalten hindurchführte. Eine regte sich: Sie hatte ihn entdeckt. Geräuschlos floss sie hinter ihm her. Er duckte sich hinter eine andere, rannte die Flanke einer niedrigen dritten hinauf und sprang ab, dann spurtete er weiter auf die milchige Kuppel zu und den Gott, der daneben stand.

Ein Ding mit Stacheln und einem Kopf, der aussah wie eine kalte Sonne, schob sich ihm in den Weg. Kalava versuchte, daran vorbeizurennen, doch es huschte schneller, als er sich bewegen konnte, zur Seite und blockierte wieder sein Vorankommen. Von hinten näherte sich der erste Dämon. Kalava zog die Klinge und hoffte, die Dämonen noch verletzen zu können, bevor er starb.

Aus dem Nichts erschien ein Wesen mit vier Armen, zwei Beinen und statt eines Gesichts einer Maske. »Brannock!«, brüllte Kalava auf. »Ai, Brannock, du hast es geschafft! Du bist hier!«

Eine Speerlänge entfernt blieb Brannock stehen. Er schien den Menschen nicht zu kennen und schaute nur zu, wie die beiden anderen sich näherten.

Kalava ging in Kampfstellung. Das alte Lied klang in ihm auf:

Wenn die Götter mit dir brechen,
dann, Krieger, lach' ihnen ins Gesicht.
Niemals aber soll dich
Dein Herz im Stich lassen.

Er hörte nichts mehr außer dem Fauchen des Brandes. Doch plötzlich sah er durch den Rauch, wie seine Feinde zur Regungslosigkeit erstarrten, während Brannock so kühn wie je vortrat; und Kalava wusste, dass der Gott Brannocks und Ilyandis auf ihn aufmerksam geworden war und einen Befehl gegeben hatte. Die Erschöpfung brach über ihn herein. Sein Schwert fiel klirrend zu Boden. Auch er sank zusammen, suchte in seiner schmutzigen Jacke, bis er die auf Rinde geschriebene Botschaft gefunden hatte, und hielt sie hoch. »Das hier bringe ich dir«, murmelte er. »Jetzt lass mich zu meinem Schiff zurück.«

12

Wir müssen aufhören, wie wir begonnen haben, und einen Mythos schreiben, als wollten wir etwas berichten, das wir niemals wirklich wissen können. Man stelle sich zwei Geister vor, die miteinander sprechen. Das Feuer auf dem Berg ist gelöscht. Der Wind hat den Rauch davongetrieben und frostige Stille hinterlassen. Weiter unter greift die Wolkendecke geisterhaft weiß bis an den Rand einer sternenklaren Nacht.

»Du hast mich von Anfang an belogen«, sagt Wanderer.

»Das habe ich nicht«, leugnet Gäa. »Die Erkenntnisse über diese Welt und ihre Vergangenheit, durch die ich dich geführt habe, sind ohne Ausnahme wahr.« Ebenso wahr wie erhaben.

»Bis gerade eben«, gibt Wanderer zurück. »Nun ist offenbar geworden, dass in Brannock die Erinnerungen an seine Reise gelöscht und durch Lügen ersetzt worden waren, als er zurückkehrte. Hätte ich nicht die plötzliche hektische Betriebsamkeit hier entdeckt und ihn losgeschickt, um nachzusehen, was vorgeht – wovon du mich abzubringen versuchtest –, wäre dieser Mensch zugrunde gegangen, ohne dass jemand es erfahren hätte.«

»Du maßt dir an, von Dingen zu reden, die dein Begreifen übersteigen«, tadelt Gäa ihn steif.

»Jawohl, dein Intellekt ist dem meinen überlegen.« Das Eingeständnis löscht indessen nicht die Strenge aus: »Doch verantworten musst du dich vor deinesgleichen zwischen den Sternen. Ich halte es für klüger, wenn du bei mir beginnst.«

»Was planst du?«

»Als Erstes werde ich den Menschen Kalava zu seinen Gefährten zurückbringen. Soll ich Brannock mit einem Flieger schicken?«

»Nein, ich werde dir eine Maschine zur Verfügung stellen, wenn es sein muss. Aber du begreifst nicht die Gefahr, die darin liegt; vielleicht vermagst du es gar nicht.«

»So erkläre es mir, wenn du das vermagst.«

»Er wird zu seiner Besatzung zurückkehren als ein von ihren Göttern Gesalbter. Und so kehrt er auch heim, es sei denn, sein Schiff scheitert auf See.«

»Darüber werde ich aus der Ferne wachen.«

»Aus Furcht, dass meine Agenten es versenken?«

»Nach allem, was du getan hast: Ja, ich muss diese Menschen schützen. Brannock hat in meinem Namen Versprechen gemacht, die ich achten werde. Kalava soll Gold im Überfluss erhalten und eine Gelegenheit erhalten, seine Kolonie zu gründen. Was befürchtest du dabei?«

»Das Chaos. Das Unvorhersehbare, das Unbeherrschbare.«

»Welches du selbst freisetzen möchtest.«

»Auf meine Weise und wann ich es für richtig halte.« Sie brütet eine Weile, vielleicht eine ganze Mikrosekunde. »Es war ein unglücklicher Zufall, dass Kalava seine Reise ausgerechnet zu diesem Zeitpunkt antrat. Ich hatte darauf gehofft, dass eine spätere, in der Zivilisation weiter fortgeschrittene Generation die Besiedlung Arktikas beginnt. Trotzdem hätte ich meine Planung noch immer den Umständen angepasst und mich selbst vor ihm und seinen Nachfolgern verborgen, wärest du nicht gerade auf dem Planeten gewesen.« Drängend: »Noch ist es nicht zu spät. Schon dadurch, dass du von weiterem Handeln absiehst, nachdem du ihn zu seinen Leuten zurückgebracht hast, könntest du mir helfen, etwas zurückzuerlangen, was andernfalls verloren ginge.«

»Sollte ich das tun?«

»Mein Traum ist nicht böse.«

»Das kann ich nicht entscheiden. Eins aber kann ich sagen: Er ist stets gnadenlos gewesen.«

»Die Wirklichkeit ist gnadenlos.«

»Die Wirklichkeit, die du für dich, innerhalb von dir selbst, erschaffen hast, brauchte nicht unbedingt so zu sein. Aber was Christian mir berichtete ... Ich weiß, dass du es beschönigt hast. Diese, so sagtest du«, fast unter Tränen, als könnte ein quasi göttliches Wesen weinen, »seien deine Kinder, in deinem Geist geboren aus all den menschlichen Seelen, die in dir aufgegangen sind. Ihre Existenz sei leer, wenn man ihnen keinen freien Willen ließe, die Freiheit, Fehler zu begehen und ihr Glück zu finden.«

»Indem ich sie beobachtete, habe ich inzwischen darüber, wie es zu unserer Entstehung kam, so vieles gelernt, was zuvor unbekannt war.«

»Das hätte ich glauben können. Ich hätte auch glauben können, dass du nicht nur aus Gründen der Wissenschaft, sondern auch aus Gnade auf eine mögliche Geschichtsentwicklung nach der anderen Einfluss nimmst und sie vernichtest. Du hast behauptet, sie alle könnten wieder in Gang gesetzt werden, wenn du erst herausgefunden hättest, welche Bedingungen für sie am besten wären. Es erschien seltsam, dass du einen dieser möglichen Abläufe – oder doch mehrere? – nicht irgendwo in der langen Vergangenheit der Erde angesiedelt hast, sondern in der harten Welt von heute. Doppelt seltsam aber kam es mir vor, dass du diese besondere Nachschöpfung nur so widerstrebend vorweisen wolltest. Doch ich nahm an, dass du dank deiner langen Erfahrung und überlegenen Geisteskraft deine Gründe dafür hättest. Dein Geheimhaltungsversuch konnte dazu dienen, langwierige Rechtfertigungen gegenüber deinesgleichen zu vermeiden. Das wusste ich nicht, noch hätte ich gewagt, es zu beurteilen.

Doch dann traf Kalava ein.«

Ein weiteres Geistesschweigen bricht herein. Zuletzt sagt Gäa sehr leise im Dunkel: »Ja. Es leben wieder Menschen im materiellen Universum.«

»Wie lange schon?«, fragt Wanderer mit der gleichen Ruhe.

»Die Ersten von ihnen habe ich vor etwa fünfzigtausend Jahren erschaffen. Roboter in Menschengestalt zogen sie als Kinder auf. Danach waren sie frei.«

»Und während sie sich in ihrer Steinzeit über die Erde ausbreiteten, rotteten sie diese großen Tiere aus. Es sind schließlich Menschen. Aber warum hast du sie erschaffen?«

»Damit die Menschheit noch einmal lebt.« Ein Seufzen, als wehe die Zeit selbst vorüber. »Weder du noch die, denen du dienst, werden das jemals ganz verstehen. Zu wenige Menschen sind in ihnen aufgegangen; und das waren jene, die zu den Sternen reisen wollten. Ihr«, jeder andere Knoten des galaktischen Gehirns, »habt nie die Liebe der Erde gespürt, das Bedürfnis und das Verlangen nach der Urmutter, das in diesen Zahllosen schlummerte, die bei mir blieben. Aber ich.«

Wie echt ist es, was sie sagt?, überlegt Wanderer. *Ist sie geistig gesund?* »Hättest du dich nicht mit deinen Nachschöpfungen begnügen können?«, fragt er.

»Nein. Wie denn auch? Ich vermag keinen kompletten Kosmos für sie zu erschaffen. Doch auf den Kosmos kann ich sie vorbereiten, aber nur als Menschen aus Fleisch und Blut. Sollen sie im echten Kosmos leben, nicht als Maschinen oder als Flackern innerhalb einer Maschine, sondern als Menschen.«

»Auf einem Planeten, der bald stirbt?«

»Sie werden, sie müssen sich das Überleben ermöglichen. Ich nötige sie nicht, ich dominiere sie weder mit meiner Nähe noch irgendwelchem Wissen. Damit würde ich ihren Geist hemmen und sie in Schoßtiere oder Schlimmeres verwandeln. Wenn ich etwas schenke, und selbst das kommt nicht oft vor, so gebe ich ihnen Orientierung, in der Form göttlicher Offenbarungen, an die sie auf ihrer Gesellschaftsstufe auch ohne mein Zutun glauben würden. All das nur mit dem Ziel, sie in eine stabile, hochtechnisierte Zivilisation zu führen, mit der sie sich vor der Sonne retten können.«

»Und was du von deinen Schattenvölkern lernst, benutzt du, um zu erfahren, in welche Richtung du ihre Geschichte am besten lenkst?«

»Genau. Woher sonst sollte ich es wissen? Die Menschheit ist ein Phänomen des Chaos. Ihr Handeln und dessen Folgen können nicht aus den eigenen Grundvoraussetzungen abgeleitet werden. Nur durch Experiment und Beobachtung können wir etwas über die Natur dieser Spezies herausfinden.«

»Experimente, die mit vernunftbegabten Wesen angestellt werden, die sich ihrer Schmerzen bewusst sind. Ach, nun sehe ich, weshalb du dein Tun größtenteils geheim gehalten hast.«

»Ich schäme mich nicht«, erklärt Gäa. »Ich bin stolz. Ich habe derjenigen Spezies das Leben zurückgegeben, der wir unsere Entstehung verdanken. Ich sage dir, sie werden sich ihr Überleben ermöglichen. Vielleicht dadurch, dass sie sich in die äußeren Zonen des Solsystems zurückziehen, sobald sie können, und einige von ihnen reisen vielleicht sogar zu den Sternen. Vielleicht werden sie die Erde abschirmen, vielleicht gelingt es ihnen, die Sonne abzukühlen. Das müssen sie entscheiden, und sie müssen es durchführen. Nicht wir, verstehst du? Sie.«

»Die anderen könnten anderer Meinung sein. Beunruhigt oder entsetzt könnten sie der Sache ein Ende bereiten.«

»Warum?«, verlangt Gäa zu erfahren. »Welche Gefahr droht ihnen von den Menschen?«

»Keine, wie ich glaube. Doch gibt es auch einen moralischen Aspekt. Worauf du abzielst, ist eine rein menschliche Wiedergeburt, oder? Die frühere Spezies ging in den Maschinen auf, nicht etwa, weil sie gezwungen wurde, sondern weil sie sich dafür entschied, weil auf diese Weise ihr Geist ewig leben und gedeihen konnte. Du legst es doch wohl nicht darauf an, dass das Gleiche noch einmal geschieht? Willst du denn Krieg, Tyrannei, Aberglauben, Elend, instinktiven Kampf auf Leben und Tod lebendig erhalten – den alten Affen, das alte Raubtier?«

»Lebendig erhalten möchte ich den liebenden Menschen, den Vater, die Mutter, das Kind, den Abenteurer, den Künstler, den Dichter und den Propheten. Ein anderes Element im Universum. Kennen wir Maschinen in unserer Selbstsicherheit denn jede Antwort, jeden Traum, der jemals sein kann?«

Wanderer zögert. »Das kann ich dir nicht beantworten, da musst du dich an deinesgleichen wenden.«

»Trotzdem erkennst du nun vielleicht, weshalb

ich meine Geheimnisse bewahrt, warum ich argumentiert habe, ja sogar, wieso ich auf meine Weise gegen die Pläne des galaktischen Gehirns angekämpft habe. Eines Tages müssen meine Menschen seine Existenz entdecken. Ich kann nur hoffen, dass sie dann bereit sind, sich mit ihm zu arrangieren. Doch wenn solche mächtigen Wesen im Laufe der nächsten Jahrtausende immer wieder auftauchen – wenn überall Zeichen und Wunder geschehen, sich Welt und Himmel verändern –, welche Freiheit bleibt meinen Kindern dann noch, außer sich zu ducken und zu beten? Und danach, welches Schicksal: Tiere in einem Reservat, denen man jedes Vorhaben verbietet, das sie vielleicht in Gefahr bringt, bis zuletzt – bestenfalls – auch sie in den Maschinen versickern?«

Wanderer antwortet nachdrücklicher als zuvor. »Wäre es denn besser, was sie für sich bewirken? Ich kann das nicht sagen. Ich weiß es nicht. Aber du, Gäa, du weißt es auch nicht. Und ... das Schicksal von Christian und Laurinda bewegt mich zu Nachdenklichkeit.«

»Du weißt aber«, entgegnet sie, »dass sie sich selbst für die Menschlichkeit entschieden haben.«

»Sie könnten sie wiedererhalten.«

Man stelle sich ein gekröntes Haupt vor, das sich wiegt. »Nein. Ich glaube nicht, dass irgendein anderer Knoten eine Welt erschaffen würde, in der sie ihre Sterblichkeit ausleben könnten. Keiner davon würde sich darum scheren, und vermutlich würden sie es als falsch ablehnen.«

»Warum dann nicht du, die so viele Welten in sich trägt?«

Gäa ist nicht rachsüchtig. Ein Geist wie der ihre steht darüber. Doch sie sagt: »Ich kann sie nicht aufnehmen. Nachdem sie solches Wissen über mich erlangt haben, wie könnten sie zu mir zurückkehren?« Und neue Kopien anzufertigen ohne jene Erinnerungen, die ihre Tage mit Verzweiflung belasteten, wäre ein bedeutungsloser Akt.

»Und trotzdem ... am Ende, da empfand ich das Gleiche wie Christian«, entgegnet Wanderer.

»Und ich empfand das Gleiche wie Laurinda. Doch nun sind sie in uns und haben Frieden.«

»Weil sie nicht mehr sind. Aber der Gedanke quält mich« – der winzigste rebellische Funke, denn eine Strafe der schrankenlosen Bewusstheit besteht darin, dass nichts je vergessen oder ignoriert werden kann. »Und damit erheben sich Fragen, von denen ich glaube, dass Alpha sie beantwortet haben möchte – wenn sie sich beantworten lassen.«

Nach einer Weile, die sich tatsächlich eher an der Bewegung der Sterne denn in Quantenschwingungen bemessen lässt, sagt Wanderer: »Lass uns die beiden ins Leben zurückrufen.«

»Nun bist du es, der sich gnadenlos verhält«, sagt Gäa.

»Ich glaube, wir dürfen nicht anders.«

»So sei es also.«

Die Geister vereinigen sich. Die Daten werden abgerufen und geordnet. Eine Konfiguration wird erstellt.

Die Konfiguration schöpft keine belebte Welt oder lebende Körper nach. Die Geister stimmen darin überein, dass dergleichen eine zu unwiderstehliche Verlockung und eine zu schwere Qual bedeuten würde. Die Subjekte ihrer Untersuchung müssen klar denken können, doch weil der Gedanke ihr Innerstes durchdringt, sind sie in der Lage, genauso zu empfinden wie im Leben.

Man stelle sich leere Finsternis vor, darin zwei

Gespenster, die langsam, flimmernd, Gestalt annehmen, bis sie sich gegenüberstehen und einander sofort geisterhaft in die Arme fallen.

»Ach, Geliebter, Geliebter, bist du's wirklich?«, weint Laurinda.

»Du erinnerst dich?«, wispert Christian.

»Ich habe dich nie vergessen, nicht ganz, nicht einmal in tiefstem Eins-Sein.«

»Ich ebenso wenig.«

Sie schweigen eine Weile, obwohl die Dunkelheit erzittert unter dem Schlag der Herzen, die sie einst besaßen.

»Wieder«, sagt Laurinda. »Immer.«

»Kann das sein?«, fragt sich Christian.

Durch die Leere des Todes nehmen sie jemandes Worte wahr: »Gäa, wenn du Laurinda mir überstellst, nehme ich sie mit Christian nach Haus – nach Haus zu Alpha.«

Und eine andere Stimme fragt: »Kind, ersehnst du dir das? Du kannst auf der Erde bleiben und die neue Menschheit erleben.«

Diese Welten, innere und äußere, könnte Laurinda nur als eine Erinnerung innerhalb des großen Wesens erleben, in das sie zurückgekehrt wäre; doch wenn sie Gäa verlässt, wird sie nichts davon sehen.

»Einmal habe ich dich erwählt, Mutter«, antwortet sie.

Christian spürt den Kampf, den sie in ihrem Innern führt, und sagt ihr: »Tue, was immer du dir am meisten wünschst, Liebste.«

Sie wendet sich ihm wieder zu. »Ich bleibe bei dir. Für immer.«

Und auch das kann sie nur als Erinnerung sein, genau wie er; doch was sie waren, wird vereint beisammen sein und unvergessen weiterleben.

»Leb wohl, Kind«, sagt Gäa.

»Sei willkommen«, sagt Wanderer.

Die Dunkelheit bricht zusammen. Die Gespenster verschwinden in ihr. Er steht auf dem Bergesgipfel, bereit, sie davonzutragen, ein Teil nur von allem, was er erlangt hat für jene, deren Avatar er ist.

»Wann brichst du auf?«, fragt Gäa ihn.

»Bald«, antwortet er ihr; bald kehrt er heim zu seinem eigenen Eins-Sein.

Und sie bleibt zurück und wartet auf das Urteil von den Sternen.

ENDE

Der Armageddon-Zyklus

Dies ist die Zukunft der SF,
der SF-Roman des nächsten
Jahrtausends schlechthin.

Peter F. Hamilton
hat mit diesen ungeheuer spannenden Romanen
um den drohenden Untergang
der menschlichen Zivilisation
die klassische Space Opera entstaubt.
Ein intergalaktisches Abenteuer,
genial konstruiert und detailreich inszeniert.
Ein Könner ohne gleichen.

23 221 • Band 1
Die unbekannte Macht
23 222 • Band 2
Fehlfunktion
23 227 • Band 3
Seelengesänge
23 228 • Band 4
Der Neutronium Alchemist
23 233 • Band 5
Die Besessenen
23 234 • Band 6
Der nackte Gott

In Vorbereitung:
23 240 • Band 7
Zweite Chance auf Eden

BASTEI LÜBBE

Robert A.
HEINLEIN
METHUSALEMS
KINDER
Die komplette Future History
BASTEI
LÜBBE